KB042056

무지개를
보다

무지개를 보다

초판 1쇄 인쇄일 2023년 10월 20일
초판 1쇄 발행일 2023년 11월 2일

지은이 이수배
펴낸이 양옥매
디자인 송다희 표지혜
교 정 김민정 조준경
마케팅 송용호

펴낸곳 도서출판 책과나무
출판등록 제2012-000376
주소 서울특별시 마포구 방울내로 79 이노빌딩 302호
대표전화 02.372.1537 **팩스** 02.372.1538
이메일 booknamu2007@naver.com
홈페이지 www.booknamu.com
ISBN 979-11-6752-365-5 (03810)

이 도서는 한국출판문화산업진흥원의 '2023년 우수출판콘텐츠 제작 지원'사업 선정작입니다.

무지개를
보
다

· **이수배** 장편 소설 ·

작가의 말

어떤 사물이나 사건을 읽고 해석할 때, 주체를 바라보는 방향이나 생각하는 입장을 관점이라고 합니다. 그리고 주체를 바라보는 방향이나 입장의 중심을 어디에 두느냐에 따라, 객관적 관점 혹은 주관적 관점이라고 말합니다. 어떤 사안에 따라 객관적인 판단이 요구될 때가 있고, 주관적인 주장이 필요할 때가 있습니다. 그런데 그 방향이나 입장의 중심을 어디에 두느냐가 매우 중요한데, 그 중심이 진리처럼 절대적인 것이 아니어서 완벽한 객관성과 주관성을 담보하기 힘들다는 점입니다. 가치관의 변화나 시대와 세대에 따라 바뀔 수 있기 때문입니다. 그래서 어떤 사건의 해석을 두고 입장 차이로 논란이 분분할 수밖에 없는 것이 당연합니다.

예전에는 '스승의 그림자도 밟지 않는다.'고 할 정도로, 교육의 권위에 업혀 교사의 권위도 고공행진을 했던 적이 있습니다. 그래서 그 시대를 살았던 사람이 지금 교단에 몸담고 있다면, '라떼는 말이야.'라며 현재 상황을 한탄할 수도 있고 그런 반응에 요즘 세

대들은 꼰대라고 비난합니다. 그 시대에도 있었고 지금도 교단에서 있는 나는 '라떼는 말이야.'라며 교사의 권위를 그리워하지 않으려고 애씁니다. 그만큼 변화하는 시대를 이해하고 받아들이기 어렵다는 의미겠지요.

많은 이들이 몇백 년 이어온 교육의 권위가 도전받고 있다고 말합니다. 이래서는 희망이 없다고 하는 이들도 있습니다. 그러나 정작 피교육자는 여전히 교육이 권위적이라고 말합니다. 이것은 왜일까요? 관점의 차이가 아닐까 싶습니다. 이렇듯 가치 체계가 혼란스러울 때, 우리는 과도기라는 말로 그 시대를 해석하려고 합니다. 새로운 가치를 인정하고 받아들이려니 뭔가 억울하여 잠시의 일탈로부터 제 자리를 잡아 줄 것을 기대합니다. 그리하여 교사들은 다시 교육의 권위가 회복되기를 바라지만, 학생과 학부모들은 오랫동안 교육의 권위에 짓눌려 있던 자신의 목소리를 내려고 합니다. 그래서 충돌이 일어나기도 합니다. 어쩌면 새로운 가치 체계를 세워가는 과정이라고 할 수 있는데, 교사는 학교에서 을이 되어 버린 상황에 적응하지 못하고 교직을 떠나는 사람도 많다고 합니다. 분명한 것은 다시 과거로의 회귀는 어렵다는 것이고, 현실을 겸허하게 받아들이고 이상적인 학교 문화를 만들어 가야 할 것입니다.

폐쇄된 사회일수록 다양한 목소리를 내기가 어렵습니다. 더군다나 특별한 가치관이 요구되는 직종에서는 더더욱 그렇습니다. 그동안 특수교육은 누군가에 의해 난도질당하기도 하고, 또 누군가에 의해 성스럽게 포장되기도 했습니다. 그 안에서 37년을 산 나는 그런 목소리에 아프기도 했고 부끄럽기도 했습니다. 그래서 그때그때 필요에 따라 가면을 쓰고 살았는지도 모르겠습니다. 이제 그 가면을 벗고 좋은 선생님이어야 한다는 콤플렉스에서 벗어나려고 합니다.

커트 보니것은 『고양이 요람』 머리말에서 '이 책의 어떤 내용도 진실이 아니다.'라고 했고, 박완서 선생님은 '아무리 작가의 자전적인 이야기라고 하더라도 소설이라는 형식으로 썼으면 허구다.'라고 했습니다. 글을 쓰면서, 그리고 글을 출간하면서 많이 망설였습니다. 이 글에 나오는 인물을 보면 누군가 유추될 수도 있고, 글 속에 언급된 많은 에피소드가 특정 사건이나 특정한 인물이 연상될 수도 있기 때문입니다. 그러나 『무지개를 보다』에 나오는 이야기는, 내가 재직하고 있는 학교 이야기가 아니라, 어느 학교에서나 흔히 일어날 수 있는 일이라는 것을 밝혀둡니다. 이야기의 흥미를 돋우기 위해 조금은 과장된 표현이 있을 수도 있고, 어쩌면 현실은 이보다 더 극단적인 일이 있을 수도 있습니다. 분명한 것은 『무지개를 보다』는 그저 하나의 이야기일 뿐입니다. 어떤 관점에 맞춰 읽지 않았으면 합니다.

이 글은 교사의 관점에서 무너진 교권을 이야기하고자 쓴 글이 아닙니다. 37년 차 교사가 은퇴를 3년 앞두고 참회의 마음으로 썼다고 보는 것이 맞을 것입니다. 37년을 학교에서 살면서 참 많은 일들이 있었는데, 지금 와서 돌아보니 참 행복했던 시간으로 기억됩니다. 행복했다면서 왜 어두운 면을 다뤘느냐고 묻는다면, 좀 더 인간적이고 따뜻한 공동체를 만들어 갔으면 하는 바람이라고 이해해 주셨으면 합니다.

초고를 완성하고 동료 두 사람에게 읽어보라고 했습니다. 한 선생님은 이 글을 출간해도 괜찮겠냐고 걱정했고, 한 선생님은 저의 한계를 벗어나지 못했다고 했습니다. 역시 관점의 문제였습니다. 걱정했던 동료는 학부모의 관점에서 민원을 제기하지 않을까 하는 걱정이었고, 저의 한계를 극복하지 못했다고 하는 동료는 학교에서 일어나는 일을 좀 더 신랄하게 까발려 주었으면 하는 마음이었을 것입니다. 다시 한번 말씀드리지만, 어떤 관점에서 읽지 않았으면 하는 마음입니다. 그리고 이제 독자들에게 이 글을 던져 놓습니다. 비난도 응원도 달게 받겠습니다. 그리고 3년 남은 교직 생활도 행복하게 마무리하겠습니다. 감사합니다.

차례

시우가 죽었다 /

전화벨이 고요한 새벽을 흔들었다. 지환은 여섯 시에 맞춰 놓은 알람이 울리는 줄 알고 끄려다가 전화벨인 것을 확인하고 깜짝 놀랐다. 누굴까? 지병이 있었던 어머니가 살아 계실 때는, 늦은 밤이나 이른 아침에 전화벨이 울리면 가슴이 덜컹 내려앉았다. 어머니에게 무슨 일이 있다는 연락일 것만 같았다. 그런데 실제로 어머니가 돌아가셨다는 연락을 받은 것도 새벽이었다.

그 때문일까? 어머니가 돌아가신 지 20년이 지났는데, 여전히 아침 일찍 걸려 오는 전화에 신경이 예민했다.

누구든 특별한 일이 아니면, 이 시간에 전화할 이유가 없다. 이렇게 일찍 전화했을 때는, 좋은 일보다 위급한 상황이거나 나쁜 일일 가능성이 많다. 머리맡에 있던 휴대폰을 열었다. 발신자가 '윤시우'였다.

"예, 어머니. 이 시간에 어쩐 일이세요?"

"선생님, 아침 일찍 죄송해요. 우리 시우가 하늘나라로 갔습니다."

"네? 무슨 말씀이세요? 하늘나라로 가다니요?"

"······."

어머니는 말을 잇지 못하고 흐느껴 울었다.

죽음은 예고하고 찾아오는 것이 아니다. 언제든 누구에게나 올 수 있는 일이다, 하지만, 이것은 아니다. 어제 손 흔들며 인사하고 하교했던 아이가, 출근하면 학교에서 만나야 할 아이가 이 새벽에 하늘나라로 갔다고 했다.

아들을 보내고 가장 먼저 담임에게 전화했을 것이다. 그 시간이 한밤중이든 새벽이든, 어머니는 누구에게라도 아들의 죽음을 알리고 싶었을 것이다. 그렇게라도 아들이 세상에 존재했었다고 확인받고 싶었을지도 모른다.

지환은 아무 말도 할 수가 없었다. 어떤 위로의 말도 생각나지 않았다.

"어머니, 무슨 병원이에요? 제가 지금 가겠습니다."

"그러실 거 없어요. 아직 장례식장도 못 잡았어요."

"도대체 어떻게 된 거예요? 어제 학교에서도 잘 놀았는데······."

"저녁을 먹다가 경기를 했어요. 경기를 하고 편하게 잠들었기에 괜찮을 줄 알았는데, 밤늦게까지 일어나지 않기에 봤더니 의식이 없었어요. 경기를 하면서 음식이 기도로 넘어갔던 것 같아요. 급하게 응급실에 가서 응급조치를 했는데 깨어나지 못했어요. 빨리 조치했으면 이런 상황까지 오지는 않았을 텐데…….”

“응급실에 있을 때, 전화 좀 하지 그러셨어요.”

“이렇게 갑자기 갈 줄 몰랐어요. 전에도 이런 일이 있었지만 괜찮았거든요.”

“어머니, 지금 옆에 누구 있어요?”

“예. 시우 이모가 같이 있으니까 괜찮아요. 선생님, 출근 준비하셔야 하잖아요. 전화 끊을게요. 나중에 봬요.”

“예, 어머니. 오후에 뵙겠습니다.”

지환은 둔기로 한 대 맞은 느낌이었다. 어제 학교에서 온종일 잘 지내고 돌아간 아이가 이럴 수도 있다니. 사람은 죽기 전에 자기 죽음을 암시하는 행동이나 말을 한다고 한다. 물론 그것이 암시였다는 건 누군가 떠난 후에 알 수 있기에, 떠나보낼 준비를 하지 못한 것을 아쉬워한다. 그런데 며칠간의 시우 생활을 돌아보았을 때, 전혀 그런 암시를 찾을 수가 없었다.

뇌전증이 있는 아이다. 뇌전증이라는 전문 용어보다는 간질이라는 용어가 일반적으로 통용되지만, 장애 부모들은 간질이라는 용어를 싫어한다. 간질이라는 용어를 사용하면 자연스럽게 발작이라는 말을 써야 하는데, 발작은 정신적 질환이라는 느낌을 주어 일시적인 증상인 경기라는 용어를 선호한다. 사실 용어가 주는 의미는 생각 이상으로 인식에 큰 영향을 주는 것이 사실이다.

시우의 경우 대발작은 아니지만, 간간이 발작했다. 발작이 일상이 되었다고 하는 것이 맞을 것이다. 그래서 웬만한 발작에는 놀라지 않았다. 어쩌면 어머니도 무감각해졌을지도 모른다.

그러고 보니 암시가 전혀 없었던 것도 아니다. 한 번도 결석한 적이 없는 시우였는데, 며칠 전 아침에 시우 어머니에게서 문자가 왔다. 감기 기운이 있어 하루 쉬어야 할 것 같다고 했다. 그래서 내일 건강한 모습으로 만났으면 좋겠다고 답신을 보냈는데, 2교시 마칠 때쯤 시우가 교실로 들어섰다. 병원에 다녀와 하루 쉬자고 했는데, 학교에 가자며 졸랐다고 했다. 학교에 가는 것이 시우의 일상에서 가장 중요한 일인데, 결석하는 것이 이해되지 않았을 것이다.

감기로 병원까지 다녀온 시우는 컨디션이 아주 좋아 보였다. 그날은 어버이날을 앞두고 감사 편지 쓰기를 했다. 평소 손에 무엇을 쥐여 주면 집어 던지는 시우였는데, 그날은 사인펜을 꼭 잡고 있었다. 그래서 지환은 지우 손을 잡고 색종이로 만든 카네이션꽃 리본에 '엄마, 감사합니다. 사랑해요.'라고 썼다.

시우는 죽음을 예감하고 엄마에게 마지막으로 마음을 전하고 싶었는지도 모른다. 그래서 지환이 쥐여 준 사인펜을 꼭 잡고 있었던 것은 아니었을까? 감사 편지를 쓰는 시우의 감정은 어땠을까?

지환은 출근을 서둘렀다. 그리고 머릿속으로는 일정을 정리했다. 저녁때 독서 모임이 있는데, 텍스트를 제대로 읽지 못했다. 한 달에 두 번 만나는 모임이라 얼굴도장이나 찍고, 학부모 문제로 고민하는 민현기 선생과 소주라도 한잔할 생각이었다. 그런데 모든 일정을 취소해야 할 것 같았다. 이런저런 생각을 하며 현관을 나서는데, 문을 열던 손목 위 하늘색 소매를 보고 흠칫 놀랐다. 오후에 시우 장례식장에 가야 하는 것을 깜빡했다. 지환은 급하게 검은색 옷으로 갈아입고 집을 나섰다.

교문을 들어서다 박윤기 선생을 만났다.

"시우 죽었다면서요?"

"네? 어떻게 알았어요?"

"우리 반 은지 어머니가 톡을 했어요."

"은지 어머니가요? 좋은 일도 아닌데, 소식이 빠르기도 하네요."

"음식이 기도로 넘어갔다는 것 같던데, 학교에서 무슨 일 있었던 건 아니죠? 요즘 학부모들 하도 말이 많아서……."

동료를 걱정하는 수준을 넘어섰다. 지환은 불쾌했지만, 더 이상 상대를 하지 않고 현관으로 들어섰다.

시우가 죽었다는 소식을 들었으면, 갑자기 왜 죽었는지 물어볼 수도 있다. 그런데 그 상대가 박윤기 선생이란 점과 추궁하는 듯한 말투는 지환의 신경에 거슬렸다. 학급 아이가 죽어 마음이 무거운 걸 헤아린다면 그런 식으로 말할 수는 없다.

박윤기 선생은 학교에서 일어나는 모든 일에 대해 알고 있다. 소식에 밝을 뿐만 아니라, 학교에서 일어나는 모든 사건 사고에 해결사가 되어 줄 것처럼 참견한다. 실제로 그의 해박한 지식이, 어떤 문제를 해결하는 데 큰 역할을 하기도 했다. 하지만 그에 대한 지환의 감정은 좋지 않았다. 개인적 성향이나 열등감 문제가 아니라 도무지 겸손이라고는 찾아볼 수 없기 때문이다. 그래서 동료들 대부분이 그를 싫어한다.

지환은 이해가 되지 않았다. 박윤기 선생과 직접 관련이 있는 일도 아닌데, 그렇게 이른 시간에 학부모가 톡으로 알려준 이유는 뭘까? 마치 박윤기 선생은 학교 곳곳에 정보원을 깔아 놓은 것 같은 느낌이었다. 지환은 박윤기 선생의 정보망에 걸린 것 같아 몹시 불쾌했다.

교실로 들어서는데 교장이 전화를 했다. 출근 중인데 잠시 뒤에 교장실에 잠깐 다녀가라는 내용이었다. 그렇지 않아도 출근하면 교장한테 보고할 생각이었다. 그런데 이미 알고 있었다. 교장은 어떻게 알았을까? 시우 어머니가 교장한테까지 전화하지는 않았을 것이다. 어쩌면 교장한테 보고한 사람도 박윤기 선생일지도 모른다. 사람이 싫으니까 별것 아닌 일도 의심하게 됐다.

지환은 컴퓨터를 켜고 믹스 커피를 두 개 넣어 진하게 커피 한잔을 탔다. 커피를 즐기는 편은 아니지만, 잠도 설쳤고 아침부터 머리가 혼란스러웠다. 뭔가 차분하게 생각을 정리할 시간이 필요했다.

컴퓨터를 켜자 쿨 메신저가 깜빡깜빡했다. 몇 개의 메시지를 확인했다. 마치 순서를 정해 놓은 것처럼 몸이 반응했다. 그러다 보니 교장이 잠깐 다녀가라고 했던 것을 깜빡했다. 얼른 자리에서 일어나 교장실로 내려갔다. 교장이 방금 도착했는지 슈트를 옷걸이에 걸고 있었다.

"유 선생님, 학교에서 시우한테 무슨 일 있었던 건 아니지요?"

출근길에 박윤기 선생이 했던 말과 똑같다. 박윤기 선생이 말했을 때는, 혹시 너에게 잘못이 있는 것은 아니냐고 묻는 것 같아 기분 나빴다. 그런데 교장은 학교 경영자로서 그렇게 확인해볼 수도 있다고 이해했다.

"예, 특별한 일 없었습니다."

"음식이 기도로 넘어가서 그랬다기에 혹시 학교에서 밥 먹이다 무슨 일이 있었던 것은 아닌지 걱정이 돼서요."

걱정되었다는 말은, 혹시 교장으로서 책임져야 할 일이 있었던 것은 아닐까 하는 걱정이었을 것이다. 학교에 도착해서 확인할 수도 있는데, 출근길에 전화까지 한 것으로 봐서 학부모의 민원에 예민하다는 뜻이다. 최근 학교 분위기가 그럴 수밖에 없는 상황이다. 교장이라는 자리가 나름의 무게를 지고 있겠지만, 학부모의 민원에 지나치게 예민하게 반응했다. 하긴 아이의 죽음과 관련된 민원이라면 가볍게 생각할 수 있는 사안은 아니다.

"오전에 문상을 다녀올 생각인데, 유 선생은 어떡하실래요?"

"교장 선생님 먼저 다녀오십시오. 저는 수업 마치고 오후에 가겠습니다."

"그럼 그렇게 하세요. 유 선생이야 잘하시겠지만, 혹시 문상 가서 쓸데없는 말로 곤란한 상황 만들지 마시고요. 작년에 범우 죽었을 때, 정 선생이 어머니 위로한답시고 했던 말이 문제 되었던 거 아시죠?"

범우가 죽었을 때, 담임이 어머니를 위로한답시고 '이승에서의 아픔 내려놓고 하늘나라에서는 행복할 거라 믿고 어머니 삶을 살라.'고 했던 말이, 범우 어머니를 섭섭하게 했다고 한다. 뭐가 섭섭했을까? 말의 의미와 상관없이, 담임과의 관계에서 섭섭했던 감정을 그렇게 표현하지 않았을까 싶다.

재적 인원이 여섯 명인 학급에서 시우가 죽었다. 어쩌면 모든 것을 제쳐 두고 장례식장에 달려가야 하는지도 모른다. 그런데 지환은 교장과 함께 가는 것이 부담스러웠다. 위로한답시고 영혼 없는 위로의 말을 늘어놓을 것이다. 그렇다고 교장을 제치고 시우 어머니를 위로할 수는 없다. 어머니 목숨과도 같은 시우를 보내고 위로받아야 할 어머니와 이야기할 수 있는 분위기도 되지 않을 것 같았다.

아이들 등교 시간이 되었다. 지환은 아이들을 어떻게 맞이할까 생각해 보았다. 항상 일찍 오는 시우가 왜 오지 않았는지. 시우가 어디 갔는지 설명해야 한다. 죽음에 대해 알까? 슬플까? 그래도 인지 능력이 양호한 현주는 시우를 다시 볼 수 없다는 말을 이해하겠지만, 죽음이라는 것을 실감할 수 있을까?

지환은 돌아가신 어머니를 생각했다. 죽음은 끝이다. 무엇이든 돌이킬 수 있는 기회가 있는데, 죽음은 아니다. 관계도 인연도 죽음 앞에서는 모든 것이 끝이다.

몇 해 전에 친한 친구가 죽었다. 어떤 항목에 따라 순위를 매긴다면 세 손가락 안에 꼽히는 친구였다. 그런 친구였는데, 죽고 얼마의 시간이 지나자 잊혔다. 돌이킬 수 없는 일도 자기 일이 아니면 금방 잊힌다는 것에 놀랐고, 아무리 아픈 일이라도 잊힌다는 것이 한편으로는 다행이라고 생각했다. 죽음은 그저 잊히는 것뿐이다. 그래서 누군가에게 잊힌다는 것은 죽음이다.

어머니들이 휠체어를 밀고 교실로 들어섰다. 등교 시간이 들쑥날쑥한데, 다섯 명이 시간 틈 없이 등교하는 것으로 봐서 등교 시간을 맞춘 것 같았다.

"선생님, 시우 문상가려고요."

"그래서 등교 시간을 맞추셨군요. 시우 어머니 잘 위로해 드리세요."

지환과 현주 어머니의 시선이 마주쳤다. 현주 어머니는 지환의 시선을 피했다. 며칠 전에 시우 어머니와 싸웠던 것이 마음에 걸렸던 것 같다. 사람 사는 것이 그렇다. 앞날을 예측할 수 없으니, 사소한 일로 아웅다웅 싸우는지도 모르겠다. 무슨 문제로 싸웠는지 모르겠지만, 시우 주검 앞에서 화해가 이루어졌으면 하고 바랐다.

시우 어머니와 현주 어머니는 오래전부터 사이가 좋지 않았다고 한다. 지환은 두 사람 사이에 무슨 일이 있었는지 모른다. 아이들이 초등학교 2학년 때부터 관계가 좋지 않았다고 하니 8년이나 묵은 감정이다. 원수도 아닌데, 풀지 못하는 감정이 무엇일까? 두 사람을 지켜보는 마음이 안타까웠다. 8년 묵은 감정이 시우 죽음을 계기로 화해할 수 있을까? 이제 다시 만날 일이 없을 텐데, 이 시점에 서로 화해가 이루어진다면 시우가 주고 가는 선물이 될 것이다.

아이들 앞에 섰다. 시우의 부재를 어떻게 설명해야 할까? 가장 먼저 등교하는 시우 자리가 비었는데 아무도 관심이 없다.

"시우가 어젯밤에 하늘나라로 갔어. 하늘나라로 갔다는 게 무슨 뜻인지 알지? 이제 시우를 볼 수도 만날 수도 없어. 아마 하늘나라에서 우리 친구들이 지내는 모습을 지켜보고 있을 거야."

"시우 죽었다. 할머니 죽었다."

성하가 말했다. 지환은 깜짝 놀랐다. 시우가 죽은 것은, 할머니가 돌아가셔서 볼 수 없는 것과 같다는 것을 알고 있다는 뜻이다. 성하 어머니는 시우가 죽었다는 얘기를 할머니의 죽음과 연결해서 설명한 것 같았다.

성하 할머니는 지난겨울에 돌아가셨다. 성하는 할머니가 돌아가시고 한동안 만나는 사람마다 '할머니 죽었다.'라는 말을 반복했다. 그래서 사람들은 할머니가 돌아가셔서 슬프다는 뜻일까, 아니면 좋다는 뜻일까 궁금해했다. 할머니가 돌아가셔서 슬프다는 표현일 가능성이 크지만, 살아계실 때 성하와 관계가 어땠는지에 따라 좋다는 표현일 수 있기 때문이다. 그런데 어느 날 학교에 온 어머니에게 성하가 "할머니 죽었다."라고 했다. 어머니는 성하를 안아 주며 "할머니가 우리 눈에 보이지 않지만, 언제나 우리 성하 지켜주실 거야."라고 했다. 그런 것으로 봐서 아직도 성하는 할머니를 그리워하고 있는 것 같았다.

성하는 하루 종일 "시우 죽었다."를 반복했다. 성하는 할머니를 다시 볼 수 없어 슬펐던 것처럼 시우의 죽음도 슬플까? 모를 일이다. "할머니 죽었다."처럼 "시우 죽었다."도 한동안 계속될지 금방 끝날지 알 수 없다. 한동안 계속된다면 할머니 죽음처럼 슬프다는 뜻일 것이다. 만약 그렇지 않다면, 성하에게 시우의 죽음은 단순히 잊히는 것일지도 모른다.

지환은 주인 없는 시우의 빈 책상을 물끄러미 쳐다보았다. 한 번도 결석이 없던 아이였기에 비어 있는 자리가 낯설었다. 그런데 그 와중에 한편으로는 학급 경영이 편해질 거라는 생각이 들었다. 손이 많이 가는 아이였기에 단순히 한 사람 몫의 일이 줄어드는 것이 아니라 많이 편해질 것이다. 벌써 마음속에서 시우를 들어내고 있었다.

수업을 마치고 지환은 가방을 챙겨 학교를 나섰다. 햇볕이 따가웠다. 주위에는 온갖 꽃들이 피고 나뭇잎은 싱그럽다. 일 년 중에 가장 좋은 때다. 시우는 참 좋을 때 하늘나라로 갔다. 이 좋은 때를 버리고 간 것을 보면, 그곳도 꽤 괜찮은 곳인 모양이다.

장례식장으로 들어섰다. 몇 사람의 학부모들이 보였다. 시우 영정 사진 앞에 섰다. 시우가 벚꽃 사이로 고개를 내밀고 환하게 웃고 있었다. 며칠 전에 국립현충원으로 현장 학습 갔을 때 찍은 사진이었다. 현충원에는 버드나무처럼 가지가 바닥으로 처지는 수양벚나무가 많았다. 사진을 찍기 위해 그 가지 사이로 휠체어를 밀어 넣었더니, 시우가 활짝 웃었다. 표정이 어찌나 해맑던지……. 그 모습을 찍어 시우 어머니 톡으로 보내드렸다. 영정 사진을 보면서, 그것도 이별을 예견한 어떤 암시였을지도 모른다고 생각했다.

현장 학습을 다녀와서 어머니 톡으로 아이들의 사진을 보내는 일이 없었는데, 그 사진은 보내 주고 싶었다. 그렇게 한 장 보낸 것이 영정 사진이 되고 말았다.

지환은 고개를 숙이고 잠시 기도했다. 시우는 한 번이라도 자유로운 적이 있었을까? 어머니의 생각이 시우 생각이었고, 어머니의 취향에 따라 입고, 어머니가 먹여 주었던 음식이 세상의 모든 음식이라고 믿었을 것이다. 휠체어에 앉아 누군가 밀어주지 않으면 한 발자국도 움직일 수 없었던 아이. 어머니가 걸었던 만큼만 세상을 본 아이기에, 하늘나라에서는 두 날개를 펴고 훨훨 날 수 있기를 빌었다. 그러면서 혹여 두 달이었지만, 담임으로서 시우에게 부족한 것은 없었는지 용서를 빌었다. 영정 사진을 보고 현충원에서 있었던 일을 떠올리며 우두커니 서 있자, 시우 어머니가 지환을 접객실로 안내했다.

"시우를 지켜 주지 못한 것 같아 마음이 아프네요."

"……."

시우 어머니는 말을 하지 못하고 눈물을 흘렸다.

"아니에요. 우리 시우가 선생님을 얼마나 좋아했는데요. 선생님 오신 것 보고 좋아할 거예요."

지환은 위로의 말을 건네려다 교장의 말이 생각나 머뭇거렸다.

"이 녀석 혼자 남겨 두고 내가 먼저 가면 어떡하나 걱정했지만, 아직은 이렇게 보내면 안 되는데……."

"그러게요. 아직 시우와 해보지 못한 것도 많고 하고 싶은 것도 많을 텐데……."

"워낙 경기가 잦았고 밥을 먹다가도 이따끔씩 경기를 했지만, 입 안에 있는 음식을 꺼내면 특별한 일 없었거든요. 그래서 어제도 대수롭지 않게 생각했어요. 경기를 끝내고 잠들었기에 힘들어서 그런 줄 알았어요. 그때 응급실에 갔으면 별 탈이 없었을 텐데……."

시우가 죽었다는 전화를 받았을 때 들었던 이야기다. 어머니는 빨리 병원에 가지 못한 것을 후회하고 있었다.

우리는 흔히 과거를 돌아보며, 그때 그랬더라면 하고 가정하며 후회한다. 그러나 그때 그렇게 했을 때의 결과에 대해서는 아무도 모른다. 그 결과에 대해 모르기에 그때 그렇게 하지 못한 것을 후회하고 아파한다. 이 얼마나 안타까운 일인가? 어떤 선택도 같은 결과라는 것을 안다면 어떤 감정일까? 선택의 여지가 없었다는 절망감과 시우를 지키지 못한 선택을 했다는 후회 중 무엇이 나을까?

자식을 잃은 어머니 앞에서 음식을 먹는 것이 죄스러웠는데, 차려진 음식을 보니 허기가 느껴졌다. 주검 앞에서도 때가 되면 배가 고픈 것을 보면, 어쩌면 죽음보다 무거운 것은 배고픔이란 생각이 들었다. 시우 어머니와 얘기를 나누며 음식을 먹고 있는데, 시우 담임을 했던 몇몇 동료들이 장례식장으로 들어섰다.

동료들이 조문을 마치고 테이블에 같이 앉았다. 지환은 마음이 가벼웠다. 동료들이 시우 어머니의 아픈 마음을 함께 나누어 주었다. 그래서 자연스럽게 시우와 관련된 에피소드가 이어졌다. 간혹 이야기 도중에 웃음이 섞여 나오기도 했다. 시우의 행복했던 시간을 추억해 보는 것은, 시우 어머니에게 이별의 아픔을 잠시 잊게 해 주었다.

"우리 시우가 담임 선생님을 유난히 좋아했어요."

"유 선생님이 시우 휠체어를 밀고 가면 부자지간 같다고 했어요. 둘이 이미지가 비슷하잖아요. 시우 아빠가 유 선생님과 닮았나 봐요."

지환은 시우 어머니가 당황스러울 것 같아 얼른 말을 받았다.

"제가 지나치게 평범하거나 다양한 모습을 담고 있나 봐요. 누구랑 닮았다는 얘기를 많이 듣거든요."

시우 부모님은 이혼했다. 그래서일까? 시우 아버지가 보이지 않았다. 아무리 이혼했다고 해도, 시우 마지막 길을 왜 아버지가 지켜주지 못할까 하는 안타까운 마음이 들었다.

시간이 지나자 동료들이 가려고 자리에서 일어났다. 지환도 같이 일어나고 싶었지만, 문상객이 없어 썰렁한 상갓집에 좀 더 있어야 할 것 같았다.

조문객이 없는 상갓집에 특별히 할 일이 없었다. 지환은 환하게 웃고 있는 시우 사진을 보았다. 시우 담임으로 함께했던 두 달간이 행복한 시간이었을까? 몇 번이나 저렇게 웃게 해 주었을까? 그나마 환하게 웃는 영정 사진을 건진 것만으로도 다행이라 생각했다. 그 웃음을 지환이 만들어 준 것 같아 빈소에 앉아 있는 마음이 덜 불편했다. 시우 웃음에 답이라도 해야 할 것 같아 사진을 보며 따라 웃어 보는데, 아주머니 한 분이 다가와 인사를 했다.

"선생님, 오랜만에 봬요. 여전하시네요."

"어? 재현이 어머니시죠? 몰라뵙겠습니다."

"그럼요. 벌써 8년이 흘렀는걸요. 그런데 선생님은 하나도 안 변하셨어요."

재현이 어머니다. 재현이는 시우와 같은 학년이었다. 재현이가 아홉 살 되던 해에 하늘나라로 갔다. 재현이가 죽고 다시 건강한 동생을 낳아 행복하게 산다는 소식은 들었지만, 그 이후 재현이 어머니를 보는 것은 처음이었다. 분위기도 옛날의 재현이 어머니가 아니었다. 재현이가 있을 때는 늘 우울할 표정이었는데, 지금은 검은 옷차림에도 귀티가 나고 편안해 보였다. 옆에 있는 시우 어머니가 눈에 들어왔다. 열여섯 살의 시우를 키우면서, 한 번쯤 마음 편히 웃을 일이 있었을까? 잦은 경기로 인해 잠시도 마음을 놓을 수 없었을 것이다. 여러 차례 고비를 넘기면서, 늘 가까이 있는 죽음과 마주 서야 했을 것이다. 그래서일까? 두 사람의 표정이 대비되었다.

죽음이 먼 세상 이야기는 아니지만, 너무 갑작스럽게 시우가 죽었다. 어느 순간 시우가 죽을 수도 있다고 생각했겠지만, 그래도 시우는 시우 어머니가 살아야 하는 이유였을 것이다. 그런데 어머니가 살아야 하는 이유가 사라졌다. 어머니의 삶은 어떻게 될까? 지환은 시우 어머니도 재현이 어머니처럼 죄책감의 굴레에서 벗어나 새로운 인생을 살아가길 빌었다.

재현이 어머니 모습을 보면서, 시우 어머니도 시우의 죽음을 잘 극복할 것이라고 믿었다. 어느 죽음인들 안타깝지 않은 죽음이야 없겠지만, 시우 때문에 잃어버린 어머니의 삶을 되찾기를 바랐다.

동료들이 가고 몇 명 있던 학부모들도 돌아갔다. 장례식장에는 시우 어머니와 이모 둘뿐이었다. 시우 어머니는 지환에게 돌아가라고 했지만, 쓸쓸한 빈소를 돌아설 수가 없었다. 그런데 친척으로 보이는 몇 사람이 장례식장으로 들어오는 모습을 보고 지환은 자리에서 일어났다.

복도로 나왔다. 옆 장례식장은 사람들로 북적였다. 퇴근하고 조문객이 몰려올 시간이다. 조문객이 얼마나 많으냐에 따라, 그 사람이 살아온 삶을 평하곤 한다. 열다섯 해를 장애인으로 살다 죽은 시우에게 조문객이 많을 이유도 없지만, 마지막 길이 그의 삶만큼이나 쓸쓸하게 느껴졌다. 다시 고개를 돌려 시우 영정 사진을 쳐다보았다. 벚꽃 사이로 녀석이 화사하게 웃고 있었다. 엄마와 함께 하교할 때, 늘 지환에게 보여 주었던 모습이다. 돌아가는 지환에게 잘 가라고 인사를 하는 것 같았다.

밖으로 나왔다. 퇴근하는 사람들로 거리가 북적였다. 바람이 지나간 것처럼 가슴이 허했다. 특수교사로 살면서 갑자기 죽는 아이들을 많이 봤지만, 지환이 담임을 맡고 있을 때 아이가 죽은 것은 처음이다. 마음이 울적했다. 이 아픔을 잘 견뎌야 한다. 그래서 아이들 앞에 더 좋은 선생님으로 서야 한다.

어디로 갈까? 마음의 짐을 내려놓을 수 있는 사람은 민현기 선생뿐이다. 원래 퇴근 후에 민현기 선생과 술을 한잔할 계획이었는데,

시우 장례식장에 가야 해 다음으로 미뤘다. 어쩌면 아직도 학교에 있을지도 모른다. 집에 들어가지 않았으면 소주라도 한잔하자고 해야겠다.

"민 선생, 어디야? 집에 들어갔어?"

"아니. 오늘 대학 때 동아리 번개 모임이 있어서 나왔다가 들어가는 중이야. 왜? 무슨 일 있어?"

"시간 괜찮으면 소주 한잔할까?"

"시우 문상 갔었지? 마음이 착잡하구나."

그렇다. 마음이 착잡하다. 슬픔 뒤로 학급 재적 인원이 한 명 줄어 조금 더 편해질 거란 계산을 하고, 시우 어머니도 좀 더 자유로워졌으면 하고 빌었다. 울적한 마음과 현실적인 생각은 별개라는 생각이 들었다.

안타까운 죽음을 두고 하는 말이 있다. '죽은 사람만 불쌍하지, 산 사람은 어떻게든 산다.'라고 한다. 죽은 시우는 불쌍하다는 생각보다 잘 갔다고 생각했다. 그 사람이 어떻게 살았느냐에 따라 남아 있는 사람들이 그 죽음을 받아들이는 정서가 다를 수 있는데, 장애인의 죽음은 삶만큼이나 평탄하지 못하다는 현실이 서글펐다.

젊은 남녀 한 무리가 들어와 구석진 자리에 앉았다. 왁자지껄한 그들의 모습에서 지환은 과거 자기의 모습을 보았다. 힘든 일이 있으면, 언제든 친구나 선후배를 만나 풀어낼 수 있었다. 그런데 마음 나눌 사람이 없어 직장 동료인 민현기 선생을 불렀다. 뭘까? 어느 순간 주위에 사람이 없다는 걸 느꼈다. 그들이 멀어져 간 걸까?

아니면 지환이 떠나온 걸까? 다시 그들에게 돌아가기에는 너무 멀리 와 버린 것 같았다.

민현기 선생이 도착하려면 시간이 걸릴 것 같아 소주 한 병을 시켰다. 빈속에 한 잔 부었다. 식도를 타고 내려가는 것이 싸하게 느껴졌다. 사는 일은 늘 빈속에 소주를 붓는 것과 같았다. 비슷한 환경, 비슷한 상황. 일상에서 겪게 되는 일들이 뻔한데, 마치 소주의 첫 잔이 목구멍을 긴장시키는 것처럼 아렸다. 마음이 시리다. 또 한 잔을 부어 마시려는데, 민현기 선생이 앞자리에 앉았다.

"시우 문상은 잘 다녀왔어? 시우 어머니는 괜찮아?"

"문상객이 없어 쓸쓸했어."

"아이 죽음이 그렇지 뭐. 아닌가? 장애 아이라 그렇겠지?"

"그런데 거기서 재현이 엄마를 만났어."

"2학년 때 죽은 재현이?"

"어. 예전의 우울하고 그늘진 모습은 하나도 없고, 아주 편안해 보였어."

"당연하지. 이 상황에 이런 말 하는 것은 좀 그렇지만, 나는 아이들 죽었다는 소식 들으면 안타까운 마음은 잠시고 가족들도 좀 행복해야 하지 않을까 하는 생각이 들어. 이거 벌 받을 소리지?"

"나도 그런 생각해. 솔직히 장애를 안고 살아야 하는 아이들은 행복할까? 아닐 거야. 나는 하느님을 믿는 사람이잖아. 죽음 이후의 영원한 생명까지 믿을 만큼 신앙이 깊지는 않지만, 비장애인인 우리도 이승에서의 삶이 녹녹하지 않은데 하늘나라는 분명히 여기보다 좋을 거라고 믿어.”

“그래. 그러면 다행이고. 그런데 그 반에 현주 엄마도 시우 문상 갔을까?”

“아침에 우리 반 엄마들 다 같이 다녀왔어. 시우 엄마하고 사이가 안 좋기는 하지만, 큰일 당했는데 당연히 가야지.”

“그때 재현이 엄마가 왔더라면 분위기 묘했을 텐데…….”

“현주 엄마하고 시우 엄마 사이가 나빠진 게 재현이 죽었을 때부터였다며? 도대체 무슨 일이 있었던 걸까?”

“재현이가 죽었을 때, 현주 엄마가 재현이 엄마를 위로한다고 한 말이 시우 엄마를 자극했나 봐.”

“뭐라고 했는데?”

“장애 아들 두고 엄마가 먼저 가는 것보다, 엄마가 아들 잘 보낼 수 있는 것도 복이라고 했대. 그러면서 아들 일찍 보내서 마음 아프겠지만, 다 잊고 새로운 인생 살라고 했대.”

“맞는 말이네. 재현이 엄마 실제로 그렇게 되었잖아.”

“사실 엄마들은 같은 입장이니까 충분히 할 수 있는 말인데, 그때 시우 건강 상태가 극도로 좋지 않았거든. 하루하루를 초조하고 불안하게 버텨야 했던 시우 엄마는 기분 나쁠 수도 있었을 거야. 그때부터 사이가 나빠졌는데. 싫은 사람은 뭘 해도 싫잖아. 그 이후에 사소한 일로 자주 부딪혔다고 하더라고.”

“재현이 엄마가 현주 엄마 말한 대로 나타났으니까 셋이 마주쳤으면 어색할 수도 있었겠다. 그래도 이 기회에 잘 화해했으면 좋겠어. 이제 두 사람 만날 일도 없을 텐데……."

"그러게. 시우 엄마도 재현이 엄마 모습 보면서 많은 생각 들지 않았을까? 자식 먼저 보내고도 또 이렇게 사는 거구나 싶을 거야."

자리를 정리하고 밖으로 나왔다. 간단하게 맥주 한 잔 더 하자고 하는 민현기 선생을 밀어 넣듯 택시에 태워 보내고 밤길을 터벅터벅 걸었다.

죽음을 생각할 나이는 아니지만, 지환은 쉰이 되도록 한 번도 자기의 죽음에 대해 깊이 생각해 보지 않았다. 어느 날 훌쩍 떠난다면 가족이나 친구들이 어떻게 받아들일까? 슬플까? 주검 앞에서 우는 것도 자기감정 때문이라고 한다. 애틋한 사랑 때문일 수도 있고, 혹은 그 사람으로 인해 자신의 처지가 어려워지는 것이 두려울 수도 있을 것이다. 이유야 어떻든 그 슬픔이 영원할 수는 없다. 아니 생각보다 빨리 잊힐 수도 있다. 지환은 어느 날 문득 그날이 온다면, 시우의 죽음만큼이나 쓸쓸하지 않을까 하는 서글픔이 밀려왔다.

시우 어머니 눈물의 의미는 뭘까? 짧은 삶을 살고 떠난 시우가 안타까워서일 수도 있고, 살아 있을 때 더 많이 사랑해 주지 못한 미안함 때문일 수도 있다. 아니면, 혼자 남았다는 공허함에 아플 수도 있다. 어쩌면 결혼 생활의 실패와 현실의 궁핍함, 그리고 무엇 하나 내세울 것 없는 자신의 가림막이 되어 주었던 시우의 부재가 아플 수도 있다. 사람 감정이 어느 하나로 단정할 수도 없는 일이고, 시우 어머니조차도 아픔의 실체를 정확하게 짚을 수 없을지도 모른다. 지환은 시우도 어머니가 빨리 아픔을 털고 일어날 수 있기를 바랄 것이라고 위로할 수밖에 없었다. 죽음은 관계에 따라 잊히는 시차가 있을 뿐, 궁극에는 잊힌다는 게 사실이다.

집으로 가는 버스가 길 가장자리에 멈춰 섰다. 그러고 보니 버스 정류장을 지나치고 있었다. 터벅터벅 한 정거장을 걸어온 것이다. 지환은 환하게 불이 켜져 있는 버스에 올랐다.

집으로 간다. 아내가 기다리고 있을 것이다. 매일매일 되풀이되는 일상이지만, 돌아갈 곳이 있다는 것이 감사했다. 죽음은 어떤 궤도를 벗어나는 것이라는데, 지환은 길을 잃지 않고 집으로 가는 버스에 몸을 실었다.

알람 소리에 눈을 떴다. 머리가 무겁다. 나이가 들수록 술을 마신 다음 날 일어나기가 힘들었다. 그런데 감아 놓은 태엽이 일정한 속도로 풀리듯 정해진 시간에 일어나 출근 준비를 했다. 지환이 출근하는데, 시우 어머니에게 문자가 왔다. 오후에 장례식장에 잠깐 다녀갈 수 있느냐고 물었다. 어머니의 요청이 없더라도, 시우 가는 길이 쓸쓸할 것 같아 찾아갈 생각이었다.

지환은 수업을 마치고, 다시 시우 빈소를 찾았다. 조문객이 아무도 없었다. 먼저 시우 앞에 섰다.

"시우야, 선생님 왔어."

지환의 말에 시우 어머니가 울컥했는지 눈물을 주르르 흘렸다.

"시우야, 먼 길도 아니고 외로운 길도 아닐 거야. 이렇게 사랑하는 엄마를 두고 가는 것을 보면, 그곳은 참 좋은 곳인가 보다. 가서 잘 지내."

지환은 어머니가 들으라는 듯 크게 말했다. 좋은 곳으로 갔다는 믿음을 주고 싶었다.

"이래서 우리 시우가 선생님을 유독 좋아했나 봐요."

"붙임성이 많은 녀석이라 누구든 좋아했어요."

"아니요. 이 녀석이 정말로 좋아하는 사람한테 하는 행동은 달라요. 맛있는 거 있으면 선생님 드린다고 꼭 챙겼거든요."

지환은 웃고 있는 시우를 쳐다보았다. 아침마다 과자를 가지고 와서 내밀었던 모습이 생각났다.

"어머니, 제가 뭐 도와드릴 거라도 있을까요?"

"내일 화장하러 가기 전에 잠시 학교 들렀다 가면 안 될까 해서요. 이 녀석 학교를 그렇게 좋아했는데, 마지막 가는 길에 보여 주고 싶어서요."

"안 될 거야 없을 것 같은데, 제가 결정할 수 있는 문제가 아니라서……. 교장 선생님께 여쭤보고 전화 드릴게요."

"그냥 운동장에 잠깐 들어가서 학교만 보여 주고 나오려고요."

영구차가 학교에 잠깐 들어가는 것이 뭐가 문제일까 싶으면서도, 그것을 결정할 교장의 인식에 따라 어려울 수도 있을 것 같았다. 다만 마지막 가는 길이기에 어떻게든 허락을 받아 낼 생각이었다. 어머니가 빠른 대답을 기다리는 것 같아, 그 자리에서 교장한테 전화를 걸었다. 그런데 교장은 쉽게 승낙해 주었고, 차가 도착하기 전에 미리 전화를 주면 교문을 열어 놓겠다고 했다.

"선생님, 감사합니다. 안 된다고 하면, 제가 시우 사진 안고 교문에서 보여 주려고 생각했는데……."

지환이 돌아가자 빈소에는 시우 어머니와 이모만 남았다. 어머니는 찾는 이 없는 빈소에서 시우 영정 사진을 물끄러미 쳐다보고 있었다. 그런데 옆 상가를 찾은 조문객들이 시우의 장례식장을 흘끔흘끔 쳐다보았다. 아이의 영정 사진 앞에 두 여자가 지키고 있는 모습을 보면서 무슨 생각을 할까? 어머니는 부끄러운 생각이 들었다.

어머니는 쓸쓸한 빈소를 지키고 있으면서, 왜 이렇게밖에 살지 못했을까 하는 후회가 밀려왔다. 시우와 함께 살아온 열다섯 해를 돌아보았다. 사람들과 정을 나누지 못하고 살았다. 열다섯 해를 철저하게 시우만을 바라보며 살았다. 이제 어머니는 철저하게 혼자가 되었다.

시우가 건강했더라면 남편과 헤어지지 않았을 것이다. 시우를 양육하는 것이 힘들어 남편을 돌아보지 못했다. 남편은 시우에게 모든 것을 걸고 있는 시우 어머니를 기다려 주지 못했고 결국 떠났다. 시우 어머니는 남편이 떠난 이유가 시우를 받아들이지 못해서라고 생각했다. 그래서 원망하는 마음이 쌓여 갔다. 남편에 대한 원망이 크면 클수록 현실을 헤치고 나가는 힘이 생겼다. 시우와 힘겨운 삶을 견뎌 낼 수 있는 동력을 남편에게서 받았다. 그런 어머니 삶의 동력을 만드는 촉매제였던 시우가 죽었다. 이제 삶의 동력이 끊긴 것이다. 어떻게 살까? 눈물이 주르르 흘렀다.

시우의 죽음을 남편에게 알릴까? 시우의 마지막을 아빠에게 알려야 하지 않을까 생각했다. 시우 어머니는 머리가 복잡했다. 남편은 시우를 어떻게 생각하는지 모르겠지만, 시우는 아빠를 찾았다. 아무리 남편이 미워도 시우에게 아빠를 뺏는 것은 아니었다. 시우에게 한 번쯤 아빠를 보여 줄 수도 있었는데, 나약한 모습을 보이는 것 같아 자존심이 허락하지 않았다. 남편 전화번호가 없다. 휴대폰에서 번호를 삭제했다. 그런데 기억 속에는 선명하게 남아 있다. 휴대폰에서는 삭제할 수 있었지만, 기억 속에서조차 삭제되지는 않았다. 휴대폰에서 남편 전화번호를 삭제하고 통화를 차단하는 것은, 시우와 함께 버틸 수 있는 근육을 키우는 일이었다. 어머니는 번호를 누를까 고민했다. 전화하면 금방 받을 것이다. 그리고 앞으로도 그 번호는 영원히 바뀌지 않을 것이다. 잠시 고민하다가 휴대폰을 내려놓았다. 전화하는 순간 지금껏 버텨왔던 돌 하나가 빠지듯 온통 와르르 무너질 것 같았다.

현주 어머니와 아웅다웅 싸우며 8년을 살았다. 무슨 이유였을까? 단지 재현이가 죽었을 때 했던 현주 어머니의 말 때문이었을까? 그런데 실제로 재현이 어머니는 현주 어머니 말처럼 장애로부터 자유로워졌고 새로운 인생을 찾았다. 그것은 굳이 현주 어머니가 말하지 않았어도 예견된 일이었고, 시우 어머니도 예상했던 일이다. 그렇다면 그 문제로 굳이 싸워야 했을까? 시우가 사경을 헤매고 있던 상황 때문이었다고 하기는 설득력이 부족하다. 어쩌면 새로운 인생이 펼쳐질 재현이 어머니에 대한 질투를 현주 어머니에게 덮어씌운 것은 아닐까? 재현이 어머니가 문상을 왔을 때의 감정을 생각해 보았다. 부끄러움과 시기심이 앞섰다.

남편과의 이혼. 현주 어머니와의 갈등. 그 실마리가 되었던 시우가 죽었다. 어떤 상황에서도 시우를 안고 왔고, 그런 모습이 주위 사람들에게 강한 어머니 모습으로 비쳤다. 그러나 이제 어떤 길을 가든 혼자 가야 한다. 그 길이 재현이 어머니처럼 되기는 너무 멀어 보인다. 그래서 누구도 현주 어머니가 재현이 어머니에게 했던 말을 시우 어머니에게 하지 않는지도 모른다.

더 이상 문상을 올 사람이 없다. 시우 어머니는 해맑게 웃고 있는 시우를 쳐다보았다.

"시우야, 엄마도 같이 갈까?"

"거기가 어디라고 같이 가?"

시우 어머니는 놀라 뒤를 돌아보았다. 졸업생인 영진이 어머니였다. 영진이 어머니 옆에는 남편으로 보이는 사람이 같이 서 있었다.

"아니, 영진이 어머니가 어쩐 일이세요? 어떻게 소식을 알고……."

"장애인 가족이 어려움을 당했는데 와 봐야지."

어머니는 가족이라는 말이 어색했지만, 그래도 소식을 듣고 찾아준 것이 고마웠다.

"안녕하세요? 영진이 아버님이세요?"

"아니, 영진이 삼촌. 혹시 시우 엄마 도울 일이 있을까 싶어서……."

분위기가 묘했다. 영진이가 졸업한 이후로 전혀 소식이 없었던 사람이다. 문상을 와 준 것도 이상한데, 도울 일이 있을까 싶어 삼촌이라는 사람을 데려왔다고 했다. 시우 어머니는 뭔가 모를 경계심의 촉을 세웠다. 혼자 시우를 키우면서 낯선 사람의 친절에 속아 어려움을 겪어 봤던 터라 사소한 친절도 부담스러웠다. 지나친 경계심이 사람 관계를 어렵게 할 수 있다는 것을 알면서도 학습된 것은 고쳐지지 않았다.

"음식이 기도로 넘어가서 그랬다면서?"

"네, 저녁을 먹다가 경기를 했어요. 경기를 자주 하니까 대수롭지 않게 생각했어요. 입안에 있는 음식물을 제거하고 좀 눕혀 놓았는데, 시간이 지나도 깨어나지 않더라고요. 다 빼내지 못한 것이 기도를 막고 있었나 봐요. 15년을 키웠으면서 에미가 그것도 몰랐다니 한심하죠?."

"저녁을 먹다 그랬는지 그 전에 그랬는지 알 수 없는 일이지."

"시우는 씹는 것도 그렇고 삼키는 데 특별한 어려움이 없어요. 경기하지 않았을 때, 음식이 기도로 넘어가는 일은 없었거든요."

"그야 모르지. 학교에서 여러 아이를 먹이다 보면 엄마처럼 신경 쓸 수 있었겠어?"

"네?"

시우 어머니는 순간적으로 이상한 느낌이 들었다. 순수한 마음으로 문상을 온 것이 아니라, 무슨 의도를 가지고 왔다는 느낌이었다. 거부감 느끼지 않도록, 이 상황을 정리해야 할 것 같았다.

"날씨도 더운데 어려운 발걸음 해 주셔서 감사합니다. 시우를 위해 보내 주신 따뜻한 마음 잊지 않겠습니다. 우리 시우 편안하게 잘 보내겠습니다. 다시 뵐 수 있을지 모르겠지만, 다음에 좋은 일이나 어려운 일 있으면 연락하세요. 이 신세 꼭 갚겠습니다."

영진이 어머니는 도움이 필요하면 전화하라며 명함을 주고 돌아갔다.

시우 어머니는 이틀 동안 다녀간 사람들을 떠올렸다. 시우 담임을 했던 선생님들 몇 분과 친했던 친구들 몇 명. 그리고 학부모 몇 명이 전부였다. 왜 이렇게 살았을까? 시우를 낳고 주위를 둘러볼 여유가 없었다. 시간이 없었다기보다 마음의 빗장을 잠그고 살았다.

어머니는 아침 일찍 일어나 머리를 감았다. 단정한 모습으로 시우를 보내고 싶었다.

영구차가 학교로 들어서는데, 지환이 동료들 몇 명과 운동장에 나와 있었다. 차 문이 열리자 어머니는 시우 사진을 들고 밖으로 나왔다.

학교 교정이 참 아름다웠다. 담장에는 덩굴장미가 흐드러지게 피었다. 소나무 동산에는 올해도 할미꽃이 활짝 피었는데, 시우는 왜 하필 이 봄에 가야 했을까? 지난 8년간 행복하게 살았던 풍경을 시우 눈에 가득 담아 주었다. 어쩌면 어머니에게도 이곳이 마지막이 될 것이다. 익숙한 풍경이지만 다시 오기 힘들 거로 생각하며, 사진을 찍듯 머릿속에 담았다. 문득문득 시우와 함께 이곳 풍경이 떠오르겠지만, 다시는 찾아오지 않으리라고 마음먹었다.

"시우야, 네가 그렇게 좋아했던 학교야. 이곳에서 만났던 선생님과 친구들과의 추억 가득 안고 가."

어머니는 시우와 함께 보냈던 추억이 생각났는지 눈물을 흘렸다. 어머니가 시우 영정 사진을 안고 차에 오르자 지환도 함께 탔다.

"선생님도 가시게요? 근무 중이시잖아요?"

"시우 가는데 담임인 제가 배웅해 줘야지요."

시우 가는 길이 쓸쓸할 것 같아 지환은 같이 가려고 기다리고 있었다. 차에 오르니 시우 이모와 학부모 몇 명이 타고 있었다. 그런데 졸업생인 영진이 어머니도 함께 타고 있었다.

"영진이 어머니, 안녕하세요? 오랜만에 뵙습니다. 영진이도 잘 지내지요?"

"그럼요. 선생님도 여전하시네요."

언뜻 둘러봐도 차 안에는 열 명도 채 되지 않았다. 시우 어머니 주위에 친척이며 친구들이 없는 것이 어쩌면 당연할지도 모른다. 시우 아버지에게 연락했으면 시우의 마지막 가는 길이 이렇게 쓸쓸하지는 않았을 텐데 하는 생각을 하며, 지환은 함께 오길 잘했다고 생각했다.

차가 학교를 벗어나자, 시우 어머니가 흐느껴 울었다. 지난 8년간 결석 한 번 하지 않았다. 시우와 어머니가 마음 편히 올 수 있었던 곳이었기에, 그 느낌이 남달랐을 것이다.

"아이가 이 지경이 되도록 학교에서는 뭐 하고 있었던 거야?"

차 안이 조용해서 너무도 선명하게 들렸다. 뒤를 돌아보니 영진이 어머니가 옆에 앉아 있는 사람과 얘기를 나누고 있었다. 지환은 그 사람과 눈이 마주쳤다. 두 사람의 대화가 좀 거슬렸지만, 끼어들고 싶지 않았다. 학교에 책임을 묻는 것 같은 이야기였다. 학교에 책임을 묻는다는 것은 담임에게 책임을 묻겠다는 뜻이다. 지환은 불쾌했다. 같은 말을 되풀이하는 것으로 봐서, 지환이 들으라고 하는 말 같았다. 교사가 을이 되어 버린 학교에서 송사에 휘말리지나 않을까 걱정이 되었다. 지환은 눈을 감았다.

시신을 태우기 위해 관이 들어가자 시우 어머니가 오열했다. 어머니의 우는 모습을 보니, 자식을 먼저 보내야 하는 아픔이 느껴져 지환도 눈물을 흘렸다. 짧은 삶을 살고 가면서, 좀 행복했으면 좋았을 것을. 지환은 답답한 마음에 밖으로 나왔다. 이곳이 처음은 아닌데, 삶의 무게가 가슴을 짓눌렀다.

하늘은 청명한데 후덥지근하게 더웠다. 지환은 시원한 음료수라도 마시려고 유족 대기실로 갔다. 대기실은 시원했지만, 유족들이 곳곳에 둘러앉아 음식을 먹으며 화장이 끝나기를 기다리고 있었다. 분위기가 어수선하여 옆에 있는 카페에 갔는데, 구석진 자리에 영진이 어머니와 버스에서 영진이 어머니 옆자리에 있던 사람이 앉아 있었다. 지환은 두 사람과 부딪히고 싶지 않아 밖으로 나왔다.

밖으로 나오자 화장터 전경이 한눈에 들어왔다. 잘 꾸며진 조경이 휴양 시설처럼 깨끗했다. 이렇게 잘 가꾸어진 곳이 이승과 저승의 갈림길이라고 생각하니 기분이 묘했다. 삶과 죽음은 병풍 하나 사이라지만, 뭔가 서늘한 느낌이었다. 이제 시신이 들어갔으니 모든 과정이 끝나고 나오려면 한 시간은 족히 걸릴 것이다. 어디 앉을 만한 벤치를 찾아보았다.

"이곳에 오면 삶이 덧없다는 생각이 들지요?"

영진이 어머니와 같이 있던 남자였다. 아침부터 지환과 이야기를 하고 싶어 하는 눈치였다. 부딪혀 봐야 좋을 것이 없을 것 같아 카페를 나왔는데, 따라 나온 것 같았다.

"제자를 먼저 보내야 하는 선생님 마음이 무겁겠습니다."

"네. 그러네요."

"짧은 삶을 힘들게 살고 갔으니, 저승에서는 편안하게 잘 지내겠지요?"

"그래야지요. 그런데 혹시 영진이 아버님이세요?"

"아니요. 저 시우 삼촌이에요."

"네? 시우 삼촌이요? 혹시 영진이하고 시우가 친척인가요?"

"친척이란 것이 꼭 혈연관계여야 하나요? 장애인에 대한 사회적 인식이 열약한 우리나라에서 장애인 가족 모두가 친척인 거죠."

시우 삼촌이라며 명함을 내밀었다. 주식회사 명진 대표이사 박정태. 지환은 뭔가 이상하다고 느끼며 명함을 받아 주머니에 넣었다.

"선생님, 내일 잠깐 찾아봬도 될까요?"

"저를요? 무슨 일로?"

"뭐 좀 상의하려고요. 내일 뵙고 말씀드리겠습니다."

화장 절차가 끝나고, 어머니가 유골을 감싸 안고 차에 올랐다.

"어머니, 시우 어떻게 하실 거예요?"

"외할아버지, 외할머니 옆에 묻으려고요. 제가 보살펴 주지도 못하는데, 외할아버지와 외할머니라도 가까이 있어야지요."

"부탁할 곳이 있어 다행입니다. 잘 다녀오세요."

"제적 처리도 해야 할 텐데, 서류가 뭐 필요해요?"

"사망 진단서만 있으면 돼요. 그런데 그렇게 급한 거 아니니까, 시우 잘 보내고 한 번 봬요."

지환은 학교까지 태워주겠다는 것을 중간에 내렸다. 그곳에서 빨리 벗어나고 싶었다. 특별히 한 일도 없는데, 장례가 진행되는 동안 힘들었는지 피곤이 밀려왔다. 시우의 죽음조차도 피곤하게 느껴졌다. 좋은 곳으로 갔을 거라고 믿으며, 빨리 일상으로 돌아가고 싶었다. 차에서 내리자 뜨거운 공기가 가슴으로 들어왔다.

문자 한 통이 날아왔다. 발신자가 모르는 번호였다.

'선생님, 내일 몇 시쯤 찾아뵈면 좋을까요?'

'실례지만 누구시죠?'

'시우 삼촌입니다.'

지환은 박정태라는 사람을 떠올렸다. 영구차 안에서 시우의 죽음이 마치 학교 과실로 인한 것처럼 얘기했고, 화장터에서도 불쾌한 태도로 접근해 왔다. 시우도 없는데 어머니도 아닌 시우 삼촌을 만나는 것이 내키지 않았지만, 수업을 마치는 세 시 이후에 오라고 문자를 보냈다. 그러면서 왠지 모를 불길한 생각이 들었다. 죽음은 단순히 잊히는 것뿐이라고 생각했는데, 시우의 삶만큼이나 무겁게 다가오고 있음이 느껴졌다.

브로커 /

시우를 보내고 일상으로 돌아왔다. 지환은 충분한 수면으로 전날의 피로를 풀었다고 생각했는데, 수업을 마치고 아이들이 돌아가자 피곤이 몰려왔다. 교실 출입문을 등지고 앉아 의자 등받이를 뒤로 젖힌 채 눈을 감았다. 깜빡 잠이 들었는데, 누군가 문을 두드렸다. 지환은 자고 있지 않았던 것처럼 태연하게 의자를 돌렸다. 시우 삼촌이었다.

"피곤하신가 봐요. 주무시는 데 깨워서 죄송합니다."

"아니요. 두통이 있어 잠깐 눈 좀 감고 있었습니다."

지환은 근무 중에 자는 나태한 인상을 줄 것 같아 얼른 자세를 고쳐 앉았다.

"시우 삼촌이 저한테 무슨 일로……."

"선생님, 시우 죽음에 뭔가 석연치 않은 곳이 있어서요."

"네? 무슨 말씀이세요?"

"음식이 기도로 넘어가 죽는 경우는, 기도로 넘어간 음식 때문에 숨이 막혀 죽는다는 것은 알고 계시지요? 그런데 시우의 사망 원인이 음식이 폐로 들어가 폐의 염증으로 진행되어 죽었을 가능성이 있다고 하더군요."

"글쎄요. 저는 의학적인 것은 잘 모르겠고요. 그런데 그 말씀을 왜 저한테 하시는 거죠?"

"일반적인 경우 음식이 기도로 넘어가면 사레가 걸려 기침으로 뿜어져 나옵니다. 물론 장애 아이들은 반사적으로 일어날 수 있는 기능이 약해서 사고가 나기도 합니다. 그렇다고 15년 가까이 아이를 키운 엄마가 기도로 음식이 넘어 가는 것조차 모르고 있었을 리가 없다는 얘기고요. 폐의 염증으로 진행되었다면, 그날 먹은 음식이 기도를 막아 시우가 죽었다고 단정하기는 무리가 있다는 얘깁니다. 작년까지만 해도 시우 엄마가 점심을 먹였는데, 올해 3월부터 선생님이 먹였다면서요? 이런 상황을 어떻게 해석해야 할까요?"

지환이 시우 밥을 먹이겠다고 했던 것은, 시우 어머니에 대한 배려였다. 24시간을 시우한테 매달려 아무것도 하지 못하는 어머니에게 잠시만이라도 시간을 주고 싶었고, 장애가 심해 학습 면에서 해줄 것이 별로 없는 시우에게 밥이라도 먹여 주면 미안한 마음을 덜 수 있을 것 같았다. 그렇게라도 담임의 역할을 하고 싶었는데, 그런 배려가 족쇄가 되어 지환을 옥죄었다.

"그래서요?"

"진단서 기록으로 봐서 그날 먹은 음식 때문에 사망한 것이라고 단정할 수 있는 근거가 하나도 없다는 뜻입니다."

"그래서 제가 밥을 잘못 먹여서 시우가 죽었다는 얘긴가요?"

"여러 가지 정황으로 봤을 때, 그럴 가능성이 있지 않을까요?"

"물론 시우의 식습관에 대해서는 어머니가 잘 아시겠지요. 그런데 그날은 일반적인 상황이 아니고, 밥을 먹다가 경기를 했어요. 경기로 인해 기침하기는 어려웠을 것이고, 어쩌면 음식이 더 쉽게 기도로 넘어가지 않았을까요? 시우가 죽은 날 아침에 시우 어머니가 전화했을 때도 음식을 제대로 제거하지 못했다며 아쉬워했고, 장례식장에서도 했던 얘깁니다. 아니, 잠깐만요. 그런데 제가 왜 시우 삼촌한테 이런 말을 해야 하는 거지요? 삼촌이랑 얘기할 사안은 아닌 것 같고, 시우 어머니하고 얘기하겠습니다."

"시우 엄마도 저와 같은 생각이에요."

"그래요? 무슨 의도로 이러시는지 모르겠는데, 시우 어머니와 통화해 보겠습니다."

"시우 어머니가 담임선생님과 이런 얘기를 하는 것이 불편하지 않을까요? 어제 시우를 보냈는데, 죽음의 원인을 두고 시시비비를 가리겠다고 하는 것은 너무 잔인한 행동 아닌가요?"

"그러게요. 아픈 마음 추설 시간도 없었는데, 이렇게 불쑥 찾아와 제 과실인 것처럼 얘기하면, 제가 어떻게 해야 할까요?"

지환은 시우 어머니에게 전화를 걸었다. 신호음이 가는데 받지 않았다. 어떤 사정으로 인해 받지 못하는 것이 아니라, 왠지 통화를 거부하고 있다는 느낌이 들었다. 몇 차례 더 전화했는데, 역시 전화를 받지 않았다. 뭔가 각본에 따라 움직이고 있는 것 같았다.

시우 어머니와의 통화를 포기했다. 지환은 뒤통수를 한 대 맞은 느낌이었다. 다른 사람이라면 몰라도 시우 어머니는 그럴 사람이 아니라고 생각했다. 학교 교육활동에 협조적이었고 담임한테 늘 예의 바른 어머니였다. 평소의 어머니 성격으로 봐서, 뭔가 석연치 않은 것이 있다면 담임을 찾아와서 당당하게 물었어야 한다. 무엇이 두려운 것인지. 한 번도 보지 못한 삼촌을 보내는 것은 예의가 아니었다. 거기다 전화까지 받지 않았다. 지환은 어떤 음모에 휘말린 듯한 느낌이 들었다.

　시우 삼촌이라고 했는데, 장례가 진행되는 동안 장례식장에서 한 번도 본 적이 없었다. 그리고 화장하러 갈 때, 영진이 어머니와 동행했던 것도 석연치가 않았다. 장애인 가족이라는 말로 접근하는 것이 뭔가 비상식적이라는 생각이 들었다.

　지환은 심호흡으로 마음을 진정하고 시우의 학적을 확인해 보았다. 아버지 성함은 윤승환, 어머니 성함은 김혜진이었다. 그런데 시우 삼촌이라고 하는 사람의 명함에는 명진 대표이사 박정태로 적혀 있었다. 삼촌이라면 정씨고, 외삼촌이라면 김씨여야 한다. 지환은 그제야 화장터에서 장애인 가족은 모두 친척이라고 했던 박정태의 말이 떠올랐다. 순간 느낌이 왔다. 지환은 박정태 앞에 앉았다.

　"실례지만 시우하고 정확하게 어떤 관계세요?"

　"삼촌이라고 했잖아요."

　"친삼촌이요? 외삼촌이요?"

　"지금 그게 중요해요? 제가 어제도 말씀드렸잖아요. 장애인 가족으로서 시우 어머니를 돕고 싶다고. 저는 석연치 않은 시우 죽음의 원인에 대해 밝혀 보고 싶고, 그 방법으로 선생님의 명확한 해명을 듣고 싶을 뿐입니다."

"그러니까 혈연으로서의 삼촌이 아닌, 소위 장애인 가족이라는 뜻이지요? 제가 예상하는 관계가 맞는 것 같네요. 죄송하지만 시우하고의 관계도 명확하지 않은 분하고 이런 얘기를 해야 할 이유가 없다고 생각합니다. 그만 일어나세요."

"선생님, 상황 파악 안 되시는 것 같은데, 실수하는 겁니다."

"그렇게 억지 부리지 마세요. 지금 시우 어머니가 전화를 받지 않는데, 나중에 시우 어머니랑 얘기하겠습니다. 돌아가 주세요. 제가 좀 바쁘거든요."

지환은 아주 건조한 어투로 말을 마치고 책상에 앉았다. 특별히 할 일이 없는데, 문서를 작성하는 것처럼 자판을 두드렸다. 박정태와 더 이상 대화하지 않겠다는 태도를 보여 주려는 의도였다. 그런데 박정태는 일어서지 않고 태연하게 앉아 있었다. 지환 역시 모니터를 들여다보며 일에 집중한 것처럼 박정태에게 관심을 두지 않았다.

"선생님, 후회하게 될 거예요. 저는 조용히 일을 끝내고 싶었는데, 선생님이 이렇게 나오시면 어쩔 수 없죠. 법적인 절차를 밟을 수밖에요."

박정태가 교실을 나서며 중얼거렸다. 지환은 아무 대꾸도 하지 않았다. 머리가 복잡했다. 뭔가 알 수 없는 늪으로 조금씩 빨려 들

어가는 느낌이었다. 빨리 그곳에서 빠져나오고 싶은데, 늪이란 것
이 나오려고 발버둥 치면 더 깊게 빠진다. 곰곰이 생각해 보았다.
문제를 해결하려면 우선 시우 어머니를 만나야 한다. 시우 어머니
에게 전화를 걸었다. 신호는 가는데 역시 받지 않았다. 전화를 받
지 않지만, 문자는 볼 것 같아 문자를 남겼다.

'시우 어머니, 안녕하세요? 시우 잘 보내고 오셨지요? 갑작스럽
게 시우를 보내고 정신이 없으실 텐데, 통화가 되지 않아 문자 남
깁니다. 시우 삼촌이라고 하는 분이 찾아왔습니다. 시우의 죽음에
석연치 않은 것이 있다고 하셨는데, 제 느낌상 저에게 뭔가를 얻어
내려고 하는 것 같습니다. 그것이 어머니의 뜻인지 궁금합니다. 그
리고 시우 삼촌이라고 했는데, 시우와의 관계도 명확하지 않아 일
단 돌려보냈습니다. 무슨 내용인지 어머니와 얘기를 나누고 싶습
니다. 문자 확인하시는 대로 연락을 주시면 감사하겠습니다. 기다
리겠습니다.'

지환은 온 신경이 휴대폰에 가 있었다. 전화가 올 곳이 별로 없
어 휴대폰을 잘 열어 보지도 않았는데, 혹시 시우 어머니가 문자를
했는지 수시로 확인했다. 그렇게 하루가 지났는데, 아무 연락이 없
었다. 몇 차례 전화하고 문자도 남겼는데, 아무 반응이 없다는 것
은 무엇을 뜻하는 것일까? 무엇을 어떻게 해야 할지 방법이 떠오르
지 않았다.

시우 어머니는 눈을 떴다. 창문이 훤했다. 시계를 보니 여섯 시

를 가리키고 있었다. 아침인지 저녁인지 알 수가 없었다. 일어나려고 하는데 몸이 무겁게 가라앉았다. 다시 누웠는데 사르르 잠이 몰려왔다.

기운이 없었다. 몸에서 모든 기가 빠져나간 느낌이었다. 이렇게 영원히 일어나지 못해도 좋을 것 같았다. 지금껏 고무줄을 팽팽하게 잡아당긴 듯 긴장된 생활의 연속이었다. 시우가 어디에 있든지 안테나는 항상 시우를 향해 있었고, 잠을 잘 때는 작은 부스럭거림에도 깼다. 어머니를 지탱해 주었던 시우의 죽음은 어머니가 쥐고 있던 생명줄을 놓는 것과 같았다.

몇 시간을 잤을까? 다시 눈을 떴는데, 머리가 무거웠다. 지금껏 깊은 잠을 자 본 적이 없었는데, 패턴이 깨져서일까 두통이 심했다. 시계를 보니 아홉 시를 가리키고 있었다. 창문이 어두운 것으로 봐서 아침은 아닌 것 같았다. 휴대폰을 찾아 날짜를 확인해 보니 꼬박 하루를 넘게 잤다. 이 상황을 잤다는 표현보다 쓰러져 있었다는 표현이 맞을 것이다.

휴대폰을 열어 보니 십여 통의 부재중 전화가 와 있었다. 그중에 시우 담임으로부터 열네 통의 부재중 전화가 기록되어 있었다. 무슨 일로 전화했을까? 사망 진단서가 필요한 걸까? 급하지 않다고 했는데, 무슨 일로 전화했을까 생각하다 문자를 열어 보았다. 그랬다. 박정태가 시우 담임을 찾아간 것이었다. 찾아가지 말라고 의사를 분명하게 밝혔는데, 시우 담임이 얼마나 당황스러웠을까? 이 상황을 어떻게 수습해야 할지 난감했다.

전화를 걸어야 하는데, 통화가 연결되면 어떻게 말할까 생각해 보았다. 시우 장례를 치르는 동안 매일 빈소를 찾아 주었고, 장지까지 함께 가 주었던 담임이다. 마지막을 아름답게 마무리하고 싶었는데, 벌써 박정태가 찾아갔으면 마음이 많이 상했을 것이다.

시우 담임뿐만 아니라, 어머니들의 전화도 여러 통 와 있었다. 지금은 아무하고도 통화하고 싶지 않았다. 누구와 통화해도 시우 이야기를 할 것이다. 다른 사람을 통해 시우의 부재를 확인해야 하는 것은 잔인한 일이었다. 마음 좀 정리하고 전화해야 할 것 같아 전원을 끄려는데 벨이 울렸다. 경현이 어머니였다. 전화를 받을까 말까 고민하다가 학교 분위기가 궁금했다. 박정태가 다녀갔으면, 시우 담임이 어머니들에게 무슨 얘기를 했을지도 모른다. 그리고 이틀 동안이나 통화가 되지 않았으니, 전화를 받지 않으면, 경현이 어머니가 집으로 찾아올지 모른다. 그러면 더 번거로워진다.

"어. 별일 없어? 경현이도 잘 있지?"

"무슨 남 걱정이야. 시우 엄마야말로 별일 없는 거지?"

"별일 있을 게 뭐 있어."

"그런데 왜 그렇게 통화가 안 돼? 무슨 일 있는 줄 알고 걱정했잖아."

"왜? 죽을까 봐?"

"분신 같은 아들을 보내고 어떻게 견딜까 싶어서."

"계속 잤어. 꼬박 하루를 넘게 잔 것 같아."

"그래. 힘들었을 거야. 이제 기운 좀 차려."

"걱정하지 마. 시우 없는 삶을 생각해 보지 않았는데, 또 이렇게 살아지네."

"시우 없다고 인연 끊을 생각은 아니지? 학교에 와. 밥이라도 먹자."

"밥? 그래. 먹자. 산목숨이라고 아무 일도 없었던 것처럼 먹고 마시는 데 지장 없으니까."

"무슨 말을 그렇게 해. 누군가 그러더라. 죽을 것만 같았는데, 어느 날부터는 웃고, 또 어느 날부터는 이런 삶도 살아봐야지 한다더라. 시우 엄마도 그래야지. 빨리 툭툭 틀고 일어나."

"누가 그래? 재현이 엄마?"

"재현이 엄마만 그렇겠어? 자식 먼저 보내도 다 살 구멍이 생긴다고 하더라."

"……."

"현주 엄마가 네 걱정 많이 하더라. 위로해 주고 싶은데, 괜한 오해 만들까 봐 겁난대. 자기가 밥 산다고 한번 보자고 하더라. 현주 엄마하고도 지난 감정 털어 내야지."

"재현이 엄마 문상 다녀갔어. 신수 좋아 보이더라. 현주 엄마가 말한 것처럼 새 인생 찾은 것 같았어. 현주 엄마 말이 맞는데, 왜 현주 엄마를 탓하고 미워했는지 몰라."

"시우 엄마도 그렇게 한 번 살아봐. 우선 내일 와서 현주 엄마하고 화해도 하고."

"알았어. 시우 서류도 전달해야 하고, 담임선생님도 만나야 하니까 내일 갈게."

　시우 어머니는 전화를 끊고 자리에서 일어났다. 담임선생님도 만나고 어머니들도 만날 생각이었다. 박정태가 시우 담임을 만나고 갔으면, 분명히 학교 책임이라고 말했을 가능성이 많다. 그 문제도 정리해야 한다. 유치원부터 다녔으니, 시우가 10년을 다닌 학교다. 힘들 때 시우와 어머니가 기댈 수 있었던 유일한 곳이었다. 확실한 근거도 없는 문제를 가지고 학교를 상대로 소송한다는 것은 시우도 원하지 않을 것이다. 그리고 늘 따뜻한 웃음으로 시우를 품어 주었던 담임선생님에게 할 짓이 아니었다. 담임을 만나 깔끔하게 마무리해야겠다고 생각했다.

　머리를 감고 나면 정신이 맑아질 것이다. 이제 하나씩 제자리로 돌아가야 한다. 시우 엄마의 역할이 끝난 것이지 삶이 끝난 것은 아니다.

　머리를 감고 있는데 전화벨이 요란하게 울렸다. 시우가 죽고 난 이후로 전화를 받기가 겁이 났다. 위로한답시고 하는 말들이 가슴을 후벼 팠다. 소식이 뜸했던 사람이 전화라도 하면, 혼자되었다고 가볍게 보는 것이 아닐까 괜한 경계를 했다. 시우가 있을 때는 모든 것이 전투였다. 그만큼 어머니가 강하게 무장할 수밖에 없었다. 그런데 지금은 무장해제 된 상태다. 보호자를 잃은 느낌이다. 어머니가 시우의 보호자가 아니라, 시우가 어머니의 보호자 역할을 해주었다. 바람 앞의 촛불 같은 시우였지만, 어머니를 든든하게 지켜주는 힘이었다는 것을 알았다.

머리를 감고 나왔다. 시우 담임선생님에게서 부재중 전화가 걸려 와 있었다. 시우 어머니는 통화 버튼을 누르려다 잠시 멈췄다. 박정태가 학교에 다녀갔으니 많이 혼란스러웠을 것이다. 그런 과정에 통화까지 되지 않았으니 답답했을 것이다. 모든 상황을 짐작하기에 담임과 통화할 용기가 나지 않았다. 그래서 문자를 남기기로 했다. 어차피 내일 학교에 가면 모든 오해가 풀릴 것이다.

'선생님, 제가 사정이 있어 전화를 받지 못했습니다. 선생님 전화를 피한 것이 아니고, 아무하고도 통화하고 싶지 않았습니다. 그리고 박정태 씨가 다녀간 모양인데, 전혀 제 뜻이 아닙니다. 죄송합니다. 내일 엄마들이랑 점심 같이 먹기로 했습니다. 자세한 것은 내일 말씀드리겠습니다. 안녕히 계십시오.'

그리고 박정태에게 문자를 보냈다.

'안녕하세요? 도와주시려는 마음 알겠습니다. 그런데 학교를 상대로 어떤 것도 하지 않는 것이 최소한의 도리라고 생각합니다. 더 이상 우리 시우 문제로 통화하는 일 없었으면 합니다. 부탁드립니다.'

시우 어머니는 미뤄 두었던 숙제를 해결한 것처럼 마음이 홀가분했다. 모든 것을 제자리에 돌려놓아야 한다. 시우 담임을 만나 제적 처리하고, 어머니들과도 마지막으로 만날 것이다. 마지막 만남이 되기 위해서는 밥값을 내야겠다고 마음먹었다. 어려울 때 도와주어 고맙다는 인사도 하고, 다시 만나야 하는 이유를 남겨 두지 않아야 한다.

현주 어머니와 화해해야겠다고 생각했다. 화해랄 것도 없다. 다시 만날 일이 없으니, 그냥 미안했다고 사과하면 된다.

지환은 시우 어머니 문자를 확인하고 전화하려다가 참았다. 지금 통화가 되면 이야기가 감정적으로 흐를 가능성이 있다. 어머니가 학교에 오겠다고 하니, 제적 처리되면 모든 문제가 정리될 것이다.

지환은 온종일 일이 손에 잡히지 않았다. 시우 어머니를 만나면 어떻게 이야기를 풀어가야 할지 머리가 복잡했다. 어머니 뜻이 아니라고 했으니, 오해를 풀고 잘 마무리해야 한다.

새 학년이 시작되고 두 달 넘게 만난 시우 어머니를 생각해 보았다. 학급 경영에 매우 협조적이었다. 학년 초에는 아이들 섭식 지도나 용변 처리 문제로 담임과 어머니 사이에 미묘한 신경전이 있을 수 있다. 아이가 학교에 있는 동안은 선생님이 모든 걸 처리해 주길 바라는 것이 어머니들의 마음이다. 반면 아이들은 많고 손이 부족하니 어머니가 좀 도와주었으면 하는 선생님 입장과 차이가 있었다. 그런데 시우 어머니는 시우 섭식을 자신이 하겠다고 자처했다. 담임 입장을 이해하고 도우려는 어머니였기에 경우 없이 처신하지 않을 것이라고 믿었다. 그렇지만 자식의 문제 앞에서는 한순간에 마음이 돌아설 수도 있음을 알기에 긴장했다.

하교 시간이 되어 어머니들과 함께 시우 어머니가 교실로 들어섰다. 불과 며칠 전의 하교 모습과 다를 것이 없는데, 시우가 없는 교실에 들어서는 어머니 마음은 불편했다. 매일 드나들었던 곳인데, 시우가 없으니 손님 같은 느낌이 들었다. 지환의 마음도 복잡했다. 박정태가 다녀가고 이틀 동안 시우 어머니가 전화를 받지 않아 속 끓인 것을 생각하면 눈도 마주치고 싶지 않았지만, 최대한 평정심을 찾으려고 애썼다. 시우 제적 처리를 하고 나면 다시는 보지 않을 사람이다. 뒷모습이 아름다워야 한다. 마지막 정리를 잘해야겠다는 생각에 감정을 절제하려고 애썼다.

사람의 감정은 주머니 속 송곳 같아 숨길 수가 없다고 한다. 시우 어머니 역시 예전 같지 않은 지환의 표정을 보며, 이 상황에서 벗어나고 싶었다. 앞으로 이 교실에 들어오는 일도, 시우 담임으로 만나는 일도 없을 것이다. 최대한 예를 갖추어 마지막을 잘 정리해야겠다고 생각했다.

시우 어머니는 지환과 시선을 맞추는 것이 불편했다. 시우가 학교에 다닐 때도, 장례가 치러지는 3일 동안도 따뜻하게 챙겨 주었던 선생님이다. 그런데 마지막 만남을 이렇듯 불편하게 만든 것은 자신의 책임이라고 생각했다. 박정태에게 명확하게 뜻을 전달했으면, 이 상황을 만들지 않았을 것이다. 마지막을 깔끔하게 처리하려고 했는데, 불편한 관계를 만들고 말았다.

"시우 잘 보내고 오셨어요?"

"네. 시우 가는 길 따뜻하게 지켜 주셔서 감사했습니다."

"여러 차례 전화 드렸습니다."

여러 차례 전화를 드렸다는 얘기는 왜 받지 않았느냐고 묻는 것이다. 시우 어머니는 담임이 왜 전화했는지 알고 있고, 문자로 전화를 받지 못했던 이유를 설명했다. 그렇지만 지환은 박정태가 왜 왔고,

와서 했던 말에 대해 시우 어머니의 명확한 설명을 듣고 싶었다.

"시우 삼촌이라고 했습니다. 처음에는 너무 황망하게 당한 일이라 그런 오해를 할 수도 있으리라 생각했습니다. 그런데 시우의 죽음이 안타까워 그 원인을 밝히고 싶은 것이 아닌 것 같았습니다. 시우 어머니 뜻을 확인하고 싶었습니다. 그런데 어머니가 전화를 받지 않으니까 일부러 전화를 피한다는 느낌이 들었습니다. 꼬박 하루가 지난 후에 문자로 전화를 받지 못한 사정에 대해 말씀하셔서 알았지만, 박정태 씨가 한 말이 시우 어머니의 뜻인 것 같아 힘든 시간이었습니다."

"죄송합니다. 선생님 마음을 불편하게 해 드렸습니다."

"시우에게 최선을 다했다고 말하지는 않겠습니다. 그래도 시우는 저에게 특별한 아이였고, 다른 아이들에 비해 능력이 떨어진다고 소홀하지 않으려고 애썼습니다. 그런데 자칭 삼촌이라고 하는 사람이, 마치 시우의 죽음이 제 탓인 것처럼 얘기했습니다. 사람의 진심이 이렇게 호도될 수 있다는 것에 분노를 느끼고, 27년간의 교직 생활에 대해 회의를 느꼈습니다. 저는 앞으로 아이들을 어떻게 대해야 할지 두렵기만 했습니다."

지환은 이성적으로 일을 잘 마무리하려고 생각했는데, 시우 어머니를 보니까 감정이 통제되지 않았다. 박정태가 다녀가고 통화가 되지 않았던 이틀간이, 지환에게는 무너진 터널 속에 갇혀 있는 것처럼 답답했다. 그때를 생각하면, 이렇게 마주하고 있는 것조차 불쾌했다.

"박정태 씨 문제에 대해서는 정말 면목이 없습니다. 전혀 제 뜻이 아니었습니다. 선생님 마음 불편하게 해 드린 점 정중하게 사과 드리겠습니다."

시우 어머니의 뜻이 아니었다고 하지만, 어떤 여지를 주었기에 그런 상황을 만들었는지 물어보고 싶었다. 그렇지만 어떤 변명도 하지 않고 사과하는 모습을 보니, 지환은 자신의 감정이 너무 격해 있다는 것을 깨달았다.

"박정태 씨가 말하는 느낌으로는 뭔가 돈을 요구하는 것 같은데, 어머니와 통화가 되지 않으니까 저는 당연히 어머니 뜻이라고 생각할 수밖에 없었습니다. 어머니 뜻이 아니었을 거로 믿었지만, 이틀 간 속 끓였던 것을 생각하니 감정 조절이 되지 않았습니다. 죄송합니다."

"아니에요. 제 뜻을 분명하게 밝히지 못해 벌어진 일이에요. 처음 저한테 접근할 때 뭔가 찝찝했지만, 설마 이런 상황으로 몰고 갈 거로 생각하지 못했습니다. 정말 죄송합니다."

"전화를 받으셨으면 이런 오해도 생기지 않았을 텐데, 통화가 되지 않으니까 온갖 상상으로 마음고생을 만들었습니다."

"꼬박 이틀은 잤습니다. 잤다는 표현보다 그냥 쓰러져 있었던 것 같습니다."

"그러셨군요. 그런 줄도 모르고 저는 괜한 오해를 했습니다."

"자지 않았다고 해도, 사실 누구와도 통화하지 않았을 거예요. 시우 죽은 것이 제 잘못 같아 누가 위로하는 것조차 싫었거든요."

"어머니 마음을 헤아리지 못하고 괜히 원망해서 마음이 무겁습니다. 죄송합니다."

지환은 헝클어진 실타래를 풀어낸 듯한 느낌이었다. 긴 숨을 몰아쉬었다. 다시는 돌이킬 수 없는 상황에서 벗어난 것처럼 마음이 홀가분했다.

"아이들 성장하는 모습 보면 시우 생각에 마음 아프시겠지만, 어머니들과는 인연 끊지 마시고 잘 지내셨으면 좋겠습니다."

"선생님, 저 현주 엄마하고 화해했습니다. 화해라기보다 제가 사과했습니다. 제가 속이 좁았던 탓이에요. 괜히 둘이 투덕거려 선생님 마음 불편하게 해 드렸던 것도 죄송합니다."

"두 분 사이에 무슨 일이 있었는지 모르겠지만 잘하셨어요. 시우가 주고 간 선물일 거예요."

시우 어머니가 돌아갔다. 이틀 동안 속을 끓었는데, 모든 것이 박정태가 꾸민 일이라고 했다. 돈 냄새 나는 곳에 꼬이는 것이 브로커의 속성이라지만, 시우 어머니가 단호한 태도를 취하지 않아 벌어진 일이었다. 그래도 이 정도에서 문제를 해결할 수 있어서 다행이지만, 어떤 이유로도 다시는 시우 어머니와 만나야 하는 일이 없기를 바랐다.

창문을 열었다. 때 이른 5월의 더위가 여름 한가운데 선 것 같았다. 지환은 주말에 어디든 다녀와야겠다고 생각했다. 새 학년이 시작되고 석 달을 숨 가쁘게 달려왔다. 아니, 혼자만 숨 가쁘게 달렸다. 소통과 교감이 부족한 아이들을 향한 일방통행이었다. 그래서 지쳤다.

군산을 생각했다. 어느 날 텔레비전에서 소개하는 맛집을 보고 무작정 군산에 간 적이 있다. 물론 그 맛집을 찾아가기 위해서는 아니었고, 그 맛집을 찾아가지도 않았다. 텔레비전 속의 골목길이 고등학교 시절 자취했던 골목을 연상하게 했다. 그래서 그 시절을 한번 걷고 싶었다. 특히나 군산에는 아무 연고도 없다는 것이 더 끌렸다.

지환은 다시 군산에 다녀오기로 마음먹었다. 군산에 가면 온통 헝클어진 삶이 제 순서를 찾을 수 있을 것 같았다. 혹여 시간적 여유가 있으면 골목길을 담아 오려고 스케치북을 챙기는데 박윤기 선생이 노크도 없이 교실로 들어섰다.

"시우 엄마 다녀가는 것 같던데 잘 해결됐어요?"

무엇이 궁금한 것일까? 무엇을 알고 싶은 것일까? 군산의 그 골목이라면 모퉁이를 돌아서 모른 척하고 싶었다.

"시우 엄마가 돈을 요구한다면서요?"

"누가 그래요?"

"지난번 시우 삼촌이라고 찾아왔던 사람이 브로커였다면서요? 시우 죽음이 학교 책임이라고 말했다고 하던데……."

소문도 빨랐다. 지환은 시우 이야기를 누구에게 했는지 생각해 보았다. 교장, 교감에게는 보고해야 했다. 상황이 더 꼬이기 전에 해결할 수 있도록 도움을 받고 싶었다. 그 외에는 민현기 선생한테 얘기한 것이 전부다. 민현기 선생이 말을 옮겼을 리는 없다. 몇 년을 만나 왔지만 남의 말을 함부로 옮기는 사람이 아니었다. 특히 그 상대가 박윤기 선생이라면 더더욱 그럴 것이다. 민현기 선생 역시 박윤기 선생이라면 고개를 절레절레 흔들었다. 그렇다면 교장 아니면 교감이다. 박윤기 선생이 알고 있다면, 이미 다른 선생님들도 알고 있을 것이다.

"다정학교 사건 알지요? 그거 브로커가 만든 작품이잖아요. 그 어머니는 그럴 생각 없었는데, 브로커가 개입해서 결국은 소송까지 하게 만들었잖아요."

"시우 엄마 뜻이 아니었다고 사과하고 갔어요."

"그런데 왜 전화를 받지 않아서 유 선생 속을 태웠던 거예요?"

도대체 어디까지 알고 있는 것일까? 전화 통화가 되지 않아 속을 태웠던 내용까지 알고 있었다. 내가 알고 네가 알고 하늘이 알면 다 아는 것이라고 했지만, 이미 온갖 가십거리가 되어 흘러 다니는 것 같았다.

"어머니가 좀 힘들었나 봐요. 저하고 통화를 피한 것이 아니고, 이틀을 잠에 취해 일어나지 못했다고 하더라고요. 제가 괜한 오해를 하고 속을 끓였던 것 같아요."

"아무리 힘들었어도 이틀이나 씹는다는 것이 말이 돼요?"

"우리 정서에 자식을 먼저 보내면, 부모의 잘못으로 생각하고 부끄럽게 생각하는 경향이 있잖아요. 위로한답시고 하는 말들이 싫어서 전화를 받지 않았다고 하더라고요. 그런 사정도 모르고 저는 괜한 오해를 했고요."

이 정도에서 일어나 주었으면 좋으련만, 박윤기 선생은 일어날 생각을 하지 않았다.

"오해할 만도 하지요. 아니, 오해였으면 좋겠네요. 엄마들의 마음을 믿을 수가 있어야지요."

시우 어머니는 지환과 헤어져 나오면서 학교 구석구석을 둘러보았다. 곳곳에서 시우의 숨결을 느낄 수 있는데, 다시는 오지 않을 곳이다. 학교를 둘러보다 시우 사진을 생각했다. 4월에 국립현충원으로 현장 학습을 다녀와서 시우 담임이 보내 준 사진. 아마도 다른 사진도 있을 것이다. 현장 학습이나 교육활동 사진이 있으면 받아 가야 할 것 같아 다시 교실로 향했다.

교실 문 앞에 섰는데, 교실 안에서 얘기 소리가 들렸다. 노크할까 하다가 학교를 둘러보고 다시 올 생각으로 돌아서려는데 시우 이야기를 하는 것 같았다.

"솔직히 시우 잘 갔다고 생각하지 않아요? 어머니가 끝까지 돌볼 수는 없잖아요. 남아 있는 가족들도 사람답게 살아 봐야 하는 거 아니에요?"

"저도 선생님 말씀에 공감하는데, 시우네는 사정이 좀 달라요. 시우하고 엄마 둘뿐이거든요. 어머니에게도 아직은 시우가 있어야 하고."

"맞아. 시우 엄마 이혼했다고 했지요? 그러니 시우가 필요하기도 하겠네요. 시우 몫으로 이런저런 지원도 받았을 텐데, 특별한 직업도 없이 이제 어떻게 살아요? 참 난감하겠어요. 그렇다고 그 책임을 학교에 돌리는 건 아니지요."

박윤기 선생은 거침이 없었다. 이 정도에서 끝냈으면 했는데, 박윤기 선생은 도무지 일어날 생각을 하지 않았다.

"엄마들 속성이 그래요. 아무 일 없을 때는 선생님을 믿는다고 하면서, 어떤 문제가 발생하면 태도가 돌변하게 되어 있어요. 시우 어머니도 전혀 그럴 사람이 아니라고 했잖아요. 그런데 보세요. 시우가 죽으니까 그 책임을 학교에 돌리려고 하잖아요. 자식 죽음을 미끼로 한밑천 잡겠다는 거예요? 뭐예요?"

"……."

"시우는 행복했을까요? 살아있는 매 순간이 얼마나 힘들었겠어요. 안타까운 마음이 드는 것도 사실이지만, 솔직히 잘 갔다고 생각하지 않으세요? 시우 엄마도 지금은 슬프겠지만, 시간이 지나면 잊힐 테고 사람답게 살아 봐야지요."

시우 어머니는 더 이상 듣고 있을 수가 없었다. 교실 문을 열고 들어가 뺨이라도 때려 주고 싶었지만, 정신을 가다듬고 시우를 생각했다. 그렇게 하고 돌아가면 더 지독한 독설로 시우를 망가뜨릴 것이다. 분한 마음을 짓누르고 돌아서는데, 눈물이 쏟아졌다. 주차장으로 가려다가 누군가와 마주칠 것 같아 화장실로 들어갔다. 아무도 없다는 안도감이 들자 눈물이 폭풍처럼 쏟아졌다. 시우가 죽고 가장 많이 들었던 얘기가 훌훌 털어 버리고 새 출발을 하라는 말이었다. 짐을 벗었으니 자유를 누리라는 뜻이었다. 위로의 전화가 아니라, 마치 축하 전화를 받는 것 같았다. 그래서 한동안 아무 전화도 받을 수가 없었다. 그런데 정말로 시우를 사랑해 준 사람이라고 믿었던 시우 담임이, 시우의 죽음을 바라보는 시각이 그렇다는 것이 믿어지지 않았다. 무엇보다 시우의 죽음을 미끼로 돈을 요구하는 어머니로 묘사하는 것은 참을 수가 없었다.

화장실 변기에 앉아 한참을 울었다. 억울해서 미쳐버릴 것 같았다. 이 일을 어떻게 처리할까? 밖으로 나와 세면대에서 눈 주위를 씻었다. 그리고 대충 운 흔적을 지우고 아무 일도 없었던 것처럼 교실로 향했다.

교실 문을 노크하자 지환이 환한 표정으로 시우 어머니를 맞이했다.

"아직 안 가셨어요? 그렇지 않아도 어머니께 연락해서 시우 현장학습 다녀온 사진 파일과 학습 결과물들을 보내 드리려고 했는데. 잠깐만 기다리세요. 제가 금방 챙겨드릴게요."

"선생님, 필요 없어요. 제가 조금 전에 드렸던, 시우 사망 진단서 좀 돌려주세요. 아마 뭔가 잘못되었을 거예요."

"그것 때문에 다시 돌아오셨어요? 괜찮은데…….."

"제가 괜찮지 않아서요."

시우 어머니는 지환으로부터 돌려받은 사망 진단서를 들고 밖으로 뛰어나왔다. 이대로 제적 처리를 할 수가 없었다. 다시 눈물이 쏟아졌다. 자식의 죽음을 미끼로 한밑천 잡으려는 엄마 이미지로 남는 것이 치욕스러웠다. 어떻게 할까? 누구에게 이 억울한 마음을 털어놓을까? 어디에도 전화할 곳이 없었다. 시우를 따라갔어야 했는데, 그래도 산목숨이라고 버텨 왔던 것이 구차하게 느껴졌다.

차 시동을 걸었다. 그런데 그 상황에 허기가 밀려왔다. 그러고 보니 시우를 보내고 제대로 먹은 것이 없었다. 어머니들이랑 점심을 먹을 때도 속이 거북해 국물 몇 숟가락을 뜨고 말았다. 그런데 갑자기 허기가 몰려왔다. 이 억울함에서 벗어나려면 일단 기운을 차려야 한다. 밥을 먹고 방법을 찾아보기로 했다.

설렁탕집에 들어갔다. 설렁탕을 시키고 휴대폰에 저장된 전화번호를 살펴보았다. 누구와도 의논한 상대가 없었다. 결혼하고 시우를 낳아 양육하는 동안 친구들이 모두 떠나갔다. 학교 어머니들도 아이들에게 치여 여유가 없을 것이다. 그 순간 시우 아버지가 생각났지만, 고개를 저었다. 전화번호를 검색하다 박정태의 통화 버튼을 눌렀다.

"시우 어머니, 안녕하세요? 전화도 문자도 하지 말라고 하셔서……. 뭐. 제가 도와드릴 일이라도……."

"정태 삼촌, 내일 시간 돼요? 시간 괜찮으면 차 한잔하실래요?"

"시간이 안 돼도 만들어야지요."

설렁탕 국물을 한 숟가락 떠서 입에 넣었다. 목구멍이 막혀 넘어가지 않았다. 한참을 앉아 있다 국물에 밥을 말아 입에 꾸역꾸역 쑤셔 넣었다. 그렇게라도 먹어야 한다. 긴 싸움을 하려면, 시우가 살아 있을 때처럼 세포를 긴장시켜야 한다.

퇴근 시간이 되었는지 중년의 남자들 한 무리가 식당 안으로 들어섰다. 시우 어머니는 식당을 나서서 어디론가 터벅터벅 걸었다.

흥정 /

‘유지환 선생님, 수업이 빌 때 교장실로 오세요.’

세 시간 이어진 수업을 마치고 자리에 앉았는데, 쿨 메신저에 교장의 메시지가 와있었다. ‘교장실 좀 다녀가세요’가 아니라 ‘교장실로 오세요’다. 짧은 문장에도 사람의 감정이 묻어 있다. 이것은 호출이다. 뭔가 좋지 않은 일이 있을 때, 이렇게 표현한다.

무슨 일일까? 업무적으로 교장과 긴밀하게 협의해야 할 위치에 있는 것도 아니고, 학급 경영에 소홀해서 민원을 만든 일도 없었다. 취미나 관심사가 비슷해서 교류하는 관계도 아니고, 교장이라고 가깝게 지내고 싶어 애써 본 적도 없다. 그저 소 닭 쳐다보듯 하는 관계다. 그런데 교장실로 부른 것은 무슨 문제가 생긴 것이 분명했다.

학년 초에는 학급 경영과 관련해서 더 좋은 조건을 만들기 위해 학부모들이 다양한 민원을 제기한다. 한 마디로 학교에서 학부모의 도움 없이 아이들을 완벽하게 케어해 줄 것을 요구한다. 그러나 그런 미묘한 분위기도 이미 정리된 상황이다. 지환은 왠지 모를 불길함이 엄습해왔다.

"유 선생님, 시우 엄마가 민·형사 소송을 제기했어요."

"네? 민·형사 소송이라고요? 왜요?"

"글쎄요. 당연히 시우 죽음과 관련된 일이 아닐까요? 선생님을 형사 고발하고 손해 배상도 요구하겠다는 건데, 전혀 모르고 있었어요? 삼촌이라며 찾아와서 돈을 요구하는 듯한 이야기를 했던 것도, 시우 어머니 뜻이 아니었다고 사과했다면서요?"

"네."

"그런데 왜 제적 처리는 안 하세요. 사망 진단서도 제출했다면서요?"

"장례식 치르고 이틀 후에 와서 사망 진단서도 내고 마지막 인사를 하고 갔는데, 한참 후에 다시 돌아와 사망 진단서가 잘못되었다며 다시 해 오겠다며 가져갔습니다."

"뭔가 이상해요. 사망 진단서가 잘못될 게 뭐 있겠어요. 유 선생님도 예상하지 못하는 이런 상황을 만들었을 때는 뭔가 이유가 있을 거예요. 무슨 문제인지 알아보고 상황이 더 나빠지기 전에 수습할 수 있도록 시우 엄마를 만나 보세요."

피고. 소송을 당했으면 피고가 되는 것이다. 지환은 자신의 운명과는 상관없는 어떤 것이, 컴퓨터 바이러스처럼 잘못 들어왔다고 생각했다. 드라마 속에서 검사의 날 선 질문에 주눅이 든 모습과 징역형을 선고받고 고개 떨구는 피고의 이미지가 떠오르며, 가슴 한구석이 답답하게 저려 왔다. 사업을 한다면 의도적이든 아니든 다른 사람에게 피해를 줄 수도 있다. 그렇지만 교직에 있으면서 남에게 피해를 줄 일이 없었기에, 이런 송사에 걸릴 거라고는 생각해 보지 않았다.

안경을 끼고 목욕탕에 들어간 느낌이다. 갑자기 시야 제로다. 시야를 확보하기 위해서는 안경을 벗어야 하는데, 어떻게 하면 그 안경을 벗을 수 있는지 방법을 모르는 치매 환자가 된 느낌이었다.

"유지환 선생님, 오해하지 말고 들어 주세요. 혹시 선생님의 잘못이나 실수가 있었던 것은 아닌가요? 이렇게 소송까지 했을 때는 그럴 만한 이유가 있을 거 아니에요?"

"글쎄요. 전혀 감이 잡히는 것이 없습니다. 고소당할 정도의 잘못이나 실수가 있었다면, 이미 얘기가 돌았겠지요. 시우가 죽은 날 아침에 전화했을 때도 그랬고, 장례식장에서도 밥 먹다 경기했는데 그 뒤처리를 제대로 하지 못했다며 후회했습니다."

"시우 장례식 다음 날, 시우 삼촌이라고 하는 사람이 학교에 왔었다고 했잖아요. 시우 죽음이 학교 책임 같다고 했다던데, 혹시 그 사람이 무슨 짓을 꾸민 건 아닐까요?"

"저도 그 사람이 왠지 찜찜하기는 합니다. 그런데 시우 엄마가 그 부분에 대해서 미안하다고 사과하고 갔거든요. 그래서 더 이상합니다."

"브로커가 돈 냄새를 맡았는데 그렇게 호락호락 물러서지 않을 거예요. 내 생각으로는 분명히 그 사람이 개입되어 있을 것 같아요. 오늘 당장 시우 엄마를 만나 보세요."

지환이 교장실 문을 열고 나오는데, 교감이 급하게 안으로 들어갔다. 잠깐 마주친 시선에서 싸늘한 감정이 느껴졌다. 시우 문제를 의논하기 위해 들어가는 것 같았다. 교장, 교감은 어떤 감정일까? 안타까운 마음보다는 송사에 휘말리게 될 것을 걱정하고, 일을 그렇게 만든 지환을 못마땅하게 생각할지도 모른다. 사실이 아닌 일을 추측해서 이야기를 재생산하지 않기를 바랐다.

지환은 시우 어머니 번호를 누르려다가 잠시 숨을 골랐다. 전화를 받지 않을 것이 예상되지만, 다른 대안이 없었다. 지환은 통화 버튼을 눌렀다. 예상했던 대로 전화를 받지 않았다. 다시 한번 더 통화 버튼을 눌러 볼까 하다가 참았다. 더 속만 상하고 초조해질 것 같았다. 시우 장례식을 마치고 전화 연결이 되지 않았을 때와는 느낌이 달랐다. 쉽게 해결되지 않을 것이라는 생각에, 지환이 마음도 오히려 그때처럼 초조하지 않았다.

며칠 전, 시우 제적 처리를 위해 어머니가 왔을 때를 생각했다. 사망 진단서를 내고 갔는데, 뭔가 잘못되었다며 다시 가지고 갔다. 그때 느낌이 이상했다. 한 장짜리 사망 진단서에 잘못 기재할 내용이 없을 것이다. 혹여 잘못되었다는 것을 알았으면 왜 제출했고, 그 이후로 왜 다시 서류를 가지고 오지 않았을까? 그날 시우 현장학습 사진과 학습 결과물을 주려고 했는데 필요 없다고 했다. 그토록 사랑했던 아들의 유품인데 필요 없을 리가 없다. 그 역시 필요 없어서가 아니라, 지환에게 섭섭한 것이 있다는 얘기였다. 그렇다면 서류를 내고 다시 받아 가는 사이에 무슨 일이 있었던 것일까?

지환은 가슴이 터질 것만 같았다. 아이들이 눈에 들어오지 않았다. 애써 담담한 척 노력했는데, 사람 감정을 숨길 수는 없었다. 하교하려고 현주를 데리러 왔던 어머니가 안색이 좋지 않다며 걱정하고 돌아갔다. 지환은 민현기 선생을 불렀다.

"민샘, 시우 엄마가 나를 고발했대."

"고발? 그게 무슨 얘기야?"

"시우 죽음 문제로 나를 형사 고발하고 민사 소송을 제기했대. 나 어떡해?"

"어떻게 알았어?"

"오전에 교장이 얘기했어."

"이 엄마 사과하고 갔으면서 뭐 하자는 거야? 도대체 속내가 뭐야?"

"사망 진단서가 잘못되었다며 다시 가져갈 때 뭔가 이상했어."

"정말 세상이 미쳐 돌아간다. 학교에서 죽은 것도 아니고, 집에서 죽은 것까지 책임지라는 얘기야? 시한폭탄을 안고 있는 것처럼 불안불안한 아이들인데, 어디 겁나서 선생질 하겠어?"

"시우 엄마 뜻이 아닐 거야. 박정태가 개입된 게 분명해."

"그 문제는 사과했다고 했잖아."

"직감이야. 시우 엄마한테 무슨 수작을 했을 것 같아."

"이거 왠지 다정학교 냄새가 난다. 다정학교도 브로커가 개입해서 사건을 크게 만들었잖아. 각종 언론에 수없이 보도되면서 학교 분위기는 엉망이 되고. 결국 그 선생님 무혐의 처분을 받았는데, 민사 소송에서는 배상 판결이 나왔다고 들었어."

"그럼 나도 배상해야 하는 거야?"

얼마를 받기 위해 소송을 제기했는지 모르겠지만, 몇백만 원을 받기 위해 하지는 않았을 것이다. 지환은 순간 박정태가 했던 말이 생각났다. 조용히 끝내려고 했는데 후회하게 될 거라며 법적으로 처리하겠다고 했다. 시우 어머니는 자기 뜻이 아니라고 했는데, 뭔가 박정태의 계획대로 진행되는 것 같았다. 그리고 그 조용하게 끝내려는 수준이 무엇이었는지 궁금했다.

"유 선생 신분이 공무원이니까 교육청을 상대로 소송했을 거야. 유 선생도 모르고 있는데 교장이 말했다면, 아마 교육청에서 연락받은 걸 거야. 다정학교 사건 때도 교육청을 상대로 소송을 제기했고, 소송의 주체도 교육청이었다고 들었어."

"그렇다고 해도 사건의 진실을 밝혀야 하는 것은 내가 해야 할 거 아니야? 내가 뭘 어떻게 밝혀. 시우 엄마가 했던 말을 녹취해 놓은 것도 아닌데."

"교육청 소속의 교권보호 전담 변호사가 있는 것으로 알고 있어. 변호사 도움받아서 준비하면 되니까 너무 걱정하지 말고 기다려 봐."

"손해 배상도 해야 할 거 아니야?"

"너무 앞서 가지 말고. 손해 배상에 대한 문제도 교육청에서 배상하고 소송 당사자인 교사한테 구상권을 요구할 수 있는데, 다정

학교의 경우는 그 선생님이 형사 소송에서 무혐의 판결이 나왔기 때문에 교육청에서 구상권을 요구하지 않은 것으로 알고 있어. 그 학교에 잘 아는 후배한테 알아볼게."

"살다가 별일 다 당한다. 이러려고 교사가 되었던 건 아닌데……."

"미리 걱정하지 마. 나도 시우 4학년 때 담임해 봤잖아. 시우 엄마 그렇게 막 나갈 사람 아닌데, 뭔가 오해가 있을 거야. 나하고 같이 한번 만나 보자."

"전화를 안 받아."

"그럼 내 전화로 해 봐."

"이미 다른 샘 전화로 해 봤어. 역시 안 받아."

"지금 유 선생하고 통화해서 무슨 말을 하겠어. 이유가 뭔지는 모르겠지만, 소송까지 제기한 상황에 당연히 전화를 피하겠지. 그 페이스에 말려들지 말고 조금만 기다려봐. 오해든 뭐든 감정이 격해 있을 때 통화해서 좋을 게 없어."

지환은 마음이 복잡했다. 어떤 문제든 결국은 진실과 정의가 승리한다고 믿지만, 세상사를 돌아봤을 때, 인간애의 죽음과 불의도 승리했다. 결국 어떻게든 문제는 해결되겠지만, 지환에게 교직 생활뿐만 아니라 삶의 가치를 통째로 흔들어 놓을 것이 분명하다. 언제쯤 소송이 끝날 것인가? 그 과정을 겪고 난 후의 처참한 자화상을 생각하니 두려웠다.

몇천만 원. 만약 그것을 배상해야 한다는 판결이 나온다면 어떻게 해야 할까? 액수의 문제가 아니라, 결백함을 증명할 길이 없다면 미쳐 버릴지도 모른다. 한 사람이 자신의 억울함을 증명할 길이 없을 때, 극단적인 선택을 할 수도 있다는 것을 이해할 것 같았다.

문자를 남겨 볼까? 어떤 간절한 문자를 보내면 시우 어머니의 마음을 움직일 수 있을까? 아니면 무관심한 척 기다려 볼까? 예상했던 반응을 보이지 않으면, 시우 어머니 측에서 어떤 행동이 나오지 않을까? 온갖 경우를 생각하며 긴 싸움을 생각하는데, 한 통의 문자가 왔다. 시우 어머니였다.

'전화하셨네요. 소송 건에 대해서 선생님께 드릴 말씀이 없습니다. 모든 것은 시우 삼촌하고 협의해 주셨으면 합니다. 죄송합니다.'

시우 삼촌과 협의하라며 전화번호도 함께 보냈다. 시우 어머니가 말한 시우 삼촌은 박정태일 거라고 짐작하면서도, 혹시 하는 마음에 문자와 함께 보내 준 번호를 눌렀다. 예상대로 박정태가 전화를 받았다. 지환은 얼른 통화 버튼을 껐다. 어떻게 대처할지 생각하지 않았고, 시우 장례를 마친 다음 날 학교로 찾아왔을 때 아주 사무적인 태도로 돌려보낸 것이 마음에 걸렸다.

상황이 복잡해졌다. 박정태가 학교에 다녀간 것은 시우 어머니의 뜻이 아니었다고 사과했는데, 삼촌이라고 호칭하는 것은 박정태를 문제 해결의 창구로 이용하겠다는 뜻이다. 박정태가 개입된 상황에 미숙한 대처로 어려운 상황에 빠질 수도 있다. 검찰의 공식적인 조사 이전이나 변호사가 없는 상황에서 만나면 안 된다고 생각했다.

그런데 그때 전화벨이 울렸다. 발신자가 조금 전에 눌렀던 박정태 번호였다. 지환은 전화를 받을지 말지 잠시 고민했다. 그러나 피해 갈 수 없는 상황이라면, 그를 통해 소송의 목적이라도 알아야 할 것 같았다.

"선생님, 안녕하세요? 그렇지 않아도 전화를 드리려던 참인데, 먼저 전화를 주셨네요."

'먼저'라는 말이 거슬렸다. 답답한 사람이 우물을 파듯, 먼저 전화를 했다는 것으로 초조함을 들킨 것 같아 자존심이 상했다. 가슴이 뛰고 감정이 요동쳤지만, 최대한 태연한 척하려고 애썼다.

"시우 어머니가 문자로 시우 삼촌이라며 전화번호를 남겨 놓았기에 전화를 해 봤습니다. 진짜 삼촌인가 싶어서요."

"지난번에 말씀드렸잖아요. 우리나라에서 삼촌이라는 호칭이 혈연관계에 국한해서 말하는 거 아니라고. 믿고 의지할 수 있는 관계라는 뜻으로 삼촌이라고 말한 것 같은데 맞습니다. 제가 시우 소송 건을 맡아서 도와주려고 합니다."

"그러시군요. 역시 제 예상이 맞았네요. 알겠습니다."

지환은 최대한 이성을 잃지 않으려고 애썼다. 알겠다는 말은 박정태가 브로커로 개입하겠다는 뜻을 이해했다는 의미였다.

"한번 뵀으면 하는데, 언제 시간이 괜찮으세요?"

"제가 이런 일을 처음 당해서 당황스럽고 어떻게 해야 할지 모르겠네요."

"그러시겠지요. 이런 문제를 길게 끌고 가 봤자 피차 정신적인 고통만 당할 테고, 적당한 선에서 합의하는 것이 좋지 않을까요?"

"적당한 선에서 합의요? 뭐를 합의하자는 것인지 이해가 안 되네요."

"선생님이 학교에만 있어서 세상 물정을 잘 모르시는 것 같은데, 법적인 판결이 불리하게 나오면 공직자로서의 모든 권리를 잃게 될지도 모른다는 뜻입니다. 한마디로 말해서 퇴직금을 받지 못할 수도 있다는 말입니다. 그런 상황 만들지 말고 적당한 선에서 합의하는 것이 서로에게 좋지 않을까 하는 생각입니다."

지환이 태연하게 사건을 인지하지 못하는 척하자 박정태가 속내를 드러냈다.

"알겠습니다. 한번 뵙지요."

"언제가 좋을까요? 오늘 퇴근 시간에 맞춰 학교 근처로 갈까요?"

"제가 2, 3일 안에 처리해야 할 업무가 많아서 금요일쯤이나 시간이 날 것 같은데요."

"그렇게 시간을 끌 사안이 아닙니다. 문제가 복잡해지면 선생님만 힘들어져요."

박정태는 마치 지환을 걱정하는 것처럼 얘기했다. 지금 박정태와 만나 봐야 합의금 문제 외에 나눌 얘기가 없었다. 아직은 합의금 얘기를 하고 싶지 않았다. 시우 어머니를 만나고 싶었다. 모두 그럴 사람이 아니라고 하는 시우 어머니가 소송을 제기한 이유를 알아야 한다. 무엇보다 이런 상황에서 지환이 담담하게 대응하면,

박정태가 조바심을 낼 수도 있다.

금요일이나 시간이 날 거라고 했던 것은, 금요일에 만나자는 의미가 아니고 지환의 마음이 덤덤하다는 메시지를 전하고 싶어서였다. 그리고 그사이에 상황이 바뀌는 일이 생기지나 않을까 하는 기대도 있었다. 박정태와 만남을 거부할 입장이 아니라 금요일 오후에 만나자고 약속했지만, 금요일이 되도록 아무 일도 일어나지 않았다. 그래서 그 무엇을 간절히 기다렸던 이틀의 시간이 불안하고 초조했다.

"많이 바쁘셨나 봐요?"

교실 문을 열고 박정태가 들어왔다. 지환은 인사도 하지 않고, 최대한 마음의 흔들림을 들키지 않으려고 애썼다.

작은 키에 다부진 몸매, 과거에 격투기 선수이지 않았을까 하는 짐작을 하게 했다. 좋은 인연이 아닌데, 그의 이미지 때문에 더 긴장하게 했다.

"많이 놀라셨지요?"

"놀랐다는 표현보다는 아이들을 위해 애쓴 결과가 이런 식으로 온다는 것에 배신감이 들었습니다."

"선생님은 억울하시겠지만, 우리는 결과에 대해서 말할 수밖에 없어요. 특히 학생의 안전사고에 대해서는요."

"그런가요? 결과가 제 책임이란 얘기네요?"

"지금까지 상황으로 봐서는요."

"그래서 저한테 원하는 게 뭐죠?"

"선생님은 시우 엄마가 뭘 원하는지 안 궁금하세요?"

"글쎄요? 돈 때문인가요? 시우 장례를 치르고 시우 삼촌이 저한테 다녀간 것은 시우 어머니 뜻이 아니라고 사과하고 가셨는데, 갑자기 이러시는 이유를 모르겠네요. 다들 그럴 사람 아니라고 하던데, 갑자기 시우 죽음에 대한 책임을 저한테 전가하려는 것은, 혹시 시우 삼촌이 만든 작품 아닌가요? 저는 시우 어머니 마음이 갑자기 변한 이유가 뭔지 먼저 알고 싶습니다. 그래서 시우 삼촌보다 시우 어머니를 뵙고 싶습니다."

"시우 엄마가 모든 것을 저하고 협의하라고 하지 않던가요?"

"시우 삼촌이 이 궁금증을 해소해 줄 수는 없잖아요?"

"상황 파악을 못 하시는 것 같은데, 시우 죽음에 대해 선생님의 과실에 대한 형사 책임도 묻고 손해 배상을 요구한다는 뜻이에요."

"네, 알아요. 시우 어머니를 만나 왜 이렇게까지 해야 했는지, 그 이유가 뭔지 궁금증을 해소한 후에 제 생각을 말씀드리겠습니다. 그래도 이 소송이 계속 진행된다면, 그때부터는 시우 삼촌과 협의해야겠지요."

박정태가 돌아갔다. 교실 문을 열고 나가며 '그 양반 참 답답하네.'라고 했다. 사람은 뭐고, 양반은 뭔가? 어떤 상황에서도 선생님이라고 호칭하며 예의를 갖추려던 사람이, 자신의 의도가 먹히지 않자 본성을 드러냈다. 어쩌면 단순한 사람이라 감정을 잘 건드리면 허점을 잡을 수 있을지도 모른다고 생각했다.

사람에 대한 선입견을 만드는 것은 아주 작은 것에서 출발한다는 것을 알았다. 박정태는 과거에 격투기 선수였거나 체육관 관장 같은 이미지였다. 그런데 지환은 박정태와 인연이 얽힌 이후로, 그와 비슷한 체구의 사람을 보면 브로커나 사기꾼일지도 모른다는 선입견이 생겼다.

박정태가 지환을 만나고 돌아갔으니, 시우 어머니에게 지환의 뜻이 전달되었을 텐데 아무 반응이 없었다. 지환은 시우 어머니에게 문자를 보냈다.

'시우 어머니, 시우 삼촌, 아니 박정태 씨가 다녀갔습니다. 어머니가 왜 이러시는지. 요구하는 것이 무엇인지 직접 들어보고 싶습니다. 전화든 문자든 주시면 감사하겠습니다.'

어차피 전화는 받지 않을 것이다. 짧은 메시지를 남기고 기다리기로 했다.

초조한 지환의 마음을 이용하려는지 시우 어머니에게도 박정태에게도 아무 연락이 없었다. 출근하는 마음이 무겁게 짓눌렸다. 그런 마음으로 아이들 앞에 서야 하고, 아무 일도 없다는 듯 학부모들을 만나야 한다고 생각하니 어디론가 도망치고 싶었다.

마음은 무거웠지만 밝은 모습으로 아이들을 맞이하려고 애썼다. 경현이 어머니가 경현이 휠체어를 밀고 교실로 들어섰다.

"경현이 안녕. 어머니, 안녕하세요? 오늘은 일찍 오시네요."

"선생님께 드릴 말씀이 있어서요."

항상 2교시 시작할 때쯤 등교하던 경현이가 1교시 시작 전에 등교했다. 당연한 일인데, 당연하지 않은 일이 일상화되다 보니 당연한 것이 이상하게 느껴졌다. 제시간에 등교한 정상적이지 않은 상황에 경계심이 생겼다.

"선생님, 시우 엄마가 왜 소송을 제기했는지 정말 모르시는 거예요? 아니면 모른 척하시는 거예요?"

"무슨 말씀이세요? 제 전화를 받지도 않으시고, 문자를 해도 아무 답장이 없는걸요. 저야말로 밤길 걷다가 맨홀에 빠진 느낌입니다. 황당하고 답답해서 미치겠습니다."

"시우 삼촌하고는 아무 얘기도 안 하시고, 시우 엄마를 만나고 싶다고 하셨다면서요? 그럼 전화하시면 되지요."

지환이 초조하게 전화나 문자를 기다렸던 시간에 시우 어머니도 지환의 전화를 기다리고 있었다는 얘기다. 지환은 그 마음이 무엇일까 궁금했다. 먼저 전화를 하는 것이 자존심 상하는 일이었을까? 아니면 주도권을 빼앗긴다고 생각했던 것일까? 시우 어머니 마음이 편치 않다는 것은, 이 송사 자체가 잘못되었다는 것을 인지하고 있다는 뜻일 것이다.

"선생님, 그러시는 거 아니에요. 시우 엄마를 무시하는 것도 아니고. 아니, 장애아이 부모를 싸잡아 욕하는 거잖아요. 저 같으면 그런 말 듣고 가만히 안 있어요. 시우 엄마니까 저렇게 당하고 있는 거죠."

"아니, 제가 무슨 말을 했다는 거예요?"

"정말 모르시겠어요? 시우 죽음을 미끼로 한밑천 잡을 생각이냐고 했다면서요."

"제가요?"

지환은 미칠 것 같았다. 우리말에 버선목이라면 뒤집어 보여 주고 싶다는 말이 있다. 버선목을 대신할 수 있는 녹음 자료라도 있으면 좋을 텐데, 그런 말을 하지 않았다는 진실 외에서 아무것도 가진 것이 없었다.

박정태를 생각했다. 어쩌면 박정태가 사건을 만들기 위해 없는 말을 꾸며서 전했을 수도 있다. 먼저 시우 어머니를 만나야 할 것 같았다. 진실이 밝혀지면 아무 일도 아니었던 것처럼 웃을 수 있으리라 생각했다.

아이들이 돌아갔다. 하루의 일과가 아무것도 생각나지 않았다. 아이들과 무엇을 했는지. 무슨 이야기를 나누었는지. 점심은 무엇을 먹었는지. 마치 약물에 취해 있었던 것 같았다. 온종일 생각한 것은, 그 말을 누가 무슨 의도로 꾸며 낸 것일까? 누구나 그럴 사람이 아니라고 하는 시우 어머니가 꾸며 낸 이야기는 아닌 것 같고, 박정태일 거라는 확신이 들었다.

시우 어머니에게 통화 버튼을 눌렀다. 신호음은 가는데 전화를 받지 않았다. 안 받을지 모른다고 생각했기에, 지환은 벨 울리는 소리를 세고 있었다. 여덟, 아홉, 열. 열 번째 전화벨이 울리는데 받지 않아 끊으려던 순간에 전화를 받았다.

"여보세요?"

평소 같으면 '네. 선생님'하고 받았을 것이다. 지환이 번호가 저장되어 있을 텐데 '여보세요.' 라고 전화를 받았다는 것은, 더 이상 시우 담임으로서 예우할 필요가 없다는 뜻이다.

"어머니, 안녕하세요?"

통화 버튼을 누르면서도 전화를 받지 않을 것으로 생각했다. 그래서 지환도 어떻게 말을 시작해야 할지 준비되어 있지 않았다. 시우 어머니도 아무 말이 없었다.

"그저께 시우 삼촌을 만났고, 아침에 경현이 어머니가 오셔서 얘기하고 갔습니다. 뭔가 오해가 있으신 것 같아 한번 뵙고 싶습니다."

"오해요? 저는 전화를 하셨기에 미안하다고 할 줄 알았습니다. 그런데 끝까지 오리발이시네요."

지환이 이제는 시우 담임도 아니니 예의를 갖출 것을 기대하지는 않았지만, 오리발이라는 말에 욱하는 감정이 일었다. 그러나 그럴 때일수록 이성을 잃지 않아야 한다.

"시우 어머니, 도대체 뭐가 잘못되어 이렇게 뒤죽박죽 엉키게 되었는지 잘 모르겠습니다. 어머니가 오해하신 건지, 아니면 정말 제가 뻔뻔한 건지 일단은 만나서 얘기를 나눴으면 좋겠습니다."

시우 어머니는 몹시 흥분되어 있었다. 만나야 할 이유가 없다고 하는 것을 퇴근 후에 시우네 집 근처로 가겠다고 했다. 민현기 선생이 함께 가겠다고 하는 것을, 문제를 해결에 도움이 되지 않을 것 같아 혼자 가기로 했다.

약속 시간보다 조금 일찍 도착한 지환은 구석진 곳에 자리를 잡았다. 껄끄러운 대화가 오갈지도 모르는데, 사람들의 시선을 받는 것이 부담스러웠다. 그리고 휴대폰을 꺼내 녹음 모드로 바꿔 놓았다. 대화 중에 지환이 얻을 수 있는 것이면 어떤 정보든 수집해야 한다.

시우 어머니가 매장으로 들어오는 것을 보고 지환이 자리에서 일어났다. 어머니는 인사는커녕 가벼운 목례도 하지 않았다. 시우 담임으로 인정하지 않는다는 뜻이다. 얼굴이 좋아진 것 같았다. 시우가 없어 정신적으로 힘들겠지만, 시간에 쫓기지도 않고 자는 중간에 한 번씩 봐 줘야 하는 일도 없을 것이다. 편안함은 몸이 먼저 반응한다. 그러다가 정서적으로도 안정을 찾게 되면, 흔히들 말하는 새로운 인생이 펼쳐질지도 모른다.

"여러 가지로 힘드실 텐데 이렇게 나와 주셔서 감사합니다. 오해가 있으면 풀어야 하고, 사실이라면 사과를 하는 게 맞을 것 같아 뵙자고 했습니다. 경현이 어머니 말씀으로는 제가 한 말 때문에 어머니가 상처받았다고 하던데 무슨 말씀이세요?"

"정말 모르시겠어요?"

"시우 죽음을 미끼로 한밑천 잡을 생각이냐고 했다던데, 제가 미치지 않는 이상 어떻게 그런 말을 할 수 있겠습니까?"

"그럼 그 순간에 선생님이 미쳤나 보네요. 저가 분명히 들었거든요."

"구체적인 시간과 상황을 말씀 좀 해 주세요."

외줄을 타는 것처럼 아슬아슬했다. 이 상황이 오해에서 비롯되었다면 생각보다 쉽게 해결될 수도 있지만, 혹여 오해가 부풀려진다면 긴 싸움이 될 수도 있다. 어떤 경우에도 감정적인 대처를 하지 않으려고 애썼다. 지환은 조심스러웠다.

"시우 보내고 이틀 후에, 시우 제적 처리하려고 사망 진단서 가지고 학교에 갔었던 거 기억하시죠? 저 그날 선생님하고 엄마들 마지막으로 볼 생각이었어요. 그래서 제가 전화를 받지 않아 선생님 애를 태웠던 것도 사과하고, 엄마들한테 마지막으로 밥을 사고 왔습니다. 시우가 10년 다닌 학교입니다. 시우가 10년을 다녔으면, 저도 10년을 다닌 곳이고요. 다시는 오지 않을 곳이라고 생각하니까 섭섭하더라고요. 선생님한테 사망 진단서 내고 학교 이곳저곳을 둘러봤습니다. 복도에 있는 교육활동 사진에서 시우 모습도 보고, 곳곳에 시우와의 추억이 남아 있어 아쉬웠습니다. 그렇게 아쉬움을 안고 돌아가려고 주차장에 갔는데, 시우 영정 사진이 생각났습니다. 선생님이 현충원 현장 학습 다녀와서 보내 준 사진이잖아요. 분명히 다른 사진들도 있을 것 같아 받아 가야겠다고 생각하고 교실로 갔습니다. 교실 문 앞에 섰는데, 교실 안에서 사람 소리가 들렸습니다. 그래서 전화로 말씀드려야겠다고 생각하고 돌아서려는데, 우리 시우 얘기를 하고 있더군요."

어머니는 한동안 말이 없었다. 그때의 상황이 떠올라 고통스러운 듯 숨을 고르고 있었다.

지환은 시우 어머니 얘기를 들으며 그날을 떠올려 보았다. 시우 어머니가 다녀가고 박윤기 선생이 잠깐 왔었다. 뭔가 탐색하러 온 것 같아 썩 유쾌하지 않았지만, 잠깐 이야기를 나누고 갔다. 이야기를 나누었다기보다 박윤기 선생이 주로 얘기했기 때문에 무슨 이야기를 했는지 기억도 흐릿했다. 박윤기 선생과 얘기하는 것이 싫었을 수도 있고, 이야기 자체가 별로 중요하지 않았을 수도 있다. 그런데 아마 박정태 얘기를 했던 것 같다.

"선생님이 그러시더군요. 시우 죽음을 미끼로 한밑천 잡을 생각인 것 같다고……."

"어머니, 잠깐만요. 말씀하시는데 죄송해요. 어떤 상황인지 알 것 같아요. 그 부분에 대해서 제 얘기도 좀 들어 주셨으면 좋겠어요."

지환은 어떤 상황인지 알 것 같았다. 박윤기 선생이 시우 어머니와 박정태 얘기를 했다. 자신이 한 말은 아니지만, 그 말을 시우 어머니가 들었다면 충분히 기분 나빴을 것 같았다. 그 상황을 어떻게 설명해야 할지 난감했다.

"아침에 경현이 어머니한테 그 얘기를 듣고 너무 당황스러웠습니다. 그런 말을 한 적이 없는데, 이건 오해거나 모함이라고 생각했습니다. 그런데 어머니 말씀을 듣고 보니 어떤 상황인지 알 것 같습니다. 어머니가 다녀가고 어떤 선생님이 우리 교실에 잠깐 다녀갔습니다. 누구라고 말씀드리는 건 좀 그렇고요. 어머니도 아시겠지만, 최근에 다정학교 사건도 있고, 박정태 씨가 다녀간 것을 알고 그런 말을 한 것 같습니다. 어머니가 그렇다는 뜻이 아니고, 박정태 씨가 그런 상황을 이용하려는 것 같다는 얘기를 한 것이었는데……. 죄송합니다."

"그 말을 한 사람이 누군지 궁금하지 않고요. 어쨌든 우리 시우를 두고 그런 얘기를 했다는 것은 저에게 한 얘기잖아요. 왜 선생님들이 아이의 죽음을 놓고 그 가족까지 난도질하냐고요. 저 그 얘기 듣고 화장실에 가서 얼마나 울었는지 모릅니다. 집에 돌아와서 차라리 시우 따라가고 싶었습니다."

"죄송합니다. 그 선생님도 어머니가 그렇다는 뜻으로 한 말은 아니었고, 박정태 씨가 개입하려는 의도가 뭔가 미심쩍어서 한 말이었을 것입니다. 어쨌든 제 불찰입니다. 제가 대신 사과드리겠습니다."

"저 그렇게 살지 않았습니다. 함부로 말하지 마세요."

"어머니가 어떤 분인지는 저도 잘 압니다. 이 문제가 일어나고 대부분의 선생님들이 시우 어머니가 그럴 분이 아닌데 하고 의아해했습니다. 그 상황과 그렇게 할 수밖에 없었던 어머니 마음 충분히 이해합니다. 죄송합니다."

"저 이대로 물러서지 않을 거예요. 그 말을 한 선생님이 따로 있다면 제 앞에 데리고 오세요. 저의 명예를 위해서도. 아니요. 우리 시우를 욕되게 하지 않기 위해서도 책임을 물을 거예요. 아이들을 사랑한답시고 하는 가식적인 말과 행동들 벗어 버리고 정직하게 사세요."

지환이 정중하게 사과했지만, 시우 어머니는 자리를 박차고 일어났다. 무릎이라도 꿇어서 해결된다면 꿇을 생각이었는데, 시우 어머니는 조금의 여유도 주지 않았고, 자신이 마신 커피 값을 계산하고 밖으로 나갔다.

 '아이들 사랑한답시고 하는 가식적인 말과 행동들' 지환이 머릿속에서 지워지지 않았다. 정말 그랬나? 한 점 부끄러움 없이 진심으로 사랑했다고 말할 수 있나? 자신이 없었다. 부끄러웠다.

 오해가 아니었다. 시우 어머니는 그 말을 지환이 했든지 다른 선생님이 했든지 중요하지 않았다. 자기 목숨처럼 여기고 살았던 시우의 죽음을 두고 한 말이라는 것이 용서되지 않았을 것이다. 시우 어머니의 반응을 보면서, 문제 해결이 쉽지 않은 것 같았다.

 어떻게 대처해야 할까? 시우 어머니는 그 말을 한 사람을 자기 앞에 데리고 오라고 했다. 이 상황에 박윤기 선생에게 책임을 돌리는 것은 비겁한 행동이지만, 그렇다고 지환이 모든 것을 덮어쓸 용기도 없었다. 담임으로서 미안하다는 사과 수준으로 끝내주길 바랐는데, 이미 다른 선생님이 한 말이라고 했기에 지환이 사과한다고 해서 수습될 것 같지 않았다.

 지환은 곰곰이 생각해 보았다. 담임으로서 사과하고 용서를 구하는 단계는 지나버린 것 같았다. 적어도 그 말을 한 사람이 사과하고 용서를 구하는 것이 맞을 것 같았다. 일이 점점 복잡하게 꼬여 갔다. 박윤기 선생이 순순히 사과할지 알 수 없지만, 시우 어머니를 만났을 때 녹취한 내용을 들려주고, 한번 만나 주길 부탁할 생각이었다. 만약 박윤기 선생이 시우 어머니를 만나 사과한다면, 문제 해결의 실마리가 될 수도 있을 것 같았다.

 출근해서 컴퓨터를 켜고 쿨 메신저를 확인했다. 박윤기 선생이 출근해 있었다. 오후에 잠깐 보자는 메시지를 보낼까 하다가 망설였다. 좁은 학교에서 마주치게 될 텐데, 오후에 보자고 하는 것을 미리 보내면 중간에 만났을 때 처신하는 것이 어색할 것 같았다.

박윤기 선생의 성격상 쿨하게 인정하지 않을 가능성이 크다. 그런데 교실로 찾아간다는 것은 책임을 묻겠다는 태도로 느껴질 수도 있다. 세심하게 접근해야 한다. 어쩌면 박윤기 선생이 자기가 한 말이라고 인정하고 사과하는 것은, 시우 어머니를 이해시키는 것보다 더 어려울 수도 있다.

지환의 머릿속에는 온통 박윤기 선생으로 가득 찼다. 해결하지 못한 숙제를 남겨 놓은 것 같아 마음이 불편해서 견딜 수가 없었다. 마음을 불편하게 하는 것은 빨리 해결하는 것이 좋다. 복도에서 우연히 마주칠 기회를 보고 있는데, 복도 저편에서 박윤기 선생이 오고 있었다.

"박샘, 오후에 저랑 잠깐 얘기 좀 할 수 있을까요?"

"그래요. 제가 도울 일 있으면 말씀하세요."

도와주는 수고까지 하지 않아도 된다. 그저 자신이 한 말을 인정하고 사과하면 된다.

"시우 엄마가 민·형사 소송을 제기했다면서요? 엄마들이 그렇다니까요. 그럴 사람하고 그러지 않을 사람이 정해져 있지 않아요. 다들 시우 엄마는 그럴 사람이 아니라고 했는데 보세요. 막상 일을 당하니까 태도가 달라지잖아요. 호락호락 넘어가서는 안 돼요. 우리가 적당히 사과하고, 엄마들이 요구하는 것을 들어주면 앞으로 또 이 같은 일들이 반복될지도 몰라요."

박윤기 선생은 마치 자기 일처럼 분개했다. 이런 사람에게 시우 어머니를 찾아가 사과하라고 하면 어떤 반응을 보일지 자신이 없었다.

아이들이 돌아가고 텅 빈 교실에 혼자 남았다. 하루 일과를 마치자 피곤이 엄습해왔다. 그런데 지환은 초조했다. 어떻게 얘기를 꺼내야 할까? 박윤기 선생에게 책임을 전가하는 느낌을 주어서는 안 된다. 어렵다. 어떻게 표현하든 결론은 시우 어머니를 만나 사과하라는 것이다.

박윤기 선생을 만나야 한다. 그냥 만남이 아니고 어려운 부탁을 해야 한다. 아무 소득이 없이 마음의 상처만 안고 돌아올 수도 있다. 그러나 어쩔 도리가 없다. 지금 상황에서 선택의 여기가 없다. 심호흡을 하고 자리에서 일어서는데, 박윤기 선생이 커피 두 잔을 들고 교실로 들어섰다. 친절하게 커피까지 들고 교실로 찾아왔는데, 가슴이 두근두근 뛰었다.

"박샘, 본론부터 말씀드릴게요. 저 좀 도와주세요."

"당연히 도와드려야지요. 그러려고 이렇게 왔잖아요."

도와달라고 하는 것은 어쩌면 아주 부담스러울 수 있는 문제다. 부탁한다고 하는 것은 들어줄 수도 있고, 그 무게에 따라 거부할 수도 있다. 그러나 도와달라고 할 때는 거절하기 어렵다. 만약 거절한다면 관계가 깨지거나 큰 상처로 남을 수도 있기 때문이다. 그런데 박윤기 선생은 당연히 도와주겠다고 했다. 그렇게 호쾌하게 대답하는 것이, 도움의 무게를 생각하지 못하고 있는 것 같아 말을 꺼내기가 어려웠다. 지환은 박윤기 선생이 당연하다고 하는 것이, 시우 어머니를 만나 사과도 해줄 수 있는 것까지 포함되었기를 바랐다.

"시우 엄마가 시우 제적 처리하러 왔던 날 기억하시지요? 저한테 사망 진단서를 내고 돌아가려다가 시우 사진을 받아 가려고 다시 교실로 왔는데, 교실로 들어오려다 박샘이랑 제가 하는 얘기를 들었나 봐요."

"……."

지환은 휴대폰에 저장된 녹취 내용을 들려주었다. 시우 어머니 이야기를 들으면, 소송을 제기하게 된 원인이 박윤기 선생한테 있었다는 사실을 알 수 있을 것 같았다.

"박샘이 시우 엄마를 좀 만나 주시면 안 될까요?

"그러니까 저한테 시우 엄마를 만나서 사과하라는 얘긴가요?"

문제를 만든 장본인이 사과하고 해결해야 하는 것이 맞다. 박윤기 선생이 그 해결책을 알고 있다. 그런데 사과하든지 하지 않든지 박윤기 선생의 의지에 달렸다. 그것은 먼저 자신의 책임이라고 인정해야 가능한 일인데, 시우 엄마를 만나서 사과하라는 얘긴가요? 라고 되묻는 어투에서 인정할 수 없다는 뉘앙스가 느껴졌다.

"사과라기보다 그날 했던 이야기의 맥락을 시우 어머니가 이해하고 마음을 풀 수 있도록 설명 좀 해주셨으면 해요. 시우 어머니의 동의도 없이 박정태가 학교에 찾아온 것이, 다정학교와 비슷한 상황이라는 얘기를 했던 것이 그런 오해를 만든 것 같다고 이해 좀 시켜주세요."

"아니, 저한테 왜 이런 걸 요구하는데요? 그날 저 혼자 얘기했어요?"

지환은 욱하고 올라왔다. 사과를 하라는 것이 아니었고, 오해를 풀 수 있도록 이해를 시켜달라는 것이었다. 그런데 사과는 고사하고 시우 어머니를 만날 마음도 없는 것 같았다. 지환은 '나는 한마디도 하지 않았는데, 네가 쓸데없는 말을 뱉어서 이 지경을 만들어 놓았잖아. 네가 내뱉은 말은 네가 책임져야 할 거 아니야?'라고 말하고 싶은 것을 애써 참았다.

"시우 어머니도 제가 한 얘기가 아니라는 것은 알고 있고, 저도 누구라고 말하지는 않았어요. 죄송하지만 박샘이 솔직하게 사과해 주셨으면 해요. 그렇게만 해 주시면 소송을 취하할 수 있을 것 같아서 그래요. 도와주세요."

박윤기 선생은 아무 대답이 없었다. 지환은 가슴에서 욱하는 것이 올라왔지만, 문제를 해결할 수 있는 열쇠는 박윤기 선생이 쥐고 있기에 감정을 억눌렀다. 혹여라도 마음의 동요를 기대하며, 동료로서 지켜야 할 최소한의 선을 넘지 않으려고 애썼다.

"유 선생님, 사람 참 난처하게 만드네요. 제가 허공에 대고 혼자 외쳤던 것도 아니고, 유 선생님도 같이 얘기했잖아요. 같이 씹을 때는 언제고, 왜 저한테 책임을 떠넘기는 거예요?"

예상했던 일이다. 예상했으면서 왜 무모한 짓을 했을까 후회가 되었다. 박윤기 선생 마음 상하지 않게 하려고 조심스러웠는데, 더이상 다른 길이 보이지 않았다. 지환은 마음이 담담해졌다.

"역시, 예상을 빗나가지 않네요."

"유지환 선생님, 무슨 뜻이에요?"

"아니에요. 제가 괜한 부탁을 드렸습니다. 죄송해요."

박윤기 선생이 교실 문을 쾅 닫고 나갔다. 이제 박윤기 선생이 그 문을 다시 열고 들어올 일은 결코 없을 것이다. 지환은 닫힌 문을 보면서, 그 문을 이용했던 사람들을 떠올렸다. 누구나 언제든 편안하게 드나들었던 문이었는데, 이제 하나를 굳게 닫아걸었다.

선택의 여지가 없다. 지환은 시우 어머니 앞에 무릎 꿇고 죄송하다고 빌 수밖에 없다. 그때 민현기 선생이 교실로 들어섰다.

"민샘, 나 어떡해?"

"어떻게 하기로 했어? 금방 박윤기가 여기 왔다 가는 것 같던데, 시우 엄마 만나서 사과한다고 했어?"

"아니, 나만 이상한 놈 되고 말았어."

"그렇지. 박윤기한테 부탁하겠다고 했을 때부터 유 선생만 상처받는 거 아닌지 걱정했는데, 역시 예상이 빗나가지 않았구나."

"그런 놈이란 거 뻔히 알면서 부탁한 내가 바보지."

"그래서 이제 어떻게 할 거야?"

"결과론적인 얘긴데, 박윤기가 찾아가서 사과한다고 해서 해결될 수 있을까?"

"해결되든 안 되든 문제를 만든 장본인이 해결하려고 노력은 해야지."

"시우 엄마 마음이 많이 상해 있고, 박정태가 개입된 이상 그냥 끝날 일이 아닐 거야. 처음부터 이런 결과 나올 거라는 거 뻔히 알면서 괜한 짓 한 거 같아."

"그래. 박윤기가 사과할 거라고 기대도 안 했지만, 브로커가 개입된 이상 사과한다고 해서 상황이 바뀌지는 않을 거야. 어차피 싸워야 한다면 싸워야지 어쩌겠어. 아무리 교사가 을인 시대고 병원 측을 구워삶아서 유리한 자료를 얻어 낸다고 하더라도, 명백한 잘못을 입증할 수 없으면 책임을 묻기는 힘들 거야. 괜히 싸우는 것이 귀찮다고 합의해 주지 마. 박윤기 때문이라도 싸워서 이겨야 해."

지환은 민현기 선생을 생각해 보았다. 민현기 선생은 끝까지 함께 해 줄까? 지환이 때문에 불이익을 당할지도 모르는 결정적인 순간에 박윤기처럼 발을 빼고 물러서는 것은 아닐까? 만약 그렇게 된다면 박윤기로부터 받았던 상처보다 더 큰 상처로 남을 것이다.

지환은 순간의 실수로 혹은 누군가의 음모에 의해 잘못된 궤도에 올라탄 기분이었다. 빨리 내리고 싶은데, 어쩔 수 없이 다음 정류장까지는 가야 한다. 그 정류장이 출발지에서 멀지 않은 곳이어야 하는데, 이미 잘못 들어선 길의 다음 정류장이 어딘지 모른다는 것이 답답했다.

"싸워서 이긴다고 한들, 원상태로 회복되는 것은 아니잖아. 나도, 시우 엄마도, 박윤기도 모두가 상처만 남을 텐데……."

이 상황이 '교권'이라는 예능을 찍는 세트장이고, 촬영을 하다가 침통해 있는 지환에게 지금까지 이 모든 것은 몰래카메라였다며 통쾌하게 놀리는 상황으로 끝난다면 얼마나 좋을까 하는 상상을 해 보았다. 그렇다면 지금 몰래카메라에 잡힌 박윤기의 민낯을 볼 수 있을 것이고, 다시 시우 엄마가 사망 진단서를 내고 돌아간 시점으로 돌아갔으면 하는 상상을 해 보았다. 그러나 '컷, 지금까지 몰래카메라였습니다.'라고 하는 녹화 종료는 없었다. 현실은 멈춤도 반전도 없었고 경찰서에 출석하라는 통지서가 왔다.

지환은 양천경찰서를 검색해 보니 지하철역에서 가까웠다. 지하철에서 내려 버스 한 정거장 거리를 걸어갔더니 경찰서가 나왔다. 드라마나 뉴스에서 경찰관에게 이끌려 경찰서나 검찰청 건물로 들어서면, 기자들의 플래시 카메라가 터지는 광경이 생각났다. 사건이 종료되려면 앞으로 몇 번은 더 와야 할 텐데, 어쩌다 이 신세가 되었는지 참담한 심정이었다.

"적당한 선에서 합의하세요."

담당 형사를 만났다. 수사할 의지가 없는 것일까, 아니면 경험상 결과를 예측한다는 뜻일까? 피의자에 대한 조사도 없이 합의하라고 했다. 지환이 의아한 눈으로 형사를 쳐다보았다.

"어떤 사안인지 다 압니다. 결론부터 말씀드리면, 형사적 책임을 묻기는 어려울 것입니다. 그런데 적당한 선에서 합의하라고 하는 이유는, 민사도 걸려 있고 혹여 장애인 관련 단체나 언론이 개입되면 더 어려운 상황이 될 수도 있기 때문입니다. 요즘 공무원이

을인 거 아시죠? 일이 복잡하게 얽히면 선생님이 상당한 불이익을 받을 수도 있다는 뜻입니다."

형사적 책임을 묻기는 어려울 거라는 말에 안심이 되면서도, 결과가 사건의 본질에 의해 처리되지만은 않는다는 얘기다. 그 부분은 지환으로서는 어떻게 해 볼 수 있는 능력도 힘도 없었다. 결국은 적당한 선을 찾아야 할지도 모르겠다.

"교육청 소속의 교권보호 전담 변호사가 연락이 갈 것이고, 정식으로 수사가 진행되려면 약간의 시간이 있습니다. 그사이 적당한 선에서 합의하시길 권합니다."

적당한 선은 어떤 수준일까? 몇백만 원을 받으려고 브로커까지 끼고 소송을 하지는 않았을 것이다. 민사 소송에서 얼마를 요구했는지 알면 적당한 선이 어느 정도인지 알 수 있는데, 지금은 아무것도 아는 것이 없었다.

지환은 사건의 본질을 곰곰이 생각해 보았다. 박윤기가 했던 말이 섭섭해서 소송까지 하지는 않았을 것 같았다. 그렇다면 정말 시우 죽음의 책임이 지환에게 있다고 믿는 것일까? 아니면, 박윤기 말처럼 시우 죽음을 미끼로 한밑천 잡겠다는 속셈일까? 어떤 경우든 수긍할 수가 없었다. 적당한 선에서 합의할 수 있는 돈도 없지만, 억울한 것은 견딜 수가 없었다. 어떻게든 바로잡아야 한다. 그런데 엄청난 절벽 앞에 선 느낌이다. 물러서서는 안 되는데, 오를 수도 비켜 갈 수도 없는 길이다. 숨이 막힐 것 같았다.

박정태가 전화를 했다. 지환은 받을까 말까를 잠시 망설였다. 그가 브로커라는 것은 알지만, 시우 어머니가 소송 문제를 박정태와 협의하라고 했기에 피해 갈 수 없는 사람이었다.

박정태가 학교로 찾아오겠다고 했다. 지환은 박정태와의 대화도 녹음해야겠다고 생각했다. 혹시 소송에 유리한 정보를 얻을 수 있을지도 모른다.

박정태가 도착하기 전에 휴대폰을 녹음 장치로 전환하여 책상 위각 티슈 속에 넣었다. 브로커라면 그 정도는 대비할지도 모른다는 생각에, 혹시라도 전화가 올 것을 대비해서 벨 소리를 무음으로 해놓았다.

"경찰에서 부르셨지요? 뭐라고 하던가요?"

"적당한 선에서 합의하라고 하더군요."

"선생님 생각은 어떠세요?"

"글쎄요. 교통사고도 아닌데 어떻게 합의하라는 뜻인지 이해되지 않았습니다."

"손해 배상 청구액을 말하지 않던가요?"

"그런 얘기는 없던데요. 손해 배상이야 민사니까 경찰이 알 수는 없겠지요."

"아, 그렇겠군요. 일억 이천만 원 청구했습니다."

"그러시군요."

지환은 남의 얘기를 하듯 가볍게 대답했다. 손해 배상 청구액이 얼만지 관심 없다는 것을 말해 주고 싶었다.

왜 일억 이천만 원이었을까? 일억은 너무 똑 떨어지는 숫자라 부담스러웠던 것일까? 아니면 이천만 원은 협상용이고 일억을 받겠다는 뜻일까? 사람 목숨값을 어떻게 계산하는지 모르겠지만, 깎일 것을 생각하고 일억을 받는다고 하더라도 목숨값으로는 너무 적다는 생각이 들었다. 목숨값 일억 이천만 원을 생각하며, 보험회사에는 목숨값을 계산하는 기준이 무엇일까 궁금했다.

"그럼. 거기서 적당한 선이 얼마인지 감이 잡히지 않나요?"

"합의할 것을 감안해서 청구액을 결정했다면, 어느 정도 선에서 합의하겠다는 뜻인지 알겠네요. 그런데 제가 그만한 돈이 없을 뿐만 아니라, 이 소송을 왜 해야 하는지 근원적인 의문이 들어서요."

지환의 태도에 박정태는 당황하는 눈치였다. 지환이 적극적으로 합의를 제안해 올 것으로 생각했던 것 같다. 그런데 지환이 사건의 심각성을 모르는 것인지, 아니며 소송에서 이길 수 있다고 생각하는 것인지 알 수가 없었다.

"사태 파악이 잘 안 되는 것 같은데, 형사상 과실이 입증되면 공무원 신분이 박탈될 뿐만 아니라 연금도 제대로 받지 못하고 퇴직해야 하는 거 아시죠?"

"네, 충분히 알고 있습니다. 저한테 과실이 있다면 당연히 책임을 져야겠지요. 그런데 시우의 죽음에 제가 무슨 책임을 져야 하는지 이해되지 않는데, 거액에 합의한다는 것은 용납이 되지 않아서요."

"선생님 잘못을 모르시겠어요? 과실이든 아니든 시우를 죽였어요."

"말씀이 지나치시네요. 죽였다니요?"

"지나치다고요? 아이가 죽었는데 담임으로서 책임을 느끼지 못하잖아요."

"시우를 맡은 지 얼마 되지는 않았지만, 시우가 살아 있을 때나 죽은 이후에도 담임으로서 최선을 다했습니다. 만약 저의 잘못이 있다면 당연히 책임져야겠지만, 저의 잘못이나 실수가 아니었다는 것은 시우 어머니가 잘 아실 거예요."

"그럴까요? 그런데 왜 용서할 수가 없다고 했을까요?"

"제가 왜 시우 삼촌이랑 이런 실랑이를 해야 하는지 모르겠네요. 그만 돌아가세요. 만약 제 책임이 밝혀지면 어떤 징계도 감수하겠습니다. 제 책임을 밝힐 수 있는 자료를 가지고 협박하든지 합의하자고 하세요."

박정태는 초조함을 숨기지 못했다. 예상 밖의 지환이 태도에 당황하고 있었다.

"다시 한번 말씀드립니다. 저에게 잘못이 있다면 어떠한 벌도 달게 받겠습니다. 그러나 제가 인정할 수 없는 것을, 외부의 압력에 굴복해서 정의롭지 못한 방법으로 해결하지는 않겠습니다."

흔들리는 박정태의 동공을 보며 지환이 자리에서 일어났다. 무슨 자신감이 아니고, 정직하지 못한 방법에 타협하지 않겠다는 뜻을 분명히 밝혔다. 합의할 수 있는 금액으로 제시한 일억은 지환에게 너무 큰 부담이지만, 여기에 합의한다면 스스로 자기 과실을 인정하는 결과가 되는 것이다.

"적당한 선에서 합의하자는 것은 제 생각이지, 시우 엄마는 합의할 마음 없을 거예요."

"합의하던 소송을 하던 시우 어머니를 모시고 오세요. 시우 삼촌이랑은 더 할 얘기가 없습니다."

"시우 엄마는 선생님을 만날 생각이 없습니다. 선생님이 한 막말 때문에 엄청난 충격을 받은 것 같더라고요. 내가 합의하자고 하는 것은, 선생님의 처지를 생각해서 잘 중재를 해 주겠다는 뜻인데 사태 파악이 안 되는 것 같군요."

"어쨌든 본의 아니게 시우 어머니를 가슴 아프게 했던 것에 대해서는 충분히 사과했습니다. 그리고 시우 어머니도 제가 한 얘기가 아니라는 거 아실 거예요."

"비겁하시네요. 그렇게 책임을 회피하려고 하지 마세요."

"그래요. 설령 제가 그런 말을 해서 엄청난 마음의 상처를 입었다고 해서, 시우의 죽음과 결부해서 마치 시우를 죽게 만든 과실로 소송하겠다고 하는 것은 정당하지 못하다고 생각합니다."

"아이를 잃은 엄마한테 죽음을 미끼로 돈을 챙기려 한다고 말하는 것은 인권 모독이자 명예훼손에 해당하는 거 모르세요?"

"그럼 명예훼손죄로 고소했어야지요. 그리고 시우 어머니 앞에서 한 얘기가 아니고, 다른 선생님이 우리 교실에 와서 한 얘기를 들은 거예요. 옛말에 나라님도 없는 데선 욕한다고 했어요. 그 말이 충분히 섭섭할 거라는 거 이해하지만, 그렇다고 시우가 죽은 과실로 소송한다는 것은 지나치다고 생각하지 않으세요?"

지환은 끝까지 이성적으로 대처하려고 생각했는데 이야기가 진행되면서 속에서 울컥하고 올라왔다.

"좋습니다. 적절한 선에서 잘 마무리하길 바랐는데, 소송이 진행되면 절대로 선생님께 유리할 것이 없다는 것만 알고 계세요."

"그렇겠지요. 각오하고 있습니다."

박정태와 이야기를 나누다 보니, 소송으로 오기까지는 역시 박윤기가 한 말 때문이라는 것이 드러났다. 박정태가 개입된 이상 이 정도에서 수습되기는 어렵겠지만, 지환은 박윤기 카드를 포기할 수 없었다.

"시우 어머니한테 드릴 말씀이 많은데, 제 전화를 받지 않으니 방법이 없네요. 미안하다는 말씀 전해 주시고, 꼭 한번 뵙고 싶다는 말씀도 전해 주세요."

"사과하고 용서를 빌어서 수습될 시기는 지난 것 같은데요. 시우 엄마 허락을 득한 것은 아니지만, 이 정도에서 마무리 짓는 것이 좋을 거예요. 제가 시우 엄마 마음을 돌려놓을 테니까 팔천 정도에 합의하는 것이 어떻겠어요?"

적절한 선이라고 했던 합의금이 1억에서 팔천만 원으로 내려왔다. 한 번에 사천을 삭감한 이유가 뭘까? 1억은 합의하기 힘든 액수라고 판단했을 수도 있고, 번거로운 소송 절차 없이 편하게 목적을 이룰 수 있는 적절한 수준이라고 생각했을 수도 있다. 그렇다면 지환은 어느 정도면 합의할 수 있는지 생각해 보았다. 적은 돈은 아니지만, 이삼천 만원이면 시궁창 같은 싸움에서 벗어나는 대가로 합의할 수도 있다고 생각했다. 그리고 박정태의 태도를 보니, 소송까지 가겠다고 하면 합의금이 내려올 수도 있을 것 같았다.

"죄송합니다. 그만한 돈도 없지만, 제 양심상 이렇게 타협하지는 않겠습니다. 저도 소송만큼은 피하고 싶은데, 끝까지 진행하시겠다면 어쩔 수 없는 일이지요."

손해 배상 청구액을 가지고 합의금을 타협하려는 상황에, 박윤기 선생이 시우 어머니를 만나 사과한다고 해서 문제가 해결될 것 같지 않았다. 지환은 박윤기 카드는 더 이상 미련을 갖지 않기로 했다.

"그러세요. 저는 충분히 기회를 주었습니다. 나중에 후회하지 마십시오. 이 문제를 언론에 알리면, 언론은 절대로 선생님 편이 되어 주지 않을 거예요. 최근에 특수학교에서 일어나는 일들 봤지요? 우리는 언론에 선생님이 시우를 죽게 만든 살인자로 만들 수도 있어요. 그렇게 되면 이 학교와 선생님은 만신창이가 된다는 것 잊지 마세요."

박정태는 언론 보도라는 협박 카드를 내밀었다. 지환은 아무 대꾸도 하지 않았다. 사실 가장 두려웠던 것이 언론이었다. 언론은 절대로 지환의 편이 되어 주지 않을 것이다. 사회적 약자라는 자체가 정의가 될 수 있기 때문이다. 이럴 때, 사건의 진실은 절대로 여론이 만든 정의를 이길 수 없을 것이다.

박정태가 문을 열고 나갔다. 적당한 선에서 합의하고 싶으면 지금 잡아야 한다. 자존심 때문에 혹은 팔천만 원 때문에 합의하지 않으면, 엄청난 고통을 감수해야 할 수도 있다. 고통을 넘어 모든 것을 잃을 수도 있다. 지환은 자리에서 일어났다. 박정태를 불러 돈이 없으니 오천만 원에 합의할 수 없느냐고 물어볼 생각이었다. 그런데 현기증이 나서 의자에 주저앉았다. 잠시 멍한 상태로 앉아 있다 자리에서 일어났다. 복도로 나와 현관까지 가 보았는데, 박정 태의 모습이 보이지 않았다.

터벅터벅 교실로 돌아온 지환은 박정태가 앉았던 자리를 쳐다보았다. 의자가 책상에서 멀리 밀쳐져 있었다. 의자를 박차고 일어난 흔적이었다. 그것은 감정이 정리되지 않았다는 표현이고, 다시 그 자리로 돌아올 거라는 것을 암시하는 것 같았다. 가슴이 무겁게 짓눌려왔다. 어쩌다가 그와 얽혔을까?

가끔 특수학교에서 일어나는 폭력 문제나 성추행 같은 언론 보도를 보면서 안타까운 생각이 들었다. 교사가 아이들을 상대로 무슨 짓을 한 걸까? 연약한 아이들을 상대로 어떻게 그런 짓을 할 수 있었을까? 같은 특수교사로서 이해할 수 없었고, 교사라는 신분이 부끄러웠다. 부끄럽게 생각하고 분노하게 했던 것은, 언론 보도가 정의라고 생각했기 때문이다. 그런데 다정학교에서 일어난 사건의 실체를 알고 난 이후에는 언론 보도를 어디까지 믿어야 하는지 의문이 들었다.

어떻게 해야 할까? 진실이 어떻든 시우 문제가 언론에 보도된다면 지환은 얼굴을 들고 다닐 수 없을 것이다. 전국에 있는 특수학교에 이 소식이 전해질 것이고, 사실관계와 상관없이 지환은 시우를 죽음으로 몬 교사가 될 것이다. 혹여 재판을 통해 무혐의 결과가 나오고 진실이 밝혀진다고 해도 언론은 외면할 것이고, 이미 만신창이가 된 현실을 바로 잡을 수는 없을 것이다.

시우 문제는 정의의 문제가 아니라 지환의 생존 문제였다. 박정태에게 전화를 걸어야겠다고 생각했다. 휴대폰을 찾았다. 책상 위에 있어야 할 휴대폰이 보이지 않았다. 마지막으로 휴대폰을 언제 사용했는지 기억을 더듬었다. 박정태가 오기 전에 대화를 녹음해야겠다고 생각했던 것이 떠올랐다. 각 티슈 속에서 휴대폰을 꺼냈다. 그때까지 녹음이 되고 있었다.

녹음이 잘 되었는지 켜 보았다. 민사 소송에서 일억 이천의 손해배상을 요구했는데, 팔천만 원에 합의하자는 내용과 언론에 제보하겠다는 협박성 내용까지 빠짐없이 담겨 있었다. 합의금에 신경쓰느라 대화 중에는 인식하지 못했던 내용도 포함되어 있었다. 소송의 이유가 시우 죽음의 원인보다는 감정적인 문제였다는 것을 인정하고 있었고, 합의나 언론 제보와 관련해서 다분히 협박성이 강하다는 것도 느낄 수 있었다.

때 이른 더위가 맹위를 떨쳤다. 지환은 교실 유리창 앞에 섰다. 마치 정지된 화면처럼 나뭇잎은 미동도 없다. 길거리를 오가는 사람도 없고, 길 건너 초등학교 운동장에도 아이들의 모습이 보이지 않았다. 모든 것이 멈춘 느낌이다. 지환도 우두커니 서서 바깥을 응시하고 있었다. 무엇이 먼저 움직일까 지켜보고 있었다. 그렇게 찌는 듯한 더위도 아랑곳없다는 듯이, 두 아이가 뛰어갔다. 그렇다. 영원히 멈춰 있는 것은 아무것도 없다. 어느 순간 바람이 불고 비도 올 것이다. 그러다 언제 그런 날이 있었냐는 듯, 다시 무더위가 오고 장마가 오고 그렇게 시간은 흘러갈 것이다. 그러다 문득 가을의 문 앞에 서면, 더위든 장마든 태풍이든 그저 지난여름이었다는 말로 정리될 것이다.

지환은 컴퓨터 앞에 앉았다. 휴대폰에 저장된 녹음 파일을 컴퓨터에 저장하고 제대로 저장되었는지 확인했다. 컴퓨터에 저장한 것만으로는 안심되지 않아 USB에 다시 저장하고, 역시 재생이 되는지 확인했다. 마치 이삿짐을 싸는데 귀중품을 다루듯 이중 삼중의 장치를 했다. 어느 날 박정태와의 질긴 악연을 끝낼 소중한 단서가 될지도 모른다고 생각했다.

녹음 파일을 저장하고, 마치 무엇에 끌리듯 국립공원 예약 시스템을 검색했다. 이 상황에 무슨 생각이었는지 불현듯 지리산이 생각났다. 며칠 후면 여름 방학을 하는데, 시우 문제로 인해 아무것도 계획할 수가 없었다. 뭔가 일을 만들어야 한다. 그냥 집에 있으면, 시우 문제에 갇혀 미쳐 버릴지도 모른다. 만약 시우 문제가 발생하지 않았다면, 2년 만에 지리산을 종주할 계획이었다. 그 계획을 떠올리곤 마치 어떤 비상구를 찾은 양 국립공원 대피소 예약 시스템을 접속했다.

예약 시스템에는 성수기인 8월 1일부터는 15일까지는 추첨을 통해 예약한다고 공지되어 있었다. 휴가와 방학이 겹쳐 많은 사람이 지원하겠지만, 일단은 지원해 보기로 했다. 방학 때 아무것도 하지 못하더라도 지리산은 다녀오리라고 마음먹었다.

　사람들은 무엇을 하고 싶다거나 혹은 무엇을 이루고 싶다고 미래를 희망한다. 예측할 수 없는 미래지만, 당연히 이룰 수 있을 것이라 믿고 아무 의심 없이 꿈을 담는다. 그 바람이 헛된 망상이 아닌 이상, 대부분 꿈꾸었던 미래를 맞이할 수 있기에 그런 꿈을 꾸는지도 모른다. 그런데 간혹 예측하지 못했던 일로 꿈 자체를 잊을 때도 있다. 지환은 미래가 아니라, 현재를 잊고 있었다.

　지환은 시우가 떠나고 난 이후의 두 달을 돌아보았다. 내일 일을 계획할 수가 없었다. 매일매일의 삶이 불길 속에서 빠져나오는 영화의 한 장면 같았다. 순간순간 앞에 떨어지는 불덩이를 피하느라 정신이 없어, 정작 출구가 어딘지를 가름할 수가 없었다. 예측할 수 없었던 하루하루들. 인간의 기억 장치는 상처를 최소화하기 위해 구성되었다는데, 언젠가 이런 날들을 돌아보았을 때 너무 아팠던 시간으로만 기억되지 않도록 지리산을 그리고 있었다.

양들의 침묵 /

장마가 끝날 무렵 태풍이 올라왔다. 우리나라 가까이 접근하는 첫 번째 태풍인데 중대형급이라고 난리다. 그런데 다행히 남해안을 거쳐 동해로 빠져나가 큰 피해 없이 종식되었다. 태풍과 함께 한 달 가까이 계속되었던 지루한 장마도 끝난다. 태풍이 만들어졌을 때부터 예상 진로를 보도하며 사람들을 바짝 긴장시켰던 상황이, 일주일도 채 지나기 전에 종료되었다.

세상을 집어삼킬 것 같던 태풍도 열대성 저기압으로 소멸하고 사람들의 생활 리듬을 바꿔 놓았던 지루한 장마도 끝났는데, 지환의 일상은 변함이 없다. 여전히 시우 문제가 가슴을 짓누르고 있었다. 출근해서 동료들을 만나는 것도, 아이들 앞에 아무 일도 없었다는 듯이 서는 것도 힘들었다.

여름 방학이 일주일도 채 남지 않았다. 한 학기가 어떻게 지나갔는지, 아무 생각이 나지 않았다. 기억나지 않는 것이 아니라 잊고 싶었던 것은 아닐까? 시우 문제와 함께 묻어버리고 싶었던 것은 아닐까? 마치 모든 것이 리셋된 느낌이었다. 아이들은 어땠을까? 사람의 감정은 느껴지고 동화되는 법인데, 무엇엔가 쫓기는 듯한 담임을 보며 불안하지는 않았을까? 미안한 생각이 들었다.

교무업무 시스템에 들어가면 현주, 경현이, 도연이, 은경이, 성하, 시우, 이렇게 여섯 명이 뜬다. 시우는 죽었는데, 제적 처리가 되지 않아 이름이 남아 있다. 지환은 기분이 묘했다. 죽은 아이가 문서에 남은 것이 원한이 있어 그의 영혼이 떠날 수 없는 것처럼 느껴졌다.

서술 평가를 쓰려는데, 누가 무엇을 할 수 있고 무엇을 할 수 없는지 생각나는 것이 없었다. 지환은 1학기 진도표를 보면서, 무엇을 했는지 기억을 더듬었다. 사람은 여러 가지 일 중에서 자기가 기억하고 싶은 것만 선택적으로 기억한다고 했다. 그런데 정작 기억하고 싶지 않은 시우 문제만 머리에 꽉 차 있었다.

변화가 부족한 아이들. 의미 있는 변화를 포착하고, 그것을 과하지 않으면서 긍정적인 관점으로 서술해야 한다. 언어 마술사라도 된다면 서너 줄 평가가 그리 어려운 문제가 아니겠지만, 변화가 없는 아이들을 평가하는 것은 늘 부담스럽다. 아이들의 성장을 사실적이고 객관적인 관점에서 평가하는 것이 바람직하나, 이것이 가능한 아이들은 소수에 불과하다. 그러니 목표에 도달했는지를 평가하는 것이 아니라, 수업 내용에 대해 어떤 반응을 보였는지를 기술할 수밖에 없다. 그러니 평가를 통해 수업을 제대로 했는지 확인할 방법도 없다.

아이들에게 최선을 다했는지는 전적으로 교사 양심의 문제다. 교사가 어떤 노력을 하든 결과에 유의미한 차이가 없다고 생각한다면 노력할 이유가 없고, 결과야 어떻든 교사로서의 책무를 다해야 한다고 생각하면 해야 할 것이 너무 많은 아이들이다. 지환은 시우 문제가 터진 이후로 아무 준비 없이 아이들 앞에 섰고, 1학기를 마무리했다. 결과야 어떻든, 아이들이 표현하는 것이 불가능하니 허물이 드러나지 않아 다행이다.

아무렇지 않은 듯 아이들을 맞이하고 수업을 했다. 어제와 다를 것 없는 하루를 보냈다. 일과를 마치고 지난 시간을 돌아보니 아무 기억이 나지 않았다. 어제와 다를 것이 없었기 때문일까? 아니면 기억조차 하고 싶은 않은 감정 때문일까? 지환은 어느 순간 기억의 공간이 사라진 느낌이었다.

급식실로 내려갔다. 지환이 밥을 먹이던 시우가 죽은 이후로 성하 섭식 지도를 했다. 그런데 지환은 점심시간이 되면 마음이 불편했다. 시우에게 밥을 잘못 먹여 음식이 기도로 넘어가 죽었다고 고소당한 상황이다. 그러니 다른 사람들의 시선을 의식하지 않을 수가 없다. 주위에 있는 동료들이나 실무사, 그리고 활동지원사들이 모두 지환을 보고 있는 것만 같았다. 성하의 작은 반응에도 신경이 쓰였다. 성하 밥을 다 먹이고 나서야 지환은 숟가락을 들었다. 배는 고픈데 먹고 싶은 마음이 사라졌다. 그렇다고 밥을 먹지 않으면 주위 사람들을 더 신경 쓰이게 할 것이다. 다 식어 버린 밥과 국을 꾸역꾸역 입에 쑤셔 넣었다.

장마가 끝나자 찌는 듯한 더위가 계속되었다. 마침 6교시는 음악 수업이다. 음악 선생님이 들어오는 것을 보고 지환은 교실 밖으로 나왔다. 누구를 만나는 것이 두려웠다. 아무도 없는 곳에서 쉬고 싶은데, 갈 곳이 교사 휴게실밖에 없다. 휴게실에 가면 누군가 시우 이야기를 꺼낼 것이다. 다른 사람의 감정을 읽는 능력이 부족한 것일까? 아니면 동료로서 위로라도 해야 한다고 믿는 것일까? 아무도 없거나 있어도 모른 척해 주길 기대하며 휴게실로 가는데, 실무사가 급하게 뛰어왔다.

"선생님, 왜 전화를 안 받으세요? 빨리 교실에 가 보세요. 성하가 이상해요."

"네? 성하가 왜요?"

지환은 교실로 뛰어갔다. 음악 선생님이 성하를 침대에 눕혀 놓았는데, 가쁜 숨을 몰아쉬고 있었다.

"빨리 119 부르세요."

"선생님, 경기하는 거예요. 좀 눕혀 놓으면 괜찮을 거예요."

"무슨 소리예요. 선생님이 의사예요. 빨리 119 부르세요."

음악 선생님은 괜찮을 거라고 했는데, 지환의 성화에 실무사가 119를 불렀다. 구급차가 오는 동안, 지환은 성하 어머니와 통화해서 상황이 위험하니 빨리 학교에 와 달라고 했다. 집이 학교 근처인 성하 어머니와 구급대원이 거의 동시에 교실로 들어섰다.

어머니는 성하를 보더니, 아무렇지도 않은 듯 안아 주었다.

"경기예요. 괜찮을 거예요."

성하는 엄마 품에 편하게 안겨 있고, 교실에 잠시 침묵이 흘렀다. 지환도 주위에 있던 어떤 누구도 아무 말을 하지 못했다. 마치 조롱당한 느낌이었다. 금방 무슨 일이라도 일어날 것처럼 호들갑을 떨었는데, 성하는 엄마 품에 안겨 편하게 자고 있었다.

지환은 민망했다. 그동안 아이들이 경기하는 것을 수도 없이 많이 봐 왔고, 그 패턴도 다양하다는 것을 알고 있었다. 그런데 성하가 경기를 한 적이 없었기 때문에 경기라고 생각하지 못했다.

"정말 괜찮은 거 맞죠? 저희 철수해도 될까요?"

구급대원은 어이없다는 표정을 하고 돌아갔다. 어이없다는 것은 성하의 상태가 아니라, 지환의 대처 능력이었을 것이다. 성하의 상황도 제대로 파악하지 못하고 구급차를 호출하고 출동하는 과정에 보여준 지환의 모습에 주위 동료들은 안타까운 마음이 들었다.

트라우마란 그런 것이었다. 시우의 죽음이 지환을 괴롭히지 않았다면 지금처럼 허우적거리지 않았을 것이다. 성하가 경기하는 것도 알았을 테고 적절한 조치를 했을 것이다. 지환은 마음이 무거웠다. 모든 것이 뒤죽박죽된 느낌이었다. 30년 가까이 교단에서 터득한 경험들이 모두 거짓 같다는 생각이 들었다. 할 수만 있다면 모든 것을 제자리로 돌려놓고 싶었지만, 그것은 시우 문제가 해결되어야만 가능한 일이다.

어머니 품에 안겨 있던 성하가 조금씩 의식이 돌아왔다.

"어머니, 많이 놀라셨지요?"

"……."

아무 반응이 없었다. 지환의 말에 아무 대꾸가 없다는 것은, 성하의 경기에 대처하는 태도에 불만이라는 뜻이다.

"바쁘실 텐데 이렇게 오시라고 해서 죄송합니다."

"두 달 넘게 경기를 하지 않아서 많이 안정되었는 줄 알았는데, 뭐가 그렇게 힘들었는지 모르겠네요. 이 녀석 분위기가 무거우면 눈동자가 흔들려, 집에서는 큰소리 한 번 내지 않았는데……."

"네?"

"학급 꼴이 이 모양이니, 애들이 마음 편하겠어요? 집에서는 이런 일이 한 번도 없었는데, 애를 학교에 보내지 말든지 해야지."

성하 어머니가 돌아갔다. 경기한 것으로 구급차를 부르고 어머니까지 호출한 것은 과잉 대응이라는 것은 알지만, 그렇게 말할 수밖에 없었을까? 그래도 아이의 담임인데 그렇게 무례할 수 있을까? 교권이 땅에 떨어졌다고 하지만, 교사를 아이의 담임이 아니라 아이를 돌보는 사람으로 취급했다.

성하 어머니가 돌아가자 다리에서 힘이 빠졌다. 의자에 주저앉는데, 가슴이 부글부글 끓었다. 예의 없고 경우 없는 말에 한마디도 대응하지 못하고 성하 어머니를 돌려보낸 것이 억울했다. 돌아가고 난 후에야 허를 찌를 말들이 생각났지만, 이미 기회는 지나가 버렸다. 그때 민현기 선생이 뛰어왔다.

"무슨 일이야? 구급차 왔었다며?"

"성하가 경기했어."

"경기한 걸로 구급차를 불렀어? 왜 무슨 일 있었어?"

"제정신이 아니었어. 시우 문제 때문에 지레 겁에 질려 경기할 때 조치해야 할 것을 생각하지 않고 구급차를 먼저 불렀어."

"그래. 오죽했으면 그랬겠어. 그 마음 충분히 이해해."

"그런데 성하 엄마 와서 뭐라 하고 갔는지 알아? 학급이 이 꼴이라 성하가 불안해서 경기했다는 거야. 그래서 당분간 학교를 보내지 말든지 해야겠대."

"그런데 왜 성하는 두고 갔어?"

"그러게. 정말 애를 위하는 마음이 아니라 일과 중에 불렀다고 귀찮다는 뜻이겠지."

"알 만하다. 그 엄마 성하가 감기에 걸려 열이 나도 학교에 보내는 엄마잖아. 병원에 데려갈 생각은 하지 않고 보건실에서 약 좀 먹여 달라고 했었잖아."

지환은 성하를 쳐다보았다. 경기에서 깨어난 지 얼마 되지 않아 눈동자가 풀려 있고, 자그마한 몸집은 기운이 다 빠져나간 것처럼 애처로웠다.

아이를 사랑한다면, 내 아이의 담임에게 최소한의 예는 갖추어야 하는 것이 아닐까? 굳이 담임이어서가 아니라, 일반적인 관계에서도 최소한 지켜야 할 선이 있는 것이다. 아무렇지도 않게 툭던지고 간 말 때문에 순간 성하가 얄미운 마음도 들었지만, 담임마저 미워하면 너무 초라해질 것 같았다. 어머니에 대한 감정과 성하에 대한 감정을 동일시하지 말자고 마음을 고쳐먹었다.

수업을 마치고 어머니들이 아이들을 데리러 왔다. 지환은 어머니들과 마주하는 것이 부담스러웠다. 하교 시간에는 교육활동 중에 있었던 아이들에 대한 반응을 얘기해야 하는데, 어머니들을 상대하는 것이 싫어 책상에 앉아 업무 처리를 하는 것처럼 자판을 두드렸다. 평소 같지 않다는 것을 느꼈는지 어머니들도 말이 없었다. 그런데 직감적으로 누군가 지환을 쳐다보고 있는 듯한 느낌이 들었다. 지환이 모니터에서 시선을 떼고, 하교 준비하는 아이들을 보다 경현이 어머니와 눈이 마주쳤다.

"선생님 바쁘신가 봐요?"

"네, 급하게 결재 올릴 게 있어서요. 뭐 하실 말씀 있으세요?"

"오늘 성하한테 무슨 일 있었어요?"

"성하가 경기했는데, 제가 지레 겁이 나서 구급차를 불렀습니다. 그런데 마침 어머니가 오셔서 잘 수습했습니다."

"경기에 구급차를 불렀어요? 선생님, 왜 그렇게 정신이 없어요?"

"네? 무슨 말씀이세요? 정신이 없다니요? 제가 지금 어떤 상황인지 이해 안 되세요? 시우가 죽은 원인이 제 탓이라고 소송을 당한 상황이에요. 제가 겁이 안 나겠어요? 제가 제정신이겠냐고요?"

"그런 의미가 아니라……."

"어떤 의미로 해석할까요? 어머니들한테 존중받고 싶은 마음 내려놓은 지는 옛날입니다. 억울해서 미칠 것 같은데, 저를 보면 측은한 마음도 안 드시나요?"

"예민하시네요. 자꾸 사고가 나니까 안타까워 드렸던 말씀인데,

기분 나쁘셨다면 죄송합니다."

안타까운 마음이라면 그렇게 표현해서는 안 된다고, 뭔가 의도되었거나 아니면 계획된 도발이 분명하다고 지환은 생각했다. 만약 다른 어머니가 그렇게 말했다면 표현이 미숙해서 그랬을 것이라고 이해했을 것이다. 그런데 그 말을 한 사람이 경현이 어머니였다.

여러 가지로 불리한 상황에서 경현이 어머니까지 적으로 만들어서는 안 되는데, 감정을 다스리지 못하고 발끈한 것이 후회스러웠다. 그렇다고 상황을 수습할 수는 없었고, 더 대화를 이어 나가고 싶지 않아 책상에 앉아 자판을 두드렸다. 문서 작업을 하는 것 같았지만, 실상은 애국가 가사를 치고 있었다. 아무 키보드나 누르면 연출이라는 느낌을 줄 것 같아 가사를 생각하며 쳤다.

"선생님, 바쁘신 것 같은데, 잠깐 얘기 좀 하면 안 돼요?"

"죄송한데 급한 일 아니면 내일 하면 안 될까요? 급하게 공문 처리할 게 있어서요."

지환은 모니터에 시선을 고정하고 일에 몰두하고 있는 것처럼 했다. 이미 감정이 포화 상태에 있었다. 대화가 오가면 부딪힐 것 같기도 했고, 경현이 어머니와 말을 섞고 싶지 않다는 의사 표현이기도 했다. 경현이 어머니는 특별히 챙길 것도 없는데, 사물함을 뒤적이며 시간을 보내고 있었다. 그래도 지환이 작업에 몰두하고 있자 눈치를 보더니 교실문을 열고 밖으로 나갔다. 아무리 감정이 좋지 않아도 인사도 없이 하교하지는 않을 텐데, 그냥 나갔다는 것은 상황을 봐서 다시 오겠다는 뜻이었다. 지환은 눈이라도 감고 생각의 비우고 싶었지만, 혹여 경현이 어머니에게 흐트러진 모습으로 비칠까 봐 참았다.

컴퓨터 앞에 멍하게 앉아 있는데, 경현이 어머니가 창문으로 교실을 들여다보고 갔다. 마주하기 싫었지만, 담임의 일이 끝나기를 기다렸다는 것은 꼭 하고 싶은 얘기가 있다는 뜻이다. 지환은 문을 열고 나가 경현이 어머니를 불렀다.

"바쁘신데 죄송해요."

"아니요. 괜찮아요. 공문 보고했습니다."

"선생님, 시우 문제는 해결 안 하실 거예요?"

"해결하고 싶지요. 그런데 시우 어머니하고 소통이 되지 않으니 해결 방법이 없잖아요. 경현이 어머니가 좀 도와주실래요?"

경현이 어머니를 통해 지환이 시우 문제를 어떻게 해결할 것인지 파악하려는 의도로 묻는 것 같았다.

"시우 엄마와 합의하시면 되잖아요."

"합의요? 이게 합의할 문제인가요? 합의라고 하는 것은 제가 잘못을 인정하는 거예요. 저는 아무리 생각해도 무엇을 잘못했는지 이해가 안 되거든요. 그런데 팔천만 원을 드리라고요?"

"글쎄요. 합의 조건에 대해서는 잘 모르겠고요. 빨리 해결해서 우리 아이들도 좀 안정되었으면 해서요."

"아이들이 무슨 잘못이에요. 그 점에 대해서는 입이 열 개라도 할 말이 없습니다."

"시우 엄마도 속을 드러내지 않아서 무슨 일인지 모르겠는데 많이 힘들어하세요."

"경현이 어머니가 어디까지 알고 계시는지 모르겠는데, 일억 이천만 원 민사 소송을 제기했습니다. 그리고 며칠 전에 시우 삼촌이 와서 일억 정도에 합의하자고 했는데, 그럴 마음 없다고 했더니 합의 조건이 팔천까지 내려갔습니다. 저는 그 팔천만 원이라는 조건이 시우 어머니 뜻인지, 아니면 시우 삼촌이 정해 놓은 마지노선인지는 모르겠어요. 물론 누구의 뜻이든 합의하지는 않을 거예요. 그 박정태라는 사람 시우 삼촌이 아닌 건 알고 계시지요?"

"글쎄요. 저도 자세한 내막은 몰라요. 다만 시우를 보내고 시우 엄마도 힘든 시간을 보내고 있는데, 빨리 안정을 찾았으면 하는 마음에……."

"브로커가 끼어 있는 이상 요구하는 돈을 주지 않고 해결하기는 힘들다는 거 알아요. 그런데 저는 그렇게 해결하지는 않을 거예요. 사실 지금 너무 힘들어 오천 정도에 합의하자고 매달려 보고 싶었어요. 그런데 아무리 힘들어도 그런 방식으로 해결하지는 않을 거예요. 만약에 그렇게 해결한다면, 저는 더 이상 교단에 서 있을 자신도 의미도 없을 것 같아서요."

지환은 경현이 어머니에게 시우 문제를 어떻게 대처할 것인지 분명하게 얘기했다. 박정태한테도 입장을 밝혔고, 경현이 어머니에게도 얘기했으면 어떤 경로든 시우 어머니에게 전달될 것이다.

박정태가 팔천만 원의 합의금을 제시하면서 언론에 제보하겠다는 협박 카드를 내밀었는데, 그 이후로 며칠이 지나도록 조용했다.

지환은 그 조용한 시간이 불안하고 초조했다. 그런데 언론의 접촉도 없었고, 다른 조건을 제시하지도 않았다. 조용한 며칠이 지나자 초조하고 불안했던 마음도 사라졌다. 그런 순간에 경현이 어머니를 통해 지환의 생각을 알아보려는 것 같은데, 지환은 합의하는 일은 결코 없을 것이라고 단호하게 입장을 밝혔다. 지환의 의사가 시우 어머니와 박정태에게 전달된다면 감정을 자극할 수도 있지만, 어쩌면 예상하지 못했기에 혼란스러울 수도 있다. 예상하지 못했던 일이라면 다른 접근 방법을 찾을지도 모른다. 그것이 문제의 실마리를 찾는 데 도움이 되기를 빌었다.

지루했던 장마가 끝났다. 방학이 다가오고 있는데, 지환은 마음이 무거워 아무 계획을 세우지 못했다. 학교와 아이들에게서 벗어날 수 있는 것만으로도 위안이 되겠지만, 시간이 많으면 잡생각으로 괴로울 수도 있다. 생각을 분산할 수 있는 일을 찾아야 한다. 이럴 때 집중해서 할 수 있는 취미 활동 하나쯤 없다는 것이 아쉬웠다.

수업 시작 벨이 울렸는데, 무엇을 할지 수업 준비를 제대로 하지 못했다. 무엇으로 한 시간을 채울까 잠시 고민했다. 아이들에게 접근할 방법을 찾아야 하는데, 시우 문제가 생긴 이후로 아무 준비 없이 아이들 앞에 서는 것이 일상화되었다.

아무 죄책감 없이 아이들 앞에 섰다. 이럴 때 가장 손쉬운 방법은 교과서와 입으로 한 시간 보내는 것이다. 그런데 날씨는 덥고 방학이 이틀밖에 남지 않았다. 마지막까지 수업하기는 좀 지쳤다. 비장애 아이들처럼 스스로 놀 수 있다면, 방학이 며칠 남지 않았으니 적당한 과제를 주어 시간을 보낼 수 있다. 그런데 교사가 무엇을 하지 않으면 아무것도 할 수 없는 아이들. 교사가 아이들 앞에서 움직이지 않으면 방치한 것처럼 보일 수 있다. 보는 눈이 많다. 이럴 때, 시간을 보낼 수 있는 것이 교육적 내용을 담은 영상을 보여 주는 것이다.

아무 영상이나 보여줄 수는 없다. 수업하기 싫어서 켜 놓았다는 인상을 주지 않아야 한다. 이것저것 검색하다 '오즈의 마법사' 뮤지컬을 찾았다. 이런 명작을 아이들이 보았을 리가 없다. 보았다고 하더라도 당연히 기억하지 못할 것이고, 기억하고 있다고 하더라도 상관없다. 두 시간의 수업을 메꾸기에 상영 시간도 적당하고 내용도 아이들에게 적절했다. 노래도 있고 다양한 캐릭터의 등장인물이 아이들의 호기심을 사기에 충분하다고 생각했다.

'오즈의 마법사' 뮤지컬 영상을 틀었다. 그런데 아이들은 관심이 없다. 예상했던 일이지만 어쩔 수 없다. 이틀 후면 방학인데, 마지막까지 수업하는 것은 아이들도 고통일 것이라고 자위했다. 아이들 틈에서 함께 보는 것처럼 앉아 있었지만, 생각은 다른 곳에 가 있었다.

경현이 어머니를 통해 시우 소송 건에 대해 어떻게 대처할 것인지 입장을 밝혔는데, 시우 어머니와 박정태에게서 아무 반응이 없었다. 방학 중에 1차 재판이 있을 거라고 했는데, 끝내 재판으로 가겠다는 뜻인지 지환은 가슴이 답답했다. 아무리 재판하는 과정이 힘들어도 합의하는 일은 없을 거라고 했던 것은, 시우의 죽음과 관련해서 어떤 과실도 없다는 믿음이 있었기 때문이다. 그런 믿음으로 그 정도의 의사 표현을 했으면, 적당한 선에서 사과받고 사건을 마무리해 주기를 기대했다. 그렇다면 도의적인 책임으로 어느 정도의 보상을 할 생각이었다. 그런데 아무런 반응이 없는 것이 무슨 뜻인지 불안함이 밀려왔다.

뮤지컬을 보고 있어도 온통 머릿속은 시우 문제로 가득했다. 잠시라도 시우 문제에서 벗어나고 싶어 뮤지컬 내용에 집중하려고 했지만, 꼬리에 꼬리를 물고 생각이 이어졌다. 그때 옆 반 담임선생님이 문을 열고 들어왔다.

"오즈의 마법사네요. 본 지 얼마 되지 않은 것 같은데, 우리 반도 같이 보면 안 돼요?"

"그래요. 아이들 데리고 오세요."

옆 반 담임선생님도 지환과 같은 고민을 하고 있었던 모양이다. 아무리 수업이 고민되어도, 지금 이 상황에 같이 영화를 보자고 하는 것은 무모한 짓이다. 동료들이나 학부모들의 입방아에 오르내릴 수 있기 때문이다. 본인도 그런 불이익을 모를 리가 없을 텐데, 함께해 주는 것이 고마웠다.

자리를 정리하고 다시 영상을 틀었다. 아이들 가운데 내용을 이해하는 것은 어렵지만, 동영상과 노래에 관심이 있는 아이들이 있어 적어도 아이들을 방치하는 느낌을 주지 않아 다행이었다.

"유지환 선생님, 경현이 엄마하고 무슨 일 있었어요?"

"왜요? 또 무슨 얘기가 돌아요?"

"아침에 화장실에 갔다가 경현이 엄마가 누군가와 통화하는 소리를 들었어요."

"통화 내용이 뭐였는데요?"

"지금 힘드실 텐데 이런 얘기를 하기가 좀 그런데, 누구와 통화를 하는지 모르겠지만 수업도 제대로 안 하고, 아이들 관리가 엉망이라고 욕하더라고요."

"기분 나쁘지만, 맞는 말이네요."

"이 상황을 누가 만들어 놓고 그렇게 말해요. 그 엄마 원래 그런 사람이라는 것은 알고 있었지만 어이없었어요."

뮤지컬은 계속 상영되고 있는데, 교사와 아이들은 각기 딴짓을 하고 있었다. 수업을 해야 하는 지환은 지금 상황에 문제의식이 없었고, 아이들도 자신의 권리에 대한 인식이 없었다. 이런 상황이 시우 문제 때문이라고 변명하기는 지나쳤다.

"선생님, 힘드시겠어요. 엄마가 그 짓을 하는데, 쟤를 어떻게 봐요?"

"엄마하고 별개로 생각해야 하는데 잘 안 돼요. 쟤랑 언제 눈을 마주쳤는지 모르겠어요."

"선생님이 성인군자예요? 저는 남의 일이라도 미운 생각이 드는데……."

"쟤가 잘못한 건 아니잖아요."

"쟤네 엄마 머리가 나쁜가 봐요. 내 아이를 위해서라면 그래서는 안 된다는 것쯤은 모르나?"

"선생님, 그만해요. 경현이가 쳐다봐요."

경현이는 자기 엄마 얘기라는 것을 알고 눈치를 보았다. 경현이 어머니는 시우 문제가 터지자, 마치 기다렸던 것처럼 이런저런 말을 만들어 퍼트리고 다녔다. 그래서일까? 시우 어머니가 소송을 제기했다고 얘기했을 때, 엄마들 사이에서 경현이 어머니가 부추겼다는 얘기가 돌았다. 그런 상황에서 경현이가 곱게 보일 리가 없었다.

모든 것이 비틀리고 꼬였다. 교사와 아이들, 교사와 학부모, 교사와 교사 간은 물론이고 학부모와 학부모 간에도 불신과 반목으로 학교 분위기가 엉망이 되었다. 더 이상 아이들에게 피해를 주어서는 안 된다. 빨리 일상으로 돌아가 아이들과 행복하게 살아야 한다. 적어도 특정 아이를 미워해서는 안 되고 상처는 주지 않아야 한다. 교사로서 최소한의 의무는 해야 한다. 그런데 이 모든 것이 시우 문제가 해결되지 않으면 불가능할 것 같았다.

처음 특수교사가 되려고 했던 때를 생각했다. 특수교육과에 지원하게 된 동기를 묻는 면접관에게, 행복하게 살 수 있는 직업을 찾다가 특수교육을 선택했다고 답했다. 그런데 특수교사로 27년을 살면서, 면접시험에서 대답했던 내용을 잊고 살았다. 현실이 그것을 잊게 했다. 이렇게 살려고 교사가 되었던 것은 아닌데, 아이들을 위해 애쓰지도 않았고, 자기 삶을 가꾸지도 못했다. 더 늦기 전에 행복하기 위해 선택한 특수교사로서의 정체성을 찾아야 한다.

초심으로 돌아가야 한다. 언제 어떤 이유로 그만두게 되든지, 지금 이 상태로 교직을 떠나면 27년 삶이 아무것도 아닌 것이 된다. 그러기 위해서는 시우 문제를 일상과 분리해서 생각해야 한다.

쳇바퀴 같은 일상에서 잠시 벗어나고 싶을 때나 평범한 일상이 권태로울 때, 지환은 무작정 산에 다녀왔다. 그것이 무엇이라고 새로운 삶의 동력을 찾는 방법이기도 했다.

지리산 국립공원관리소에서 문자가 왔다. 성수기에 추첨제로 운영하는 대피소에 당첨이 되었다는 내용이었다. 신청자가 많지 않았는지 운이 좋았는지는 알 수 없다. 운이 좋아 당첨되었다면, 그 운이 시우 문제로 이어지기를 바랐다. 이런 상태로 지리산을 가도 마음이 무거울 것 같지만, 그래도 모든 문제를 내려놓고 지리산에 푹 안기고 싶었다. 마음 약해지기 전에 숙박료를 결재하고 있는데, 민현기 선생이 교실로 들어왔다.

"뭐 기분 좋은 일 있어? 웬일로 웃음 띤 얼굴을 보네."

"지리산 대피소를 예약했어."

"이 상황에 지리산을 가려고?"

"이 상황이어서."

"그 마음은 이해되는데 왠지 걱정스럽다. 나도 같이 갈까?"

"아니, 혼자 가고 싶어."

"지금까지 혼자 버텨왔잖아. 외롭고 힘들었을 텐데……."

사람들로부터 배척당했다면 외롭다고 하고, 스스로 걸어 나가면 고독이라고 한다. 지환은 이 상황이 길어지면, 사람들로부터 배척당할 것이 분명하다. 하나의 문제가 오래 지속되면 사람들은 지루해하거나 지친다. 잘잘못이나 정의의 잣대는 내려놓고, 이제 좀 그만했으면 하고 덮어 두려고 한다. 사람들로부터 잊히거나 배척당하기 전에 이 문제를 해결하거나 스스로 걸어 나가야 한다. 지리산을 간다고 해서 누가 답을 줄 것은 아니지만, 새로운 환경에 놓이게 되면 어떤 방향을 찾을 수 있을지도 모른다.

지환은 대피소 숙박료를 결재하고 나니, 불현듯 시우 어머니를 만나보고 싶었다. 지리산으로 떠나기 전에, 다시 시우 어머니를 만나 봐야겠다고 생각했다. 시간이 좀 흘렀다. 시간이 지나면 감정이 누그러질 수도 있고, 좀 더 객관적인 관점에서 바라볼 수도 있다. 진심을 다해 사과했는데 받아 주면 다행이고, 받아 주지 않아도 지리산에 안기면 된다.

재판하는 일은 인격을 내려놓아야 한다고 했다. 지환의 자존심과 생존권을 짓밟으려는 세력과 싸우는 일이다. 어떻게든 이겨야 한다. 재판을 통해서 이기든지 무릎을 꿇는 굴욕을 참아 내든 사건이 종료되는 것이 이기는 일이다. 재판을 통해 이긴다고 하더라도 고통을 감내해야 한다. 지환은 고통을 감내해야 하는 것이 두려워 굴욕을 참아 내기로 선택했다.

시우 어머니에게 전화하지 않았다. 어차피 전화를 받지는 않을 것이니, 집 근처에 가서 어디에서 기다리고 있으니 한번 뵙자고 문자를 보낼 생각이었다. 교실을 나서는데 전화벨이 울렸다. 발신자가 박정태였다. 지환은 가슴이 두근두근 뛰었다. 파격적인 합의안이라며 팔천만 원을 제시했는데 지환이 수용하지 않자, 언론에 공개하겠다며 협박하고 돌아간 지 일주일만이다. 다른 합의안을 제시하지도 않았고, 언론에 제보하지 않았는지 기자의 접촉도 없었다. 언제 터질지 모를 부풀어진 풍선을 안고 있는 듯한 아슬아슬한 순간에 어느 정도 익숙해졌는데, 다시 바람 들어가는 소리가 들리는 것 같았다.

전화를 받으려는데 수신음이 끊어졌다. 무슨 일일까? 수신음이 끊어질 이유는 두 가지 상황이다. 번호를 잘못 눌러 발신자가 끊었거나 수신자가 너무 오래 받지 않았을 경우다. 그런데 수신음이 서너 번 울렸는데 끊어졌다는 것은, 두 가지 이유 모두 합당하지 않은 상황이다. 보통 전화를 잘못 걸었을 때는, 수신자의 이름이 떴을 때 바로 끊는다. 그것을 시간을 따진다면 벨이 한두 번 정도 울리는 순간일 것이다. 그리고 수신자가 받지 않아서 끊었을 경우는 적어도 수신음이 열 번 정도 울릴 때까지는 기다린다. 그런데 서너 번째 울릴 때 끊었다는 것은, 어떤 의도로 전화를 걸고 끊었을 것 같았다.

지환은 박정태 번호를 누르려다가 곰곰이 생각해 보았다. 이 시점에 전화를 건다면 박정태의 의도에 말려드는 것이다. 마지막 통첩을 했음에도 아무 반응이 없자, 어쩌면 초조했을지도 모른다. 시우 어머니를 만나 진심으로 사과할 생각이었는데, 아무래도 지금은 그 시점이 아닌 것 같았다.

퇴근 시간이 한참 지났는데, 아직 해가 중천에 떠 있다. 시우 어머니를 만나러 가지 않는다면 특별히 해야 할 일이 없다. 답답한 마음을 해소할 방법이 없다. 영화나 한 편 볼까 하는 생각을 했다가 아들 우빈이를 떠올렸다. 시우가 죽고 두 달 넘게 대화도 제대로 하지 못했다. 아니다. 6학년에 올라가더니 아빠가 들어오는지 나가는지 관심도 없다. 이러다간 가족이 무너질지도 모른다. 더 이상 손쓸 상황이 되기 전에 우빈이를 챙겨야 할 것 같았다. 모처럼 세 식구가 외식이라도 하자고 전화했다.

내일은 방학식이다. 아이들에게서 벗어난다고 생각하니, 무거운 짐을 내려놓는 것처럼 마음이 가벼웠다. 사실 아이들은 지환을 힘들게 하지 않았다. 그런데도 마음이 가벼운 것은, 당분간 어머니들을 만나지 않아도 되기 때문이다. 지환에게 노골적으로 반감을 드러내는 경현이 어머니와 성하 어머니는 늘 긴장하게 했다. 비교적 호의적인 다른 어머니들도 무슨 사안이 생긴다면, 어제든 경현이나 성하 어머니처럼 돌변할지도 모른다고 생각하니 하루하루가 힘겨웠다. 이런 심리적인 폐쇄에서 벗어나면 좀 더 객관적인 관점에서 시우 문제를 바라볼 수 있을 것 같았다.

경현이가 일찍 등교했다. 평소보다 일찍 등교했다는 것은, 담임한테 무슨 할 얘기가 있다는 얘기다. 며칠 전에도 그랬다. 시우 어머니 뜻을 전달하면서 사람 속을 뒤집어 놓았는데, 그때도 다른 어머니들이 없을 때였다. 경현이 어머니는 지환에게 하고 싶은 말이

있는데, 다른 어머니들 앞에서 말하기 곤란한 내용일 때는 일찍 등
교하거나 늦게 하교한다.

"어제 시우 삼촌이 전화했는데 받지도 않으셨다면서요?"

지환의 예상이 맞았다. 벨이 다섯 번째 울리면서 수신음이 끊어
졌던 것은, 박정태가 잘못 건 것도 아니고 지환이 받지 않았기 때
문도 아니었다. 박정태의 떡밥이었다. 마지막 경고에도 반응이 없
자, 마음이 급해졌거나 지환이 먼저 합의 조건을 수용하겠다고 말
해 주기를 기다렸다는 뜻이다.

"시우 삼촌이요? 시우 삼촌이 아닌 것은 알지만, 브로커라고 하
기는 그렇지요? 시우 삼촌이라는 호칭은 그렇고 그냥 박정태 씨라
고 하세요. 전화를 받으려는데 끊어지더라고요."

"전화를 못 받았으면 다시 걸어 봐야 하는 거 아니에요?"

"전화를 못 받은 것이 아니고, 벨이 몇 번 울리고 끊어졌으니까
잘못 건 줄 알았지요."

"선생님은 이 문제를 해결하려는 의지가 없으신 것 같아요."

"참 이상해요. 경현이 어머니가 왜 그렇게 관심이 많으신데요?
처음에는 시우 어머니와 친해서 중재 역할을 해주시려는 줄 알았어
요. 그런데 그렇게 생각하기에는 지나치다는 생각이 들어서요. 혹
시 박정태와 무슨 관계가 있나요?"

경현이 어머니가 몹시 당황해했다. 아무 사이 아니라며 부정했
지만, 지환의 시선을 피한다는 것을 느낄 수 있었다. 그러다 느닷
없이 경현이 어머니가 물었다.

"선생님, 어제는 무슨 수업을 하셨어요?"

"수업이요? 주간 학습지도 계획 내드렸잖아요."

"주간 학습지도 계획대로 수업하는 것 같지 않던데요?"

"네?"

지환은 가슴이 뜨끔했다. 어제만 수업을 제대로 하지 못한 것이 아니고 두 달 넘게 준비 없이 아이들 앞에 섰다. 마음속에 항상 죄의식을 느끼고 있었지만, 아이들이 의사 표현을 하지 못하니 그냥 넘어갈 수 있었다. 그런데 그동안 수업에 대해서는 아무 말이 없었는데, 어떻게 알았는지 궁금했다.

"날씨도 너무 덥고 내일이 방학식이라 뮤지컬 '오즈의 마법사' 봤습니다."

"뮤지컬을 보는 애가 누가 있다고……."

경현이 어머니가 말끝을 흐리고 밖으로 나갔다. 지환은 어머니 태도에 화가 났지만 사실이다. 다섯 명 중에 뮤지컬을 본 아이는 없었다. 수업을 제대로 하지 못했는데, 지금까지 문제없이 넘어온 것만으로도 다행이라고 생각하고 있는데 옆 반 선생님이 들어왔다.

"경현이 엄마랑 또 무슨 일 있었어요?"

"무슨 일이라기보다 좀……. 왜요?"

"복도를 지나가면서 저 들으라는 듯이 상스러운 말을 해서요."

"뭐라고 했는데요?"

"저것도 선생이라고 이러더라고요."

지환은 순간 경현이를 쳐다보는데 눈이 마주쳤다. 그 눈빛에서 경현이 어머니가 보였다. 경멸스러웠다. 선생님의 마음이 느껴졌는지 경현이가 시선을 피했다.

"쟤 엄마는 애 맡겨 놓고 뭐가 그렇게 당당하대요? 나 같으면 내 새끼 때문에 겁나서 선생님께 그렇게 못하겠다."

"이젠 쟤가 너무 싫어요."

"엄마가 저 모양인데, 애가 이쁠 수가 있어요?"

"이 반 빨리 끝났으면 좋겠는데, 한 학기를 더 어떻게 버텨야 할지 걱정이에요."

"해결하려고 노력하지 마세요. 그냥 흘러가는 대로 내버려 두세요. 선생님이 어떻게 할 수 있는 일이 아니잖아요."

　그렇다. 지환이 어떻게 할 수 있는 일이 아니다. 어떻게 할 수 있는 일이 아닌 것을 어떻게 하려고 할 때 무리수가 생긴다. 시우 어머니에게 사과하는 일도, 박정태와 합의 조건을 두고 줄다리기하는 일도 하지 않을 생각이다. 그렇게 해서 언론에 공개되면 어쩔 수 없는 일이고, 소송에서 지게 되면 판결에 따라 대처하면 된다.

　경현이가 지환을 쳐다보다 시선이 마주치자 고개를 돌린다. 아이들은 늘 침묵했다. 지환이 무슨 짓을 해도 아이들은 침묵할 것이다. 그래서 지금껏 지환이 버텨올 수 있었다. 그렇지만 지환은 안다. 그 침묵 속에 절규가 있다는 것을. 돌아가야 한다. 아이들을 위해서가 아니라 지환이 자신을 위해서, 아이들의 침묵에 답해야 한다.

막장을 넘어 /

일본에 규모 6.4 지진이 발생했단다. 워낙 지진이 잦은 나라고 우리나라 일이 아닌지라, 어디에서 교통사고가 났거나 화재가 발생했다는 뉴스 정도도 관심이 없었다. 신칸센 열차가 멈추고 다리가 끊어지는 뉴스를 보면서, 민족적인 감정이 덧씌워져 안타까운 마음은 들지 않았다. 그런데 경주에 규모 5.8 지진이 발생했고, 어머니 집이 완파되는 모습을 보면서, 자연재해는 누구에게도 예외일 수 없다는 것이 두려웠다. 그랬다. 지환은 어머니가 지진의 피해를 입기 전에는, 그저 뉴스나 재난 영화 속의 영상으로 느껴졌다. 그럴 것이다. 지환이 고통을 겪고 있는 시우 문제도, 어쩌면 동료들에게는 흔한 뉴스가 전해주는 현상쯤으로 생각될 것이다.

어느 때보다 애타게 기다렸던 방학식을 한다. 답답하고 지루했던 한 학기를 마무리한다. 원인, 과정, 결과. 그 어디에서도 실마리를 찾을 수가 없다. 그저 지루한 장마였다고 생각하자. 어떻게 손 쓸 수 없는 태풍이었다고 생각하자. 시간이 지나면 가을이 오는 것처럼, 어떻게든 해결될 것이라고 믿자. 염려하고 걱정했던 것에 비해 흔적 없이 끝날 수도 있고, 생각보다 큰 상처를 남길 수도 있다. 그렇더라도 태풍을 맞이할 때처럼 그냥 지켜만 보자.

민현기 선생이 왔다. 사흘만이다. 잠깐씩이라도 매일 다녀가던 민현기 선생이 왜 뜸했는지 모르겠다. 어쩌면 지쳤을 것이다. 누구를 만났을 때, 에너지를 얻지는 못해도 답답하지는 않아야 한다. 그런데 두 달 넘게 지환의 우울한 상황을 옆에서 지켜보면서 답답했을 것이다. 지환을 피하고 싶었을 텐데, 의무방어전을 하러 왔을지도 모른다.

"민 선생, 내 꼬라지 지켜보는 거 힘들지."

"무슨 소리야? 며칠 안 와서 섭섭했구나?"

"섭섭하긴. 나도 내 옆에 누군가 이런 꼴로 있는 거 보면 답답할 거 같아서……."

"유 선생은 시우 문제 때문에 학교에 돌아가는 거 안 보이지? 나야말로 죽을 지경이다. 민아 엄마가 국가인권위에 진정서 넣었지. 박윤기 그 인간이랑은 한판 했지. 나야말로 당장 학교 때려치우고 싶어. 엄마들도 싫고 선생님들도 동료가 아니라 원수 같아."

"국가인권위에? 무슨 문제로?"

"내 문제로 넣은 것이 아니고, 사회복무요원이 민아를 성추행했다는 거야."

"정말 그런 일이 있었어?"

"그런 일이 있기는 뭐가 있어. 하루 종일 내 눈 안에 있는 아인데."

"그래도 그렇게 말하는 데는 이유가 있을 거 아니야."

"봐. 다 그렇게 말한다니까?"

"미안. 아니 땐 굴뚝에 연기 날까? 라는 속담도 있으니까."

"유 선생은 지금 당하고 있으면서 그런 소리가 나와? 그 엄마 유독 그 부분에 예민해서, 민아 휠체어에서 내리고 올릴 때, 사회복무요원한테 시키지도 않았어. 그리고 나도 실무사나 다른 활동지원사가 있을 때 했고, 가능하면 교실 문도 활짝 열어 놓았어. 그런데 뭘 가지고 그러는지 모르겠어."

"나도 민아 담임해서 그 엄마가 아이의 성 문제에 예민하다는 거 알아. 그 엄마 혹시 어떤 트라우마가 있는 것은 아닌가 하는 생각이 들기도 해."

"그렇다고 아들 같은 사회복무요원을 잡아?"

"사회복무요원 힘들겠다. 아이들 돌봐주었는데 그런 누명을 쓰면 얼마나 억울할까?"

"민아 엄마를 무고혐의로 고발하겠대. 그 엄마 원래 그런 사람이니까 좀 참아 달라고 하고 싶었는데, 고발하게 두려고. 민아 엄마도 당해봐야 자기감정 때문에 남을 억울하게 괴롭히는 짓 하지 않지."

"그래. 엄마들 민원에 정면으로 대처해야 할 필요도 있어. 그런데 박윤기하고는 왜 싸웠어?"

"사람 같지도 않은 놈이야. 말도 꺼내기 싫어."

"나 때문에 싸운 거 아냐?"

"누구한테 싫은 소리를 들었나 봐. 그래서 내가 유 선생하고 친하니까 자기 뒷담화한다고 생각하고 있더라고. 다 자기 같은 줄 아나 봐."

"나 때문에 괜히 민 선생이 봉변당했구나."

"자세하게 말하면, 유 선생까지 열 받을 것 같아서 그만할게."

"그래. 알 만하다. 미안해."

민아 엄마는 또 왜 그랬을까? 민아가 성추행을 당해도 의사 표현을 하지 못하니, 당연히 보호자가 아이의 인권을 지켜 주어야 한다. 그렇지만 사실 관계를 정확하게 확인하고 대처해야 한다. 그래야 또 다른 피해자를 만들지 않기 때문이다. 그리고 또, 내 아이만 바라본다면 주위는 온통 유해 환경이라고 생각될 수 있다. 그런데 그것은 결코 민아에게 도움이 되는 일이 아니다. 민아가 멸균실에서처럼 살게는 할 수 없기 때문이다.

민아 어머니가 인권위에 진정서를 넣었는데, 아무도 관심이 없다. 이미 여러 차례 비슷한 일이 있었기에, 어떻게 대처해야 하는지도 알고 있었다. 오히려 사회복무요원이 민아 어머니를 고발한다면 어떻게 될 것인지에 더 관심이 많았다.

"민 선생, 참 이상해. 경현이 엄마가 학교에서 있었던 일을 다 알고 있어."

"등교할 때 경현이를 데리고 오고, 하교할 때도 데리러 오니까 당연히 알겠지."

"그런 게 아니라, 수업은 뭘 했고, 누구한테 어떤 일이 있었는지도 알더라니까."

"정말? 그럼 내일 경현이 등교하면 옷 속이나 가방 뒤져 봐. 혹시 녹음 장치가 있을지도 몰라."

"에이. 말도 안 돼. 설마?"

"작년에 초등 4학년에서 있었던 사건 몰라? 어떤 학부모가 애 주머니에 휴대폰을 녹음 모드로 설정해서 넣어 놓았잖아."

"정말? 그런 일이 있었어? 그래서 어떻게 되었는데?"

"그 엄마가 워낙 재수 없게 구니까 담임이 실무사와 흉을 좀 봤나 봐. 다음 날 증거를 들이대며 한바탕 난리를 쳤대."

"그 선생 기가 막혔겠다. 그런데 학부모 욕은 왜 해."

"반전은. 그 선생도 한 성깔 하잖아. 불법 녹취로 인한 교권 침해, 인권 침해로 고소하겠다고 나오니까 엄마가 깨갱했나 봐. 물론 서로 사과하는 수준으로 종결되었지만……."

"와, 아이 학교생활을 녹취까지 한다면, 어디 무서워서 선생 노릇 해 먹겠나."

"그러니까 내일 한번 확인해 봐. 수업 시간 중에 있었던 일까지 알고 있었다면, 어쩌면 녹음 장치를 해 놓았을지도 몰라."

지환은 그동안 있었던 일들을 떠올려 보았다. 상식적으로 생각해도 누구를 통해서 들은 수준은 아니었다. 교실에 같이 있었거나 녹취하지 않았다면, 절대로 알 수 없는 내용들이었다. 지환은 섬뜩한 생각이 들었다. 녹취를 하는 것은 영화 속에서 범죄 집단이 하는 것으로 생각했다. 도저히 학교에서 일어날 수 있는 수준이 아닌

데, 정말 이런 상황까지 왔다면 한 편의 막장 드라마라는 생각이
들었다.

영화에서나 나올 수 있는 일이 교육 현장에서 일어나고 있다면,
도대체 무슨 문제일까? 무엇이 이런 불신을 만든 것일까? 아이들
이 스스로 인권을 지킬 수 없으니, 어머니가 이런 방법을 택한 것
일까? 아니면 아이가 의사 표현을 제대로 하지 못하니, 담임으로서
의 역할을 제대로 하고 있는지 감시하겠다는 것일까? 지환은 섬뜩
한 느낌이 들었다. 전자기기가 발달하고 소형화된 현대 사회에서
누구나 이 같은 일에 자유로울 수 없고, 그것이 설령 불법적인 행
위라고 해도 아이들에게 불성실했다는 것에서 당당할 수 없었다.

경현이가 등교했다. 어머니는 경현이 휠체어를 교실로 쓱 밀어
넣고 아무 말 없이 돌아갔다. 무슨 의미일까? 전날 있었던 일로 기
분이 나쁘다는 표현일까? 아니면 자신이 지나쳤다는 생각에 면목
이 없다는 표현일까? 후자일 가능성은 없다. 다만 어머니들을 들
쑤셔 분란을 일으키지 않았으면 하는 마음이었다. 경현이 컨디션
은 괜찮은지. 특별히 챙겨야 할 일은 없는지 확인해야 하는데, 경
현이만 밀어 넣고 돌아갔다. 학부모의 담임은 아닌데, 그들의 눈치
를 살펴야 하는 현실이 짜증스러웠다.

경현이 몸을 수색해 봐야 한다. 이런 짓까지 해야 하는가 하는
의문이 들면서도, 제발 녹음 장치가 발견되지 않기를 바랐다. 그런
데 만약에 녹음 장치를 찾는다면 어떻게 처리해야 할까? 어머니한
테 얘기하는 것이 좋을까? 아니면 모른 척해 주는 것이 좋을까? 어

떤 경우든 그 후에 일어날 일을 생각해야 한다. 사과를 받아 내야하나. 만약 사과하지 않는다면, 불법 녹취를 고발하겠다는 엄포를 주어야 하나. 그런데 그 정도로 끝나면 좋겠지만, 더 큰 갈등을 만들어 집요하게 괴롭힐지도 모른다. 이 상황에 문제를 하나 더 만들면, 지환은 늪에서 헤어나기 어려울지도 모른다.

지환은 마음이 무거웠다. 그런데 한편으로는 그 녹음 장치를 역이용할 수 있다는 생각도 했다. 이런 상황에서도 경현이를 아끼고 사랑하는 것처럼 연출하여, 담임으로서의 역할에 충실했다는 것을 보여줄 수도 있다. 아니면 비열한 방법이기는 하나, 지환을 도울 수 있는 막강한 권력이 있다는 것을 흘리는 것이다. 집안의 형님 중개로 검찰 고위직에 사건을 처리해 달라고 부탁하는 통화 내용이 녹음되도록 하는 것이다. 박정태가 언론에 공개하겠다는 협박에도 지환이 아무 반응을 하지 않은 것은, 그런 배경이 있다는 것을 은근슬쩍 흘리는 것이다. 만약에 그 녹음 파일을 확인하고 시우 어머니에게 전달된다면 상황이 역전될 수도 있을 것 같았다. 지환은 가슴이 마구 뛰었다. 어떤 카드를 써먹든지 녹음 장치를 확인해야 한다.

떨리는 마음으로 휠체어 뒤에 걸려 있는 가방을 뒤졌다. 가방은 열었지만, 정말 녹음 장치가 나올까 봐 두려웠다. 몰래 녹음한다는 것은, 경현이 담임으로서 불신한다는 얘기다. 다시 말하면, 지환이 담임으로서 역할을 제대로 하지 못했다는 얘기다. 자신의 치부를 확인하는 것 같아 가슴이 마구 뛰었다. 떨리는 마음으로 지퍼를 열고 가방 구석구석을 뒤졌는데 아무것도 없었다. 마음이 놓였다.

면죄부를 받는 느낌이었다.

1학기는 최악이었다. 지환이 스스로 생각해도 교사의 역할을 제대로 하지 못했다. 만약에 장애 아이들이 아니었다면, 벌써 어떤 문제가 일어났을 것이다. 의사 표현을 제대로 하지 못하는 아이들이라 다행이라고 생각하면서도, 그것을 믿고 불성실했다는 생각에 마음이 무거웠다. 2학기에는 시우 문제와는 별개로 아이들에게 최선을 다해야겠다고 생각했다. 먼 훗날 문득 시우 문제가 생각날 때, 그때 맡았던 아이들에게 부끄럽지 않아야 한다.

가방을 정리해서 손잡이에 걸려고 하는데, 휠체어 등받이에 있는 작은 주머니에 뭐가 들어 있었다. 주머니를 살펴보니 휴대폰이었다. 지환은 가슴이 마구 요동쳤다. 가방을 뒤졌을 때 녹음 장치가 발견되지 않아 마음이 놓였는데, 막상 찾던 휴대폰을 발견하니 심장이 멎는 것 같았다. 교사로서의 모멸감이 온몸을 서늘하게 했다.

녹음 모드로 설정되어 있는지, 휴대폰을 열어 확인할 수가 없었다. 손으로 건드리면 터져버릴지도 모르는 시한폭탄 같았다. 어떻게 처리할까 고민했다. 법적으로 처리하겠다고 경고를 할 수도 있는데, 이미 시우 문제로 소송에 걸려 있다. 이런 상황에 법적인 대처를 하겠다고 하면, 동료들이나 학부모들의 시선이 고울 리가 없다. 민현기 선생과 상의를 해야 할 것 같았다. 마침 음악 수업이라 아이들을 음악실로 보내고 민현기 선생 교실로 갔다. 누군가의 생일잔치를 하고 뒷정리하고 있었다.

"케이크 좀 줄까?"

"괜찮아. 그런데 누구 생일이야?"

"동우. 생일잔치를 집에서 가족들끼리 오붓하게 하면 되지, 굳이 학교에서 해 달라는 이유가 뭐야?"

"동우 생일잔치 핑계로 담임 선생님한테 맛난 것 대접하고 싶었던 모양이지."

"누가 대접받고 싶데? 그냥 넘기자니 동우한테 미안하고, 학교에 떠넘기면서 아이 생일은 꼭 챙기는 엄마라고 생색내고 싶은 거잖아. 정말 동우를 존중하는 마음이라면 가족이 함께 챙겨야지."

"동우 생일을 그냥 넘기자니 미안한 엄마를 위해 좋은 일 했다고 생각해."

"그래. 생일인데 아이들하고 같이 축하해 주고 먹여 줄 수도 있어. 그랬으면 뒷말하지 말아야지."

"그건 또 무슨 말이야."

"얼마 전에 다솔이 생일잔치 했는데, 다른 반 학부모가 김영란법으로 신고했잖아."

"정말? 요즘 엄마들 별짓 다 하는구나."

"괜히 지네들끼리 갈등을 학교에서 푸는 거지. 학교가 무슨 학부모 감정의 배설구라고 생각하는 거 아닌지 몰라."

아이들 생일잔치를 관행처럼 학교에서 한 적이 있었다. 생일이라는 것도 모르는 아이들. 어쩌면 그냥 넘어가도 뭐라고 할 사람이 없지만, 학교에서 친구들과 함께하는 것이 좋다고 생각했을 것이다. 그런데 친구들과 함께하겠다는 좋은 뜻이, 어떤 반에서는 경쟁하듯 음식을 준비하기도 했다. 내 아이는 다른 아이보다 조금 더 특별하게 차려 주고 싶은 엄마의 마음이거나, 그렇게 보이고 싶은 이기심일 것이다. 그런데 생일잔치가 끝나고 나면, 잡음이 들렸던 것으로 봐서 넉넉하지 못한 가정에서는 부담이 되었던 것 같다. 이 후로는 학교에서 생일잔치를 하는 것이 조금씩 사라졌고, 김영란법이 시행되면서 자연스럽게 없어졌다. 그런데 굳이 학교에서 생일잔치를 하고 싶었던 이유는 뭘까? 인권과 교육적인 의미를 김영란법보다 소중하게 생각했을 수도 있고, 그냥 무시하자니 아이한테 미안하고 챙겨 주자니 귀찮아 학교에 떠넘겼을 수도 있다. 이유야 어쨌든 아이를 위한 일로 끝냈어야지 교사의 입장을 난처하게 만들지는 말았어야 했다. 어머니들 관계에서 있는 미묘한 갈등을 교사가 떠안게 해서는 안 되는 일이다.

"그런데 왜 왔어? 무슨 일 있어?"

"민 선생 예상이 맞았어. 혹시나 해서 경현이 가방을 뒤져 보았는데, 휠체어 뒷주머니에 휴대폰이 있었어. 녹음 모드로 설정되어 있는지는 확인하지 못했고."

"당연히 녹음되고 있겠지. 휴대폰을 거기에 왜 넣어 놓았겠어? 같이 확인해 보자."

지환은 가슴이 두근두근 뛰었다. 민현기 선생 교실을 나서다 복도에서 박윤기 선생과 마주쳤다. 습관적으로 인사를 했다. 같은 학교에 있으면서 며칠 만에 마주치는 것이다. 굳이 피할 이유는 없지만, 갑자기 복도에서 마주치자 당황했다. 지환의 인사에 박윤기 선생도 당황했다. 그리고 지환이 민현기 선생 교실에서 나오는 것이 못마땅한 표정이었다.

민현기 선생은 경현이 휠체어 뒷주머니에서 휴대폰을 꺼냈다. 빨간불이 켜져 있고 녹음 모드로 작동되고 있었다. 민현기 선생은 자기 휴대폰을 꺼내서 주머니 속에 들어 있는 휴대폰과 녹음 모드로 작동되고 있는 영상을 찍었다. 아주 침착했다. 촬영을 마친 민현기 선생이 녹화 상태를 확인했다.

"녹화했어. 쿨로 보내줄 테니까 잘 저장해 둬."

"이 문제를 어떻게 처리하면 좋을까?"

"글쎄. 경현이 엄마한테 따지는 것도 그렇고, 지금 시우 문제로 소송이 걸려 있는 마당에 교권 침해로 신고하는 것은 일을 복잡하게 만들 소지가 있는데…….."

"언뜻 든 생각인데, 이 녹음 장치를 역이용하면 어떨까?"

"어떻게?"

"경현이 엄마 나한테 불만 많잖아. 이 상황에서도 경현이를 아껴 주는 척하는 거야. 그러면 자기가 담임한테 못되게 굴어도, 담임은 여전히 교사의 본분에 충실하다는 것을 보여 주는 거지."

"그 방법도 좋긴 한데, 그 엄마의 속성이 그런 사소한 일로 바뀔 수 있을까? 나는 사람은 절대 변하지 않는다고 믿어."

"그래. 그 정도로 바뀔 사람이면 이 상황을 만들지도 않았겠지. 사실 또 한 가지 방법을 생각해 둔 게 있는데, 좀 위험한 요소가 있어."

"상황이 급박하다고 불법을 저지르면 안 돼. 오히려 나중에 발목 잡힐 수도 있어."

"시우 엄마가 부탁했는지, 왜 시우 문제 해결하지 않을 거냐고 자꾸 물어."

"시우 엄마랑 경현이 엄마가 친하니까 부탁했을 가능성도 있지."

"그래서 시우 문제에 대해 녹음하면, 시우 엄마한테 전달되지 않을까 싶은 생각이 들어서."

"무슨 내용으로?"

"형을 통해서 서울중앙지검에 있는 형 친구한테 부탁하는 내용이 녹음되도록 하는 거야. 물론 서울중앙지검에는 형 친구는 없어."

"녹음 내용이 증거로 남을 텐데, 혹시 언론에 공개해서 더 큰 문제를 만들 수 있지 않을까?"

"사건을 청탁하는 것이 아니고, 브로커가 개입되어 나를 모함하고 있으니까 철저하게 수사해 달라고 부탁하는 거지.

"오우, 좋아. 어떻게 그런 생각을 다 했어?"

"내가 전화를 걸어서 부탁하는 형식이 아니라, 형한테 내 소식을 듣고 검사가 나한테 전화해서 사건을 확인하는 형식으로 하면 어떨까?"

"유 선생, 정말 머리 좋다."

"내 머리가 좋겠어? 상황이 이 지경이니까 지푸라기라도 잡는 심정으로 온갖 생각을 해보는 거지."

"지푸라기가 아니라 구명보트가 될 것 같은데?"

"그런데 자연스럽게 거짓말을 할 수 있을지 모르겠어."

"실제 상황이라고 생각해. 지금 이 상황에서 누군가 유 선생한테 손 내밀어 준다면 할 말 많잖아. 손 내밀어 주는 사람한테 억울함을 말하는 거야."

"녹음된다고 생각하면 긴장되어 제대로 할 수 있을지 모르겠어."

"지푸라기라도 잡는 심정이라며? 담담하게 해. 전화 오는 것까지 연출해야 하니까, 내가 전화해 줄게. 언제쯤 좋을까?"

"점심 먹고 여유 좀 가졌다가 5교시 시작하기 10분 전쯤이 좋을 것 같은데."

"알았어. 내가 전화할게. 어떻게 연출할 건지 잘 생각해 봐."

녹취 목적이 순수할 리는 없다. 따라서 당사자의 동의 없는 녹취는 불법적인 행위이다. 무슨 목적으로 녹취했는지 알 수 없지만, 단순히 담임교사가 수업을 제대로 하는지 알기 위한 목적이 아닐 수도 있다고 생각하니 섬뜩한 생각이 들었다.

교실에서 일어나고 있는 상황이 녹음되고 있다고 생각하니 모든 것이 조심스러웠다. 언제부터인지 모르겠지만, 그 녹취록에는 온갖 내용이 들어 있을 것이다. 위로하겠다고 찾아오는 동료들에게 시우 어머니를 욕하기도 했고, 무슨 점령군처럼 설쳐 대는 경현이 어머니를 욕하기도 했다. 그러고 보니 이상한 점이 있었다. 사람과의 관계는 상대적인데, 특별한 이유도 없이 어느 날부터 경현이 어머니가 지환에게 적대적인 태도를 보였다. 아마 그전부터 녹취가 이루어졌다면, 어쩌면 그것이 원인이 되었을 수도 있을 것 같았다.

휴대폰에 녹음이 되고 있다고 생각하니 아이들에게 하는 말이 부드러워졌다. 누가 듣거나 안 듣거나 당연히 그랬어야 했다. 누군가에게 보이기 위해서도 아니고, 누군가 듣고 있어서가 아니라 당연히 그랬어야 했다. 지환이 스스로가 부끄럽게 느껴졌던 것은, 교사의 본분을 다하지 못했다는 죄책감 때문이었다.

아이들에게 방학 중에 지켜야 할 일을 설명했다. 아이들은 관심이 없었지만, 생활지도를 해야 했다. 특별히 준비한 수업이 아니라 급조된 수업이었다. 수업 내용이 녹음되고 있다고 생각하니 진지할 수밖에 없었다.

오전 수업을 마친 후, 아이들을 데리고 급식실로 갔다. 초복이라고 닭죽이 나왔다. 지환은 먹는 둥 마는 둥, 식사를 끝내고 경현이를 데리고 교실로 올라왔다. 점심시간이 끝나기 10분 전에 민현기 선생이 전화하기로 했으니 미리 준비해야 한다. 얼마 만에 경현이 휠체어를 밀어주는지 모르겠다. 경현이를 챙기고 싶지 않았지만, 통화 내용이 녹음될 휴대폰이 경현이 휠체어에 있으니 어쩔 수 없다.

민현기 선생이 전화하기로 한 시간이 점점 다가왔다. 초조했다. 마치 서울중앙지검의 검사와 통화하는 것처럼 연출해야 한다. 거짓말을 하는 것쯤은 아무것도 아니라고 생각했는데, 통화 내용이 경현이 어머니 휴대폰에 저장된다고 생각하니 긴장되었다. 무엇보다 통화 내용이 연출이 아니라고 느낄 수 있도록 자연스러워야 한다.

민현기 선생이 전화할 시간이 되었다. 혹시나 하는 마음에 경현이 휠체어 주머니에 있는 휴대폰을 확인했다. 불이 켜져 있는 것으로 봐서 녹음되고 있었다. 가슴이 두근두근 뛰었다. 심호흡을 했다. 그때 전화벨이 울렸다. 발신자에 민현기샘으로 떴다. 마치 모르는 번호인 듯 받아야 한다.

"네, 유지환입니다."

"유 선생, 잘해. 정말 유 선생을 도와줄 수 있는 검사라고 생각하고 하고 싶었던 말 다 해."

"네. 검사님, 안녕하세요? 형님한테 얘기 많이 들었습니다."

"……"

"진행 상황에 대해서는 잘 모르겠고, 민사 소송이 형사 고소 건과 같은 사안이라 형사 고소 건이 마무리된 후에 민사 소송이 진행될 거라고 했습니다."

"……"

"네. 얼마 전에 담당 형사를 만났습니다. 형사님은 제가 공무원 신분이니만큼 기소 전에 적당한 선에서 합의하는 것이 어떻겠냐고 했습니다."

"……"

"죽은 아이 엄마는 만날 수가 없고 삼촌이라고 하는 사람이 중재 역할을 하는데 브로커 같습니다. 일억 이천의 손해 배상 소송을 제기하고 저한테 찾아와서 팔천만 원에 합의하자고 했습니다. 그래서 저는 그렇게 할 수 없다고 분명하게 의사를 밝혔습니다."

"……"

"네, 지금도 마찬가지고요. 제가 재판에 져서 어떤 불이익을 당하더라도 절대 합의하는 일은 없을 겁니다. 제 잘못으로 아이가 죽은 것도 아닌데, 불이익을 당할지도 모른다는 두려움 때문에 합의하고 싶지는 않습니다. 아이의 죽음이 제 잘못이 아니라는 것을 입증하고 싶고, 아이 엄마도 제 잘못이 아니라는 것을 알고 있을 겁니다."

"……."

"아이의 장례를 끝내고 학적 처리를 위해 어머니가 사망 진단서를 가지고 학교에 왔습니다. 아이 엄마가 다녀가고, 어떤 선생님이 우리 교실에 와서 시우 엄마가 들으면 자존심 상할 수 있는 얘기를 했습니다. 그런데 학교에 있던 엄마가 아이 자료를 받아서 가려고 교실에 왔다가 우연히 그 말을 듣게 된 것 같습니다. 제가 한 말이 아니라고 오해를 풀려고 했는데, 전혀 들으려고 하지 않습니다. 아이 엄마 입장에서 생각해 보면, 누가 말했건 간에 굉장히 기분 나빴을 거라는 건 인정합니다."

"……."

"장례 절차가 진행 중이었을 때부터, 삼촌이라고 주장하는 브로커가 제 책임이라며 뭔가를 요구하는 듯한 태도를 보였거든요. 그 사실을 알고 있던 동료가 장애 아들 죽음을 미끼로 한몫 챙기려 한다고 했는데, 어머니가 그 말을 들은 것 같습니다. 굉장히 자존심 상했을 것이라 인정하고 제가 사과했는데, 아이가 학교에서 밥을 잘못 먹여서 죽었다며 손해 배상을 요구하고 있습니다."

"……."

"진료 기록은 없고요. 삼촌이라고 하는 브로커가 찾아와 언론에 공개하겠다고 협박까지 했습니다. 협박한 내용을 녹취한 것을 제가 가지고 있습니다. 그리고 죽은 아이 엄마를 만났을 때, 소송의 이유가 아이 죽음이 아니라, 아들 죽음을 미끼로 한몫 챙기려고 한다는 말 때문이라는 것을 시인하는 내용이 담겨 있는 녹취도 있습니다."

"……."

"진료 기록을 보지는 못했지만, 기도를 통해 넘어간 음식이 폐에 염증을 일으켰다고 기록되어 있다고 했습니다. 브로커 주장은 제가 밥을 잘못 먹어서 음식물이 기도로 넘어갔다고 주장하는 것이고요."

"……."

"혹시 이 문제로 언론을 이용하면 제가 엄청난 비난을 받을 수도 있을 것 같아 적당한 선에서 합의할까 생각도 했는데, 저 절대로 합의하지 않을 겁니다. 제 목숨을 끊어서라도 반드시 진실을 밝히고 싶습니다."

"……."

"검사님, 좀 도와주십시오. 혐의없음으로 처리해 달라는 청탁하는 것이 아니고, 진실을 밝혀 주셨으면 합니다."

"……."

"그래요? 감사합니다. 저는 브로커의 농간으로 진실이 덮일까 봐 두려웠습니다. 이 수사가 공정하게 이루어질 수 있도록 도와주십시오. 이 문제가 정의롭게 잘 처리되어야 가정에서 일어난 문제를 학교에 떠넘기는 일을 막을 수 있습니다. 그런 마음으로 소송을 준비하고 있습니다."

"……."

"네, 감사합니다. 새로운 상황이 생기거나 도움이 필요할 때 연락드리겠습니다. 안녕히 계십시오."

"유 선생, 아주 잘했어. 내가 듣고 있다고 생각하면 불편할 것 같아서 전화를 끊으려고 했는데, 혹시 다른 데서 전화라도 오면 쇼라는 것이 들통날까 봐 끊지 않았어. 수고했어. 수업 마치고 내려갈게."

지환은 민현기 선생이 듣고 있을 거로 생각하지 못했다. 지금의 절박한 상황을 누군가에게 하소연한다고 생각하니, 마치 검사님께 억울함을 토해 내는 것처럼 말했다.

전화를 끊고 시계를 보니 1시 10분을 지나가고 있었다. 5교시 수업이 시작되고 10분이 흘렀다. 순간 경현이 어머니 휴대폰으로 녹음되고 있다는 것이 생각났다. 5교시 수업이 시작되고 10분이 지나도록 전화 통화를 하고 있었던 것이 녹음되었을 것이다. 어쩌면 공격을 꼬투리가 될 수도 있을 것 같아 통화를 종료하고 수업을 시작했다.

인터넷을 검색해서 방학 때 가족들과 함께 관람할 수 있는 전시회를 소개했다. 특별히 준비된 수업은 아니었다. 아이들을 위한 수업이라기보다 경현이 어머니가 녹음하고 있는 것을 의식한 수업이었다. 녹음이 되고 있다는 것을 의식한 수업이었지만, 오랜만에 아이들에게 뭔가를 해 주고 있다는 생각에 마음이 뿌듯했다.

수업 중인데, 어디선가 지환을 지켜보는 듯한 느낌이 들었다. 우연히 창문을 쳐다보았는데, 옆 복도의 화장실 창문을 통해 누군가 교실을 지켜보다가 얼른 고개를 숙였다. 지환은 복도로 나가 몰래 화장실 쪽을 지켜보았다. 경현이 어머니가 도망치듯 현관 쪽으로 나가고 있었다. 화장실 창문을 통해 교실을 지켜보고 있었던 것이다. 휴대폰을 휠체어 뒷주머니에 넣어 놓고 녹취를 한 것도 모자라, 몰래 교실을 훔쳐보아야 했던 이유가 뭘까? 어머니 때문에 경현이가 미웠던 것은 사실이지만, 그렇다고 부당한 대우를 하지는 않았다. 어쩌면 자기 처신으로 인해 경현이가 소외당할지도 모른다고 생각했을 수도 있다. 그것이 두려웠으면, 담임한테 최소한의 예의는 갖추었어야 한다.

마지막 수업을 마치는 벨이 울리자 하교를 위해 어머니들이 교실로 들어왔다. 경현이 어머니가 태연한 척했지만, 도둑이 제 발 저리듯 지환의 눈치를 보며 어색해 했다.

"내일은 여름 방학식이라 오전 수업합니다. 점심 먹고 하교하니까 한 시까지 오시면 됩니다."

가정통신문으로 통보된 내용이라 어머니들도 이미 알고 있는 내용이다. 아이들을 데리고 하교하는 어머니들에게 특별히 할 말이 없어 그냥 덧붙인 말이었다.

"선생님, 한 학기 동안 수고하셨어요. 이런저런 일로 많이 힘드셨을 텐데, 내색하지 않으시고 버티느라 힘드셨지요? 방학 동안 잘 쉬시고 2학기에는 더 건강한 모습으로 봬요."

현주 어머니였다. 한 학기를 마치며, 담임에게 충분히 할 수 있는 통상적인 인사였다. 그런데 경현이 어머니의 표정이 좋지 않았다. 시우 어머니와 현주 어머니의 사이가 좋지 않았는데, 시우 어머니와 가까운 경현이 어머니 입장으로는 담임을 위로하는 현주 어머니가 못마땅했을 수도 있다.

"여러 가지로 죄송했습니다. 아이들한테 부족한 게 많았습니다. 담임 복이 없어 저를 만났다고 생각하세요. 제가 해결할 수 있는 문제가 아니니 2학기가 되어도 상황이 달라질 것 같지는 않지만, 아이들한테 최선을 다하도록 노력하겠습니다."

"그 정신에 한 학기를 잘 마무리해 주신 것만으로도 감사하죠."

지환은 경현이 어머니가 들으라는 듯 얘기했는데, 이에 현주 어머니가 맞장구까지 쳐주었다. 경현이 어머니의 인내심이 한계에 다다른 것 같았다.

"선생님, 오늘도 하루 종일 영화만 보여 주었나요?"

"네?"

"내일이 방학식인데 수업하기 싫은 것도 이해하고, 그동안 많이 힘드셨을 거라는 것도 인정해요. 그렇지만 선생님이잖아요. 아이들한테 최선을 다하시겠다면서요? 아이들이 표현하지 못한다고 해서, 이해하지도 못하는 영화를 틀어놓고 보라고 하는 것은 너무 심한 거 아닌가요?"

영화를 보여 주었던 것은 아니지만, 전체적인 맥락에서 맞는 말이었다. 그런데 지환은 화가 났다. 맞는 말인데 화가 나는 이유는 뭘까? 말하는 사람이 경현이 어머니였고, 다분히 적개심을 갖고 말했기 때문이다. 교실 상황을 몰래 녹음한 것도 모자라, 어머니들 앞에서 지환을 공개적으로 비난했다. 그것은 교권에 대한 심각한 도전이라고 생각했다.

"오늘 수업은 뭘 했는지, 댁에 가서 경현이 휠체어 뒷주머니에 있는 휴대폰 녹취 내용 확인해 보시면 되겠네요."

시우 어머니에게 전달되었으면 하는 마음으로 서울중앙지검의 김현준 검사와 통화하는 것처럼 연출했던 것을 생각하면, 휴대폰 녹취에 대해 말하지 않았어야 한다. 그런데 지환은 어머니들 앞에서 공개적으로 공격하는 상황을 참을 수가 없었다.

어머니들이 술렁댔다. 그런 것으로 봐서 어머니들 모두 한통속이 되어 모의한 것은 아니라는 사실이 확인되었다. 지환은 한편으로 마음이 놓였다.

"무슨 녹음을 했다는 거예요? 그 휴대폰 경현이 누나가 사용하던 건데 누구 주려고 넣어 놓았다가 깜빡하고 꺼내지 않은 거예요."

"그러세요? 확인해 볼까요? 지금 이 상황도 녹음되고 있을걸요."

경현이 어머니 얼굴이 빨개졌다. 그 상황에서 휴대폰을 꺼내 확인할 수는 없었다. 어머니들 앞에서 당황하는 모습만으로도 충분히 인정하는 상황이 되었다. 여기에서 한발 더 나아가 궁지로 몰면, 어떤 태도를 보일지도 모른다.

"경현이 가방을 뒤졌던 것은 아니고, 조금 전에 교육통신문과 방학 계획서를 넣으려다 우연히 보게 되었습니다. 무슨 목적으로 녹음하셨는지 모르겠지만, 이렇게 몰래 녹음하는 것은 불법이란 거 아시죠?"

지환은 이쯤에서 빠져야 할 것 같았다. 녹음하고 있는 휴대폰을 꺼내 확인하지는 않았지만, 여러 가지 정황으로 어머니들 앞에서 인정하는 꼴이 되었다. 계속 있으면 상황을 수습하는 것이 어려울 것 같았다. 급하게 회의에 참석해야 한다고 하고 교실에서 나왔다.

경현이 어머니는 당황스럽고 난처했다. 평소 같으면 어머니들의 의견을 모아 적절한 반격을 할 수도 있는데, 동기가 어떻든 불법적인 행동을 했기에 변명의 여지가 없었다. 정도가 지나치면, 그동안 어머니들에게 영향력을 미쳤던 위치가 무너질 수도 있다.

"생사람 잡네. 무슨 녹음을 했다는 거야? 경현이 누나가 쓰던 휴대폰을 누가 달라기에 넣어 놓았던 건데……."

경현이 어머니의 변명에 아무도 수긍하지 않는 분위기였다. 이 난처한 상황이 다른 어머니들도 불편하긴 마찬가지였다. 지환이 회의에 참석해야 한다며 급하게 나갔듯이, 어머니들도 바쁜 일이 있다며 아이들을 데리고 나갔다.

여름 방학을 하는 날이다. 그동안 수십 차례 방학했지만, 지환은 방학을 맞는 마음이 남달랐다. 학교에 나오지 않는 것만으로도 시우 문제를 좀 잊을 수 있을 것 같았다. 매일 만나야 하는 어머니들을 보지 않는 것만으로도 숨통이 트일 것 같았다. 예전처럼 방학을 즐길 수는 없을 것이다. 검사가 부를 수도 있고, 문득문득 시우 문제가 가슴을 짓누를 것이다.

방학식은 오전에 하고 점심을 먹고 올라왔다. 예전에는 오전에 방학식을 하고, 점심 먹기 전에 하교했다. 그런데 학부모들의 요청으로 오전 수업과 점심까지 먹는 것으로 바뀌었다. 학사 일정이 학부모의 요청에 따라 결정되는 세상이 되었다.

점심을 먹고 교실로 올라오자 아이들을 데리고 하교하기 위해 어머니들이 기다리고 있었다. 경현이 어머니가 자신의 난처한 상황을 돌파하기 위해, 녹취 내용으로 어머니들을 선동하여 공격할 수도 있지 않을까 하는 생각을 했다. 그런데 예상했던 분위기는 아니었다. 현주 어머니가 먼저 인사를 건넸다.

"선생님, 수고하셨어요. 힘드셨을 텐데, 방학 잘 보내시고 건강한 모습으로 봬요."

"1학기는 불미스러운 일로 아이들에게 집중하지 못해 죄송합니다. 2학기 때는 아이들과 행복하게 살도록 노력하겠습니다."

"선생님 말씀처럼 일이 잘 해결되어, 2학기에는 선생님과 아이들이 행복했으면 좋겠습니다."

방학 잘 보내라고 어머니들이 인사를 건네는데, 경현이 어머니는 아무 말이 없었다. 뭔가 불편한 태도였다. 어머니가 아이들을 데리고 하교하는 모습을 지켜보고 지환은 자리에 앉았다. 후덥지근한 날씨에 시원한 차라도 한 잔 마시고 싶은데, 경현이 어머니는 경현이 가방을 정리하며 꾸물거리고 있었다. 녹취 건에 대해 마무리하지 않았는데, 같은 공간에 있는 것이 불편하여 컵을 들고 교실을 나가려고 했다.

"선생님, 바쁘지 않으시면 잠깐 시간 좀 내주세요."

"네, 말씀하세요."

"어제 녹음했던 건 죄송해요."

"어머니가 사과하셨으니 이것으로 끝낼게요. 그런데 무슨 목적으로 녹음했는지가 궁금하긴 하네요."

"무슨 목적이 있었던 것은 아니고요. 사실은 선생님이 우리 경현이를 구박하지는 않는지 걱정이 되었어요. 선생님을 힘들게 했던 것은 전데, 그 화살이 우리 경현이한테 갈까 봐 걱정되었습니다. 정말로 어제가 처음이었어요. 죄송해요."

어제가 처음이었다고 한다. 아이들에게 영화를 보여 주었던 날은 어떻게 알았느냐고, 그리고 어제 화장실 창문을 통해 교실을 엿본 목적은 뭐냐고 묻고 싶었지만 참았다.

"경현이 앞에서 이런 말을 주고받는 자체가 비교육적인 모습인데, 솔직히 말해서 저도 사람인지라 아무 감정이 없었다고 말하지는 않겠습니다. 어머니가 한 번씩 기분 상하게 할 때면, 미운 감정이 들었던 것도 사실이고요. 어쩌면 두 번 가야 할 손길이 한 번으로 줄었을 수도 있었겠네요. 그렇지만 경현이를 차별하거나 구박

하지는 않았습니다. 어머니와 경현이를 동일시할 정도로 유치하지
는 않으니까요."

"죄송해요."

"시우 문제로 저를 압박하셨는데, 시우 어머니와 각별한 사이라
그럴 수 있다고 이해합니다. 시우 문제를 해결을 위해 도와달라고
하지는 않겠습니다. 다만 일이 더 꼬이지 않도록 협조해 주시면 감
사하겠습니다."

"네. 죄송합니다. 방학 즐겁게 보내고 건강한 모습으로 봬요."

경현이 어머니답지 않은 반응이었다. 담임이 이렇게 직설적으로
나왔으면 반격할 법도 한 사람이다. 그런데 이렇게 쉽게 꼬리를 내
리는 것은, 담임 몰래 녹취했다는 것은 교권 침해고 불법이라는 것
쯤은 알고 있다는 뜻이다. 경현이 어머니가 시우 문제에 영향을 미
칠 수는 없을 것이다. 그렇지만 시우 어머니와의 관계나 다른 어머
니들에 대한 영향력으로 봐서, 경현이 어머니가 적극적으로 중재
해 준다면 문제 해결에 도움이 될 수도 있을 것이다. 그러나 지환
은 경현이 어머니의 잘못을 미끼로 중재를 부탁하는 것은 자존심이
상했다.

방학이다. 모두 즐겁게 보내고 건강한 모습으로 보자고 했다. 그
래야 한다. 2학기에도 지금의 상황이 계속되어서는 안 된다. 문제
해결의 실마리를 시우 어머니에게 맡겨 둘 수는 없다. 방학을 전환
점으로 만들어야 한다. 변호사를 만나 준비해야 할 자료도 수집하
고, 무엇보다 방학 때만이라도 가족을 챙겨야 할 것 같았다.

인연 혹은 운명 /

　지환은 교권보호 전담 변호사를 만나기 위해 학교를 나섰다. 약속 시간은 여섯 시다. 조퇴하지 않고 정상적으로 퇴근해도 약속 시간에 맞출 수 있지만, 방학식까지 한 상황이라 굳이 학교에 남아 있어야 할 이유가 없었다. 약속 시간까지 네 시간의 여유가 있었다. 그 시간에 무엇을 할까 생각해 보았다. 학교에 붙어 있고 싶지 않아 나왔는데, 특별히 갈 곳이 없었다. 먹고 싶은 것이 있는 것도 아니고, 영화를 본다고 해도 집중할 수 없을 것 같았다. 그냥 사람이 많은 곳을 가 보고 싶었다. 그들은 어떻게 사는지. 사람들 속에 묻혀 그들의 사는 모습을 보고 싶었다.

　학교 앞에서 무작정 광화문 가는 버스를 탔다. 서울에 살아도 광화문에 나갈 일이 별로 없었다. 그런데 어느 해 겨울, 촛불 집회가 한창일 때 추위 속에서 매일 집회에 참석하는 사람들에 대한 미안한 마음에 처음 집회에 참석한 적이 있었다. 많은 군중 속에서 친구를 만나기 위한 가장 적절한 장소가 이순신 장군 동상 아래였다.

동상 아래에서 친구를 만나 집회에 참석하다가 문득 이순신 장군을 쳐다보았다. 마치 역사의 한가운데 서 있는 느낌이었고, 이 나라를 위해 뭔가를 하고 있다는 뜨거운 감정이 밀려 올라왔다.

광화문 광장이 가까워지자 가슴이 뛰었다. 4년 만에 다시 광화문 광장에 서 보는 것이다. 그 외침과 뜨거움을 기억하며, 내가 하는 일이 비록 미천할지라도 정의롭지 못한 방법으로 타협하지 말자고 다짐했다.

촛불로 뜨거웠던 광화문 광장은 한여름의 뙤약볕으로 뜨거웠다. 그늘이라고는 없고 사람의 발길이 뜸했다. 세종대왕상을 지나 이순신 장군 동상 쪽으로 향했다. 동상 앞에는 바닥에서 뿜어져 나오는 분수가 있었는데, 몇몇 아이들이 재미있게 놀고 있었다. 물이 나왔다 멈추기를 반복하기 때문에, 언제 물이 솟구칠지 알 수 없었다. 분수대 사이를 지나면 영락없이 물벼락을 맞을 수밖에 없다. 그래서 아이들은 더 신나게 물놀이를 즐기고 있었다. 신나게 노는 아이들의 모습을 보니, 지환도 분수대 속으로 뛰어들고 싶었다. 마음만 그렇다는 것이지 행동으로 옮길 수는 없다. 어른이기 때문이다. 어른으로서의 체면도 있지만, 물놀이를 즐기고 난 이후의 처리를 생각하면 절대로 실행할 수 없는 행동이다. 어른이 된다는 것은, 어떤 행동의 결과에도 책임져야 하므로 감정을 억누르고 절제할 줄 알아야 한다. 아이들의 해맑은 모습을 바라보다 이순신 장군을 올려다보았다. 흐뭇하게 웃고 있는 것 같았다.

용기를 내자. 아이들처럼 단순하게 생각하자. 단순해야 본질을 볼 수 있다. 본질을 흐리게 하는 생각을 개입시키지 않아야 한다. 잘못이 있다면 책임지면 되고, 부당한 것은 바로 잡으면 된다. 촛불을 들고 이순신 장군을 바라보며 정의를 외쳤던 것처럼, 아이들의 순수하고 해맑은 모습을 보면서, 바른 선택의 기준이 무엇이어야 하는지 생각했다.

아이들의 웃음소리를 뒤로하고 종로경찰서 방향으로 걸었다. 시원한 커피 한잔을 마시고 싶었다. 도로 양쪽으로 커피숍이 많았다. 그런데 마땅히 들어갈 곳이 없었다. 좁은 가게에 테이블이 없는 것으로 봐서 take out 전문 커피숍인 듯했다. 몇 명의 회사원이 커피를 들고 마시며 지나갔다.

종각 방향의 큰길로 나오자 별다방이 나왔다. 덥기도 했고 변호사와 약속 시간까지는 여유가 있었다. 아이스 아메리카노를 주문하고 매장을 둘러보니 창가에 빈자리가 하나 있었다. 높은 의자에 창밖을 바라보고 앉을 수 있는 자리였다. 지환이 좋아하는 자리였다. 탁자 위에 가방을 내려놓고 커피를 받아 왔다.

지나가는 사람들의 그림자가 조금씩 길어지고 있었다. 멀리 빌딩 외벽에 설치된 시계가 네 시 오십 분을 알려 주고 있고, 뉴스 전광판에 오존주의보 발령이라는 문구가 떴다. 가급적 외출을 자제하라고 했다. 그러나 오존주의보와는 전혀 상관없다는 듯 여고생한 무리가 와자지껄 지나가고, 뒤이어 노부부가 지나갔다. 다들 그렇게 산다. 어느 날은 오존 때문에, 또 어느 날은 미세 먼지 때문에 외출을 자제해야 한다면 일 년 중에 외출할 수 있는 날이 얼마나 될까? 또, 그런 날 외출하면 최적일까? 비가 오는 날은 우산을 준비하고, 미세 먼지가 심한 날은 마스크를 준비하면 된다. 어쩌다 준비하지 못했다고 해서 어떻게 되는 것은 아니다. 우리 삶이 그렇게 간다. 노부부의 뒷모습을 보면서, 어쩌면 아픈 역사만큼 힘든 날을 살아왔을 텐데 덤덤하게 걸어가고 있었다. 지환은 약속 장소로 가기 위해 자리에서 일어났다. 순간순간이 그렇게 엮여 삶이 되는 것이다. 그냥 덤덤하게 걸어가야 한다. 그때 횡단보도 앞에 서 있던 할아버지가 할머니의 작은 손가방을 들어주었다. 그래. 그렇게 사는 거다.

약속 시간보다 10여 분 일찍 변호사 사무실이 있는 건물 앞에 도착했다. 지환은 어떻게 할까 고민하다 1층 로비에 있는 화장실에서 소변을 보고 손도 깨끗하게 씻었다. 약속 시간에 늦으면 개념 없는 사람 같고, 약속 시간보다 빨리 가면 초조함을 드러내는 것 같았다. 그렇게 시간을 보내고 약속 시간 2분 전에 사무실로 올라가는 엘리베이터를 탔다. 6층에 내려 사무실에 들어서니 젊은 남자가 기다리고 있었다.

"안녕하세요? 유지환입니다."

"어서 오십시오. 윤동훈 변호삽니다."

젊은 남자는 변호사라고 했다. 변호사는 판사나 검사로 재직하다 나이가 지긋해서 개업하는 것이라고 생각했다. 어쩌면 아버지처럼 푸근하게 기대고 싶었는지도 모른다. 그런데 지환보다 젊어 보였다. 그 젊은 변호사에게 시시콜콜 얘기하고 도움을 청해야 하는 것이 자존심 상할 것 같았다.

"시간관념이 정확하신가 봐요? 여섯 시 정각에 들어오시네요."

"별로 그렇지 않습니다. 어쩌다 보니 시간을 맞춰서 왔습니다."

"생각했던 이미지하고 다른데요. 얼굴을 모르는 분과 약속이 있을 때는, 목소리와 성함을 보고 이미지를 상상해 보거든요. 유지환이라는 성함이 왠지 남성미가 넘칠 것으로 생각했는데, 세상 어려움 없이 곱게 자란 분 같습니다. 이것도 편견이겠지요?"

변호사는 필요하지도 않은 말을 했다. 어쩌면 지환의 긴장을 풀어 주기 위한 작업일 수도 있고, 자신의 역할을 드러내기 위해 의도된 설정 같기도 했다.

"방학하셨을 텐데, 소송 건 때문에 마음이 불편하시겠습니다."

"마음이 무겁지만, 지리산도 가고 가족 여행도 다녀오려고요. 시우 죽고부터 지금까지 너무 힘들어 가족들을 돌보지 못했거든요. 고민만 하고 있다고 해서 해결될 문제가 아닌 것 같아서, 이번 방학 때 가족을 좀 챙기려고요."

"잘 생각하셨어요. 소송 문제로 방학을 엉망으로 만들지 말라는 말씀을 드리고 싶었어요. 어차피 단시간에 끝날 문제도 아니니, 그냥 일상을 즐기며 사셨으면 해요. 제가 필요한 것들 말씀드리면, 그것만 잘 준비해 주시면 됩니다."

젊은 교권보호 전담 변호사. 왠지 신뢰가 가지 않았다. 경험도 없을 텐데, 제대로 변론을 할 수 있을까 하는 마음이었다. 그런데 이야기를 나누다 보니 말에 힘이 있었다. 화법에서 상대의 마음을 안정시키고 믿음을 갖게 했다. 석 달간 어디에도 기댈 곳이 없었는데, 어느새 지환은 젊은 변호사에게 마음의 감옥으로부터 무장해제당하고 있었다.

경험과 경력, 그리고 나이가 많음은 실력과 상관없는 시대가 되었다. 지환은 한때 선배들의 경험을 배우려고 했고, 경력이 쌓이면서 선배 교사로서의 권위를 누리고 싶었다. 그러나 아무도 인정해 주지 않는 권위였다. 디지털 문화 시대에서 아날로그 세대는 그저 문화지체인에 불과했다. 학교에서 점점 교사의 입지가 좁아지는 것만 생각했을 뿐, 사회 변화에 둔감해 있었다. 젊은 변호사를 보면서, 젊은 교사들이 수업을 완벽하게 해내는 모습이 오버랩되었다.

"변호사님, 가슴을 짓누르고 있던 돌덩어리를 내려주시는 것 같습니다."

"그렇게 말씀해 주시니까 저도 자신감이 생기네요. 의뢰인의 믿음이 없으면 변호사의 역할도 한계가 있거든요."

"저는 어떻게 될까요?"

"단도직입적으로 물으니까 저도 거기 걸맞은 답변을 드려야겠지요? 별일 없을 거예요. 걱정하지 마세요."

"……."

"제가 변호사로서 능력이 있어 소송에 이길 수 있다는 자신감으로 말씀드리는 것이 아니고, 이 문제는 소송 거리가 되지 못한다는 뜻입니다."

"무슨 뜻이에요?"

"학교 안전사고와 관련된 고발, 소송 건은 밑그림만 봐도 알거든요. 선생님께 과실을 덮어씌울 근거를 찾기 힘들 거예요."

"감사합니다. 그런데 너무 불안해요. 시우 삼촌이라고 하는 그 사람. 브로컨데 순순히 물러날까요?"

"순순히 물러나지 않겠지요. 무리한 소송이란 거 알기 때문에 합의하자고 했을 것이고, 소송이 진행되면 더 억지 주장을 할 거예요. 그럴수록 원칙대로 접근하면 됩니다."

"브로커가 개입되어 있다는 걸 경찰도 알 거 아니에요."

"알지요. 그렇지만 그 문제가 소송의 어떤 영향을 줄 수는 없어요. 선생님도 마찬가지겠지만, 학부모들이 대부분 소송에 대해 모르니까 브로커들이 접근하고 그들의 도움을 받을 수밖에 없거든요."

"억울해요. 상식적으로 생각해도 말이 안 되는 문제로 제가 고통을 당해야 한다는 것이."

"세상사에 상식이 통하면 얼마나 좋겠어요. 그래서 그런 억울한 일을 당하지 말라고 저 같은 사람이 필요한 거잖아요. 그런데 간혹 의뢰를 맡고 싶지 않은 사건도 있습니다. 누가 봐도 명백한 교사의 과실인데, 변론을 해야 할 때는 죄책감을 느끼죠. 그래도 제 역할이 교권을 최대한 지켜줘야 하는 것이기에 최선을 다해요. 이 사건은 여기에 해당하지 않으니까 걱정하지 마세요."

사건에 대해 입을 맞춰야 하고, 무엇을 준비해야 하는지 구체적인 이야기가 오갈 것으로 생각했다. 그런데 변호사는 변화된 학교 문화에 대한 얘기만 했다. 지환보다 학교에서 일어나는 다양한 문제에 대해 더 잘 알고 있었다. 흔들리는 교권에 대해 안타까워하면서도, 교사들의 한심한 작태에 대해서는 혀를 찼다. 이유야 어떻든 아이의 문제로 학부모와 소송을 해야 하는 것이 부끄러웠다.

"지리산은 언제 가세요?"

"8월 2, 3일에 대피소를 예약해 놓긴 했는데, 갈까 말까 망설이고 있습니다."

"그 망설이는 이유가 소송 때문이라면, 모든 것 내려놓고 편하게 다녀오세요. 선생님이 건강하셔야 해요. 상대방에게 두려워하거나 지쳐있는 모습 보이지 말고, 언제나 당당해야 합니다."

"감사합니다. 마음 좀 정리하고 건강한 모습으로 돌아오겠습니다."

"좋으시겠어요. 지리산 가 본 지가 10년도 넘었는데, 좀처럼 시간 내는 것이 힘드네요. 좋은 시간 보내고 오세요. 다녀와서 사건 전반에 대해 점검하고 준비해야 할 서류에 대해서도 알려드리겠습니다."

"변호사님이 너무 편안하게 해주셔서, 제가 궁금한 것을 제대로 못 물어봤는데…….."

"궁금하신 것 다 말씀하세요."

"민사 형사 소송이 같이 진행되는 거예요?"

"동일 사건일 경우 대체로 형사 소송을 먼저 진행해요. 그 결과에 따라 민사 소송에 영향을 줄 수 있으니까요. 그런데 이 고발 건은 소송까지 가지 않고, 수사 과정에서 무혐의 처분을 받을 수 있을 거예요. 걱정하지 마세요."

변호사는 걱정하지 말라는 말을 세 번이나 했다. 그러면서 무혐의 처분을 받을 수 있을 거라고 했다. 자신감일까? 아니면 정말로 소송 거리도 되지 않는 것일까? 의사들은 대체로 최악의 상황을 얘기하는 경우가 많다. 그런데 변호사는 일관되게 무혐의를 자신했다. 한편으로 안심이 되기도 하지만, 너무 믿었다가 혹여 나쁜 결과가 나오면 어쩌나 걱정이 되었다.

"그럼 만약에 수사 과정에 무혐의 처분이 나오면, 민사 소송의 손해 배상 건은 어떻게 되는 거예요?

"이 문제는 그렇게 단순하지 않아요. 무혐의 처분이 나와도 민사 소송에서 일정액의 손해 배상 판결이 나올 수도 있어요."

지환은 가슴이 답답했다. 청구액이 일억 이천이면 적게 나온다고 해도 오천은 나오지 않을까 싶은 생각이 들었다. 박정태가 마지 노선으로 제시했던 팔천은 어쩌면 그런 결과를 예측한 것은 아닐까? 그렇다면 그 금액에서 조금 더 깎고 합의했으면 마음고생은 하지 않았을 것 같았다. 자존심 접고 지혜로운 선택이 필요했는지도 모르겠다.

"청구액이 일억 이천이라고 했는데, 얼마 정도 판결이 나올까요?"

"선생님, 너무 앞서가지 말고, 먼저 형사 고발 건에 집중했으면 좋겠어요. 만약에 형사 소송까지 가서 선생님의 과실이 드러나 유죄가 되면, 민사 소송 판결에 따른 배상액을 교육청에서 선생님께 구상권을 행사할 거예요. 그런데 무협의 판결이 나면, 민사 소송에서 배상 판결이 나와도 선생님께 구상권을 행사하지는 않을 수도 있어요. 걱정하지 마세요. 제가 모두에 말씀드렸듯이 선생님 과실을 찾기 힘들 거예요."

"머리가 너무 복잡해요. 평생 이런 일은 겪지 않으리라 생각했는데, 왜 이런 송사에 걸려들어 마음고생을 하는지 모르겠어요."

"이 사무실에서 나가면서 소송과 관련된 생각은 모두 지우세요. 그리고 기분 좋게 지리산 다녀와서 봬요."

지환은 변호사 사무실에서 나왔다. 당분간 소송과 관련된 것들을 잊으라고 했다. 마음이 가벼웠다. 변호사 말처럼 정말 걱정하지 않아도 된다면, 시간이 좀 빨리 지나가 주었으면 좋겠다. 무슨 일이든 끝이 있다. 과정은 모두 생략하고 빨리 그 끝자리에 설 수 있었으면 좋을 것 같았다.

시계를 보니 일곱 시 반을 지나고 있었다. 잠깐 이야기를 나눈 것 같은데 한 시간 반을 얘기했다. 허기가 몰려왔다. 빨리 집에 가려고 지하철역으로 걸어가는데 전화벨이 울렸다. 민현기 선생이었다.

"오늘 조퇴했던데 무슨 일 있어?"

"변호사 만났어. 지금 면담 끝나고 집으로 가는 길이야."

"시간 괜찮으면 소주 한잔할까?"

"좋지. 어디서 볼까?"

"지금 학교 근처에 있는데, 적당한 곳 들어가서 위치 찍어서 보내. 내가 그쪽으로 갈게."

주위를 둘러보니 밥도 먹고 술도 한잔할 수 있는 해물찜 집이 있었다. 지환은 식당 주소를 톡으로 보내고 민현기 선생을 생각해 보았다. 한 달간의 방학을 보내게 되는데 잘 지내라는 인사도 하지 않고 왔다. 직장 동료라는 것이 그렇다. 직장 안에서는 어려울 때 도움을 청하기도 하지만, 직장을 벗어나면 잊히는 존재에 불과하다. 결국은 직장이라는 한계를 극복하지 못했다.

해물찜과 소주 한 병을 주문했다. 민현기 선생이 도착하지 않았는데, 혼자 소주를 한 잔 마셨다. 빈속에 싸하게 넘어갔다. 혼자 마시는 술은 사람을 더 고독하게 한다. 소주를 반병쯤 비웠을 때, 민현기 선생이 식당으로 들어섰다.

"무슨 일 있어? 좋아하지도 않으면서 웬일로 혼자 술을?"

"그러게. 혼자 술 마시는 사람을 보면 얼마나 힘든 일이 있기에 저러나 싶었는데, 내가 그러고 있네."

"힘든 일이 있다는 얘긴데. 변호사 만나서 얘기가 잘 안 됐어?"

"아니. 변호사는 이 일을 너무 가볍게 생각하고 있었어. 걱정하지 말래. 그냥 여러 가지 일 중에 하나라고 생각하고 일상을 즐기며 살래."

"그런데 뭐가 그렇게 심각해?"

"내가 왜 이 꼴을 당해야 하는지. 이 문제가 잘 해결된다고 하더

라도 아무렇지도 않게 학교생활을 할 수 있을지. 동료들과의 관계
는 엉망이 되었는데, 어떻게 다시 관계를 만들어 가야 할지. 이런
저런 생각으로 마음이 복잡하네."

"그래. 그 고민 이해해. 그런데 정말 몇 년 지나고 나면 아무것도
아니야. 우리 삶이 늘 고민과 걱정으로 가득하지만, 정작 돌아보면
과거에 뭘 걱정했었는지 기억도 나지 않잖아. 그냥 지금 삶에 충실
하게 살아. 아직은 좀 힘들겠지만, 동료들하고의 관계도 회복하려
고 노력해."

"왜? 누가 뭐라고 했어?"

"남자들끼리 한잔했어. 그 자리에서 유 선생 얘기가 많아 나왔
어. 그래도 인심은 잃지 않았더라. 다들 속상해했어."

"고맙네. 그런데 박윤기는 없었어?"

"안 왔어. 그 사람 자기한테 도움될 자리 아니면 안 나오잖아."

"나하고 마주치고 싶지 않아서 안 나온 거 아닐까?"

"그럴 수도 있겠네. 양심이 있으면 나오지 못하지."

"선생님들한테 미안하다. 나 때문에 힘들었을 텐데, 술 한잔 샀
어야 하는데……."

"오늘 그 자리는 최문주 선생이 주선했어. 하고 싶었던 말이 많
았었나 봐. 작정하고 쏟아 놓더라."

"……."

"유 선생한테 미안하기도 하고 섭섭한 게 많다더라. 힘들면 힘들
다고 얘기하고 도와달라고 할 수는 없느냐고. 동료라는 관계가 이

럴 수밖에 없느냐고 아쉬워했어."

"특별히 도움을 청할 것도 없었고, 박윤기와 얽혀 있으니까 선생님들한테 다가갈 수가 없었어. 내가 힘들어하면, 당연히 박윤기를 욕할 수밖에 없잖아. 처음부터 박윤기한테 손 내밀지 말았어야 했는데, 내 실수였어."

"유 선생한테 섭섭했다는 말은 핑계고 학교 분위기가 마음에 들지 않는다는 얘기야. 누가 어려움을 겪어도 아무도 나 몰라라 하잖아. 이게 무슨 동료라고 할 수 있느냐는 거지. 사실 우리 다 같이 반성 좀 해야 해."

"최 선생답다. 괜히 내가 미안하네."

"그래. 뭐 가족도 아닌데 누가 어려움을 겪든 말든 나 몰라라 할 수 있어. 그런데 나 몰라라 하는 수준을 넘어서, 뒤에서 욕하고 더 힘들게 하잖아. 동료 때문에 힘을 얻지는 못하더라도 힘들게 하지는 않아야 하는데."

"……."

"최 선생 이야기 들으면서 나도 뜨끔했어. 유 선생 그렇게 힘들어해도 내가 해 준 것이 아무것도 없잖아. 오늘처럼 남자들 자리를 마련해서 방법을 찾아볼 수도 있었는데, 그런 생각을 못 했어. 처음부터 모든 것을 오픈하고 나누었으면, 좀 더 쉽게 해결 방안을 찾을 수도 있었을 텐데……."

"……."

"왜 아무 말이 없어?"

"반성하고 있어. 민 선생이 소주 한잔하자고 전화했을 때, 나한테 민 선생은 어떤 존재일까 생각했어. 힘들 때 찾아가서 투덜대고 필요할 때 도와 달라고 손 내밀면서, 방학 잘 보내라는 인사도 못 하고 왔잖아. 어떤 친구보다 편하게 만나고 할 얘기 못 할 얘기 다 하면서, 왜 직장 동료라는 한계를 벗어나지 못할까 하는 생각을 했어."

"아무래도 이해관계로 얽혀 있는 직장에서 만났기 때문이겠지. 우리 그렇게 오랫동안 만나왔는데, 여전히 호칭을 민 선생, 유 선생 하잖아. 나도 최문주 선생이 말할 때, 부끄러워서 아무 말을 할 수가 없었어."

"그렇다고 현기야 하고 부르기는 어색하고, 직장 동료라는 의식은 좀 걷어 내야겠다."

"그래. 우리가 공립이라면 5년마다 학교를 옮기니까 탈출구가 있지만 특별한 일 없으면 퇴직할 때까지 같이 살아야 하는데, 관계를 새로 만들어 보자."

직장 동료라는 한계를 벗어나지 못하는 이유가 뭘까? 직장이라고 해서 이해관계로 얽힐 일이 별로 없다. 직급의 구분이 분명해서 승진을 위해 동료를 밟고 일어나야 하는 조직도 아니다. 간혹 지나친 승진 욕구로 동료보다 관리자의 정서에 맞추려는 사람도 있지만, 개인적인 성향이니 인정하면 된다. 그렇다고 교원성과급이나 교원능력평가가 동료 관계를 어렵게 만드는 것도 아니다. 학교라는 조직에서 동료라는 관계는 참 애매하다.

"변호사가 그렇게 말했으면, 자신 있다는 의미겠지? 걱정하지 말고 방학 즐겁게 보내."

"걱정하지 않겠다고 생각해서 걱정되지 않으면 얼마나 좋겠어. 가슴에 올려놓은 돌덩이를 내려 주지 않는다면, 이 일이 끝날 때까지 이렇게 살아야지 뭐."

"지리산 간다고 했지? 나도 같이 갈까?"

"우리 마누라랑 똑같이 말하네. 산 싫어하면서 갑자기 왜? 혹시 자살이라도 할까 봐?"

"이 상황에 혼자 보내는 것이 마음에 걸려서."

"걱정하지 마. 누가 내려주지 않으면 나 스스로 작은 돌덩어리 하나쯤 내려놓으려고 가는 거야. 그래야 살지."

"그래. 그런 의미의 산행이라면 혼자 잘 다녀와."

"민 선생은 낚시 좋아하는데 나는 낚시 싫어하고, 나는 산 좋아하는데 민 선생은 산 싫어하잖아. 우리 공통점이라고는 일도 없는데 어떻게 잘 통할까?"

"인연이란 게 그런 거잖아."

지환이 서른일곱에 학교를 옮기면서 만나 13년이 흘렀다. 변함없는 모습으로 친구이자 동료의 자리를 지켜 주었다. 그런데 그의 존재에 대해 생각해 보지 않았다. 지금의 관계에서 변화가 필요하다. 지리산 다녀와서 술 한잔하자고 하고, 민 선생 대신 이름을 불러 봐야겠다고 생각했다.

2년 만이다. 힘들 때, 성지 순례를 하듯 지리산을 찾았다. 지리산을 다녀온다고 해서 어떤 해결점을 찾을 수는 없겠지만, 버티는 힘을 얻을 것이다.

구례버스터미널에 도착하니 노고단 버스 출발 시간이 한 시간 정도 여유가 있었다. 2년 전에 기사님 추천으로 갔던 지리산 대통밥을 먹고 싶었다. 그리고 저녁으로 먹을 김밥도 두 줄 살 생각이었다.

일 년 만에 와도, 몇 년 만에 와도 변화가 많지 않아 거리가 익숙하고 편했다. 대통밥 집으로 향하는데, 언젠가 먹었던 다슬기 토장탕집이 여전히 그 자리에 있었다. 마치 고향을 찾아온 느낌이었다.

대통밥으로 늦은 점심을 먹고 5시 40분 발 노고단행 막차를 탔다. 차 안은 등산객들로 가득했다. 휴가와 방학이 겹쳐 산을 찾는 이들이 많았다. 모두 노고단 대피소에서 묵을 것이고, 산행하면서 앞서거니 뒤서거니 만날 사람들이다. 60대 아저씨들의 걸쭉한 경상도 사투리가 거슬렸지만, 그런 소란쯤은 지리산의 아름다운 풍광으로 덮을 수 있었다.

성삼재에서 노고단 대피소까지는 한 시간 남짓 거리다. 굳이 서둘 필요가 없다. 대피소는 예약되어 있고, 저녁으로 먹을 김밥도 두 줄 샀다. 산책하는 기분으로 가볍게 걸었다. 길가에는 원추리와 노루오줌, 그리고 이름 모를 야생화들이 정겨웠다.

노고단 대피소에 도착하니 취사장에서 맛있는 음식 냄새가 풍겼고, 일행들과 둘러앉아 이른 저녁을 먹고 있었다. 자리를 배정받아 배낭을 넣어 놓고 노고단으로 향했다. 내일 아침에 다시 가야 할 길이지만, 혹시 멋진 운해와 일몰을 볼 수 있을지도 모른다.

노고단 정상에 서니 지리산 자락이 한눈에 들어왔다. 가슴이 시원했다. 운해가 장관은 아니지만, 사진 몇 장을 찍어 카톡으로 아내에게 보냈다. 혼자 떠나는 것을 불안하게 생각했던 아내에게 안심하라는 메시지였다.

대피소에서의 첫 밤은 늘 괴롭다. 땀 냄새와 코 고는 소리로 잠을 설쳤다. 아침 일찍 출발하려고 서두르는 사람들의 소음에 잠이 깼다. 밥할 도구들을 챙겨서 밖으로 나왔다. 공기는 상큼한데 안개가 자욱했다. 일기예보에 비 온다는 소식은 없었다. 비가 오지 않는다면 조금 흐린 것이 산행하기는 더 좋을 것이다. 쌀을 씻어 밥을 넉넉하게 했다. 반은 먹고 반은 작은 코펠에 담아서 배낭에 챙겼다. 이렇게 준비해서 떠나면, 산행하다가 따로 점심을 준비해야 하는 번거로움 없이 간편하게 해결할 수 있어 산행 시간이 여유롭다.

밥을 먹고 정리해서 대피소 안으로 들어오자 등산객들이 대부분 일어나 있었다. 짐을 챙겨 밖으로 나왔다. 여섯 시가 조금 넘었다. 오늘 목적지는 세석 대피소이고 벽소령을 두 시 이전에 통과해야 한다. 시간상으로 충분하다. 페이스를 잘 조절해서 여유 있게 즐기며 산행할 생각이었다.

노고단 고갯길에 올랐는데, 안개로 아무것도 보이지 않았다. 어제 미리 노고단에 올라 운해를 본 것이 다행이었다. 반야봉 방향으로 걷는데, 어느새 안개비가 되어 옷을 적셨다. 비옷을 꺼내 입었더니 바람이 통하지 않아 땀이 비 오듯 했다. 토끼봉이 이르자 날씨가 조금씩 개기 시작했다.

토끼봉에서 한참을 쉬었다. 아무 생각하지 않고 그저 걷기에 집중했다. 꽤 긴 시간을 아무 생각도 하지 않을 수 있어서 좋았다. 안개가 걷히면서 진주 방향의 풍경이 들어왔다. 겹겹이 쌓인 산등성이를 바라보며 노래 한 곡을 불렀다. 얼마 만에 불러보는 노래인가? 산에 오면, 산등성이에 앉아 노래를 부르곤 했다. 노래 부르는 것을 잊은 줄 알았는데, 습관처럼 콧노래를 흥얼거렸다.

연하천에 도착하니 등산객들이 점심을 준비하고 있었다. 배가 고프지 않았지만, 세석 대피소까지의 중간 기점이고 더 허기지기 전에 먹어 두는 것이 좋다. 곳곳에서 라면을 끓이고 있었는데, 아침을 먹고 점심용으로 싸 온 밥에 김과 햄 구이, 그리고 오이지무침을 꺼냈다. 소박하면서도 맛있게 먹을 수 있는 메뉴다. 혼자 산행할 때, 간편하게 먹을 수 있어 늘 준비하는 반찬이었다. 하긴 산행 중간에 무엇을 먹든 맛있지 않은 것이 없다.

연하천에서 벽소령까지의 길은 좀 지루했다. 산행길이 지루해도 길 양쪽으로 이름 모를 꽃들이 함께해 주었다. 어느새 날씨는 쾌청하게 맑았고, 나뭇잎 사이로 비치는 햇볕이 싱그러웠다. 터벅터벅 4킬로를 쉬지 않고 걸었다. 벽소령에 도착해 물통을 꺼냈다. 미지근한 것을 넘어 뜨끈뜨끈해진 물로 갈증을 달랬다. 등산화를 벗고 양말도 벗었다. 배낭에 기대 잠시 눈을 붙였다. 10여 분을 잔 것 같다. 노고단 대피소에서 코 고는 소리에 잠을 설쳤는데, 피로가 풀리는 느낌이었다.

벽소령에서부터 2킬로쯤은 신작로 같은 길이다. 지리산 종주 코스에서 가장 편안한 길이다. 오른쪽으로 하동 방향의 풍경이 펼쳐지고 산책하는 기분으로 걸을 수 있었다. 그 이후로 세석까지는 좀 답답한 돌길을 인내심 갖고 걸어야 했다.

선비샘을 지나 세석 대피소에 도착하니 여섯 시가 가까워지고 있었다. 오는 동안 많은 시간을 정신 놓고 앉아 쉬었지만, 꼬박 열두 시간을 걸은 셈이다. 발가락은 아프고 종아리 근육이 뭉치려고 했다.

취사장은 많은 사람으로 붐볐다. 저녁은 라면을 삶아 조금 남은 밥과 간단하게 먹을 생각이었다. 두리번두리번 자리를 찾고 있는데, 구석진 자리에 한 사람 정도 앉을 수 있는 공간이 있었다. 라면을 끓여서 먹으려고 하는데, 옆자리에 있던 아저씨가 말을 걸어왔다.

"소주 한 잔 드릴까요?"

"아, 감사한데 산에 와서는 술 안 마시려고요."

"어떤 원칙에 충실하신 분인가 봐요. 저도 술을 즐겨 마시지는 않는데, 노고단 대피소에서 잠을 설쳐서 오늘은 한 잔 마시고 푹 자려고요."

자리를 잘못 잡은 것 같다. 혼자 호젓하게 산행을 즐기려고 같이 오겠다는 현 선생도 마다하고 왔는데 자꾸 말을 붙였다.

"내일 하산은 어디로 하실 거예요?"

"천왕봉 갔다가 백무동으로 내려가려고요. 하산 길도 짧고, 서울행 직통버스가 있거든요."

"그러시군요. 저는 진주에 사는 친구 좀 만나야 해서 중산리로 내려가려고요."

다행이다. 혹시라도 산행 동선이 같으면, 중간에 만날 가능성이 있다. 내일 천왕봉 가는 길도 동선이 겹치지 않도록 잘 조절해야 할 것 같았다.

"혹시 뭐 하시는 분이세요? 어제 서울에서 출발할 때도 같은 고속버스에 탑승했고, 노고단행 버스도 같이 탔어요. 노고단 대피소에서 자고 출발한 시간이 비슷해서 중간에 쉴 때도 여러 번 만났는데……."

"아, 그러셨어요? 제가 주변에 신경을 안 쓰는 스타일이라 몰랐습니다. 특히 산행할 때는 더 그렇거든요."

"혹시 글 쓰시는 분이세요? 분위기가 왠지 그럴 것 같아서요."

"아니요. 교사입니다. 방학해서 잠깐 왔습니다."

특수교사라고 할 걸 그랬나? 괜히 이야깃거리를 남겨 놓았다. 초등이냐 중등이냐 물을 것이고, 담당 과목은 뭐냐고 물을 것이다. 그러다 보면 결국은 특수교사라는 말까지 나올 텐데, 과정을 줄일 수 있다는 것을 생각하지 못했다. 아니다. 이렇게 옆 사람과 얘기하는 것을 좋아하는 사람이라면, 특수교사라고 했을 때 더 호기심을 갖고 이것저것 물을지도 모른다. 혹여 대단한 일을 한다는 영혼 없는 찬사라도 늘어놓으면 마음이 불편해질 수도 있을 것 같았다.

"교직에 만족하세요?"

"네. 뭐 대체로 만족하는 편입니다."

"자기가 하는 일에 만족하고, 그 일이 사회에 공헌하는 일이라 행복하시겠어요."

"글쎄요. 사회에 공헌하고 있는지는 생각해 보지 못했습니다."

"사회에 공헌하는 일이 대단한 건가요? 사회 구성원이 각자의 자리에서 자신의 역할을 잘 수행하면 되는 거죠."

그렇다. 자신의 역할에 충실하면 된다. 그런데 그 기본을 하는 것이 어렵다.

"사람 사는 일이 다 비슷하겠지만, 교사로서 어떤 일이 가장 힘드신가요?"

"저는 특수학교에서 근무하기 때문에 아이들로 인한 스트레스는 별로 없습니다. 다만 학부모들의 요구가 점점 더 구체적이고 전문화되어서 힘들 때가 많아요."

"그러시군요. 제가 사람을 처음 만나면 뭐 하는 사람인지 점쳐 보는 버릇이 있거든요. 어쩌면 글을 쓰는 사람일지도 모른다고 생각했습니다."

글을 써 본 적이 없다. 그런데 왜 그런 이미지를 생각했는지 궁금했지만, 묻지 않았다. 다만, 대단한 일을 한다며 영혼 없는 칭찬으로 민망하게 하지 않아서 다행이었다.

"너무 뻔하고 많이 받아 봤을 질문이겠지만, 어떻게 특수교사가 되셨어요?"

오랜만에 받은 질문이다. 교직 초창기에는 많이 받았던 질문이고, 제법 열정을 갖고 대답했다. 그런데 그 열정과 자신감은 어디 가고, 왜 특수교육을 하고 있는지조차 생각하지 않고 지냈다.

"특수교사라고 하면, 흔히들 대단하다고 해요. 마치 무슨 수도자를 보는 듯한 태도를 보이죠. 저도 처음 시작은 그렇게 했어요. 이 일이 저의 소명이라고 생각했고, 이 일을 하면 가장 행복하게 살 수 있을 거라는 믿음으로 선택했노라고 자신 있게 대답했습니다. 그런데 그 열정과 자신감이 얼마나 갔는지 모르겠습니다. 그런 질문을 받지 않는 시점부터 특수교사의 정체성에 대해 생각해 보지 않았던 것 같습니다. 스스로 끊임없이 질문하고 고민했어야 했는데……."

"자신이 하는 일에 자부심을 느끼며 평생 즐겁게 할 수 있다면 얼마나 행복하겠어요. 그런 것을 천직이라고 할 수 있지 않을까요?"

"맞아요. 사실 저는 그럴 수 있을 거로 생각했습니다. 그런데 지금은 특수교사가 되려고 했던 이유조차도 잊은 채 살아가고 있습니다."

이 사람은 뭘까? 지환을 뿌리째 흔들어 놓았다. 이 상황에 이 사람과 이런 이야기를 나누는 것은, 마치 무언가에 이끌린 것처럼 느껴졌다. 어쩌면 지리산을 오게 된 이유였을까 하는 생각을 해 보았다.

"저를 돌아보는 기회를 만들어 주시네요. 어쩌면 제가 지리산을 오게 된 것이 이런 이유를 찾으려고 했던 것은 아니었을까 하는 생각을 해 봅니다. 잊고 있었던, 어쩌면 무감각해진 특수교사로서의 정체성을 생각해 보겠습니다. 그러면 다시 초심을 회복할 수도 있을 것 같습니다."

"그래요? 그럼 우리는 비슷한 이유로 지리산에 온 거네요."

비슷한 이유? 지환은 특별한 이유 없이 왔다. 단지 잠시라도 시우 문제를 잊고 싶었고, 혹여라도 지리산 산행으로 어떤 힘을 얻을 수 있기를 바랄 뿐이었다. 그런데 이야기를 나누다 보니 살아온 시간을 비우고 정리하는 기분이었다.

"제 얘기만 했네요. 혹시 뭐 하시는 분이세요?"

"제가 혹시 글 쓰는 분이냐고 물었잖아요? 왠지 저랑 통할 것 같았거든요. 글을 쓰고 있습니다."

무슨 글을 쓰는지, 출간한 작품이 무엇인지 물어보고 싶었지만 참았다. 지환과 비슷한 이유로 산에 왔다고 하는 것으로 봐서, 뭔가 글을 쓰면서 한계에 부딪혔을 수도 있을 것 같았다. 지환에게 시시콜콜 묻지 않았듯이 생각할 수 있는 여지를 주는 것이 좋을 것 같았다.

"저도 소주 한 잔 주실래요?"

"혼자 마시는 것도 좋지만, 힘든 여정을 마치고 마음이 통하는 분과 마시니까 좋네요. 좋은 산행 하시고, 돌아가시면 초심을 회복해서 행복한 교직 생활이 되었으면 좋겠습니다. 오늘 산행이 좀 특별했는데, 자기 일에 만족하며 사는 선생님을 만나 행운이었습니다. 저도 제 일을 사랑하며 그렇게 살아야겠습니다."

마음이 통한다고 했다. 산행 마치고 저녁을 먹으며 소주 몇 잔 나눴을 뿐인데, 뭐가 마음을 움직였는지 모르겠다. 사람 관계는 묘하다. 특별한 만남이 아니어도, 자신의 정서 상태에 따라 의미 있게 느껴지는 경우가 있다. 특히 여행에서 만났을 때는 그렇다. 어쩌면 산행하면서 생각했던 것이, 지환과 대화하며 구체화 되었을지도 모른다. 지환 역시 가슴을 짓누르는 작은 돌덩어리 하나쯤 내려놓고 싶어 왔는데, 이야기를 나누다 보니 마음속에서 다시 시작하자는 희망이 꿈틀대고 있음을 느꼈다.

소란한 소리에 눈을 뜨고 시계를 보니 여섯 시 가까이 되었다. 날이 훤하게 밝았다. 노고단 대피소에서 제대로 자지 못했고, 열두 시간의 산행으로 인한 피로로 숙면했다. 대피소 매점에서 햇반 하나를 샀다. 라면을 끓여 아침을 해결하려고 취사장에 갔는데, 일부 사람들은 벌써 식사를 끝내고 산행을 시작하고 있었다. 주위를 살펴보았는데, 어제 얘기를 나눴던 사람의 모습은 보이지 않았다. 산에서 우연히 만난 사람과 이런저런 얘기를 나눴는데, 아침에 만나면 어색할 것 같아 서둘러 출발했을지도 모른다. 간단히 아침을 해결하고 세석 대피소를 출발했다.

날씨가 화창했다. 천왕봉에 오른 후에 두 시까지 백무동으로 하산하기는 시간상 충분했다. 장터목을 지나 천왕봉에 오르니 사람들로 북적였다. 멀리 노고단이 선명하게 보였다. 하루 반 만에 저 먼 길을 걸어왔다. 뚜벅뚜벅 산길 25킬로를 걸은 셈이다. 스스로 생각해도 대견했다.

27년. 정말 뚜벅뚜벅 걸어왔다. 늘 화창한 날만 있었던 것은 아니다. 가끔 소나기도 만나고 태풍도 만났다. 지금은 뭘까? 그냥 흐린 날인지 태풍인지 알 수 없다. 시간이 지나 봐야 알 수 있다. 설사 태풍이라고 하더라도 또 그렇게 지나갈 것이다. 다만 할퀴고 간 자리에 상처를 최소화하는 것이 지금 해야 할 일이다.

25킬로를 걸을 때는 천왕봉이라는 목표가 있었다. 교직에 27년을 몸담으면서 가지고 있었던 목표는 뭘까? 아무 문제 없이 정년퇴임을 하고 연금을 받는 것도 아니었고, 그렇다고 교장이나 교감이 되겠다는 목표는 더더구나 아니었다. 그것이 문제였다. 목표가 분명했다면, 그 목표를 향해 증진할 수 있었을 것이다. 좋은 교사, 좋은 사람으로 살고 싶다는 것은 목표가 될 수 없다. 당연히 그렇게 살아야 한다. 구체적인 목표가 있어야 했다. 그랬더라면 지금까지의 삶도 남은 12년도 의미 있게 살 수 있을 것이다.

절반쯤 내려오다 백무동 매표소에 전화를 걸어 세 시 반 버스를 예약했다. 두 시쯤 도착하면 샤워도 하고, 맛있는 점심을 먹을 생각이었다. 전화하려고 휴대폰을 열었는데, 학급 단톡방에 여러 개의 문자가 올라와 있었다. 메시지를 확인하고 싶지 않아 배낭 주머니에 넣으려는데, 마지막 문자가 짝짝짝 박수 치는 경현이 어머니의 이모티콘이었다. 방학하기 전날 있었던 일이 생각났다. 담임 몰래 녹음하고, 사과도 제대로 하지 않았으면서 뻔뻔스럽게도 문자를 보낸 것이다. 무슨 일일까 궁금하여 단톡방 문자를 확인해 보았다. 첫 문자도 경현이 어머니가 보냈고, 이어서 다른 어머니들이 안부를 묻는 내용이었다.

'선생님, 지리산에 계시죠? 1학기에는 힘든 일 많았는데, 머리 아픈 일들 훌훌 털어버리고 오세요. 그래서 개학하면 밝고 건강한 모습 뵐 수 있었으면 좋겠습니다.'

지환은 놀랐다. 경현이 어머니가 어떻게 알았을까? 첫날 노고단에 도착해서 찍은 사진을 가족 단톡방에 올리고, 민현기 선생이 산행 잘하고 오라는 문자를 보냈기에 문자 대신 노고단 사진을 보냈다. 그것이 전부였는데, 경현이 어머니가 알고 있다는 것은 누가 알려 주었다는 얘기다. 민현기 선생은 아닐 텐데 누굴까? 무슨 의도로?

힘든 일? 교직에 몸담은 지 27년 만에 가장 힘든 시간을 보냈다. 시우의 죽음과 그로 인한 소송. 그것만으로도 버거웠는데, 경현이 어머니까지 사사건건 힘들게 했다. 그런데 훌훌 털어버리란다. 정말 순수한 마음일까?

경현이 어머니가 몰래 녹음하고 있다는 것을 알고, 형 친구인 검사에게 시우 건을 부탁하는 것처럼 거짓 통화를 했다. 시우 어머니와 경현이 어머니가 밀접하게 연결되어 있다면, 통화 내용이 전달되었을 것이다. 그런데 아무 반응이 없었다. 지환은 이 시점에 메시지를 한 번 더 전하는 것이 좋을 것 같았다. 다른 어머니들이 보면 여행 중에 만날 수 있는 인연이라고 생각할 수 있겠지만, 경현이 어머니에게는 어떤 메시지로 전해질 수 있기를 바랐다.

'누군가 가슴을 짓누르는 돌덩어리를 내려주지 않으면 숨이 막힐 것 같았는데, 좋은 분을 만났습니다. 문제를 해결하는 데 힘이 되어 주실 것 같습니다. 2학기는 저를 짓누르는 문제들을 내려놓고 아이들과 행복하게 살겠습니다. 아이들에게 좋은 방학이 되었으면 좋겠습니다. 안녕히 계십시오.'

문자를 보내자, 가장 먼지 경현이 어머니의 문자가 왔다.

'네. 문제가 잘 해결되어 2학기에는 행복하시길 빕니다. 즐거운 산행 하세요.'

뭘까? 예상하지 못한 반응이었다. 1학기 내 지환을 힘들게 했고, 마지막에는 몰래 녹음하는 것까지 발각되었다. 이해할 수가 없었다. 자기 행동을 문제 삼을까 봐 지환을 떠보는 것일까? 아니면 진심일까?

백무동은 언제 와도 물소리가 우렁차다. 지환은 산채비빔밥으로 점심을 먹고 고속버스에 올랐는데, 아내가 톡을 했다.

'어디야? 서울 도착 예정 시간은?'

'지금 버스 탔어. 길이 막히지 않으면 일곱 시쯤.'

'조심해서 와. 저녁은 모처럼 만에 외식할까?'

정말 모처럼 만이다. 아들과 외식을 한 것이 언제였는지, 같은 식탁에 앉아 소소한 일상을 나눈 지가 언제였는지 기억이 없다. 학교 문제로 인해 가족을 돌보지 못한 것이 미안했다. 퇴근하고 집으로 돌아갈 때도 늘 마음이 무거웠는데, 가족들이 기다린다고 생각하니 지환의 마음이 급해졌다.

실마리 /

한 달 가까운 방학을 마치고 동료들을 만났다. 직장 동료라는 한계를 극복하기 힘든 관계지만, 매일 보던 사람을 한 달 만에 만나니 반가웠다. 그러나 지환은 동료들을 찾아가 인사를 나눌 입장이 되지 않았다. 시우 문제가 해결된 것도 아닌데, 아무 일도 없었던 것처럼 안부를 나누는 것이 어색했다. 동료들도 시우 문제를 덮어 놓고 아무렇지 않은 듯 반갑게 인사를 나눌 수가 없을 것이다. 그 것을 알고 민현기 선생이 교실로 찾아왔다.

"지리산 다녀와서 그런지 얼굴이 편해 보여 좋다."

"잘 지냈어? 개학하고 만나면 민 선생을 대신할 호칭이 없을까 생각했는데, 역시 민 선생이란 호칭이 편하고 좋네."

"호칭은 익숙하고 편한 게 좋아. 뭐든 억지로 하지 말고 마음 가는 데로 해."

"그래. 호칭이 중요한 것은 아니니까. 그런데 이러다 직장 동료라는 관계로 끝날까 봐 아쉽기는 해."

친구든 동료든 어떤 범주를 만드는 것이 무슨 의미가 있을까 싶다. 지환은 30년, 40년 지기 친구들에게 지금 겪고 있는 상황을 얘기하지 않았다. 도움받을 방법도 없는데, 괜히 말했다가 자존심만 상할 것 같았다. 그런 의미에서 본다면 매일 직장에서 만나는 동료들이 훨씬 가까운 존재다. 어려운 문제를 겪으면서 가까이 있는 사람과 멀리 있는 사람에 대한 정의를 새롭게 해보는 계기가 되었다.

"시우 엄마한테 연락 없었어? 경현이 엄마 휴대폰에 녹음된 통화 내용이 시우 엄마한테 전달되었으면 뭔가 반응을 보였을 텐데……."

"사실 나도 은근히 기대하며 기다렸는데, 아무 연락 없었어."

"경현이 엄마는? 녹음한 거 발각되었는데 변명만 하고 사과도 제대로 하지 않았잖아."

"지리산 갔을 때, 즐겁게 산행하라는 문자가 와서 깜짝 놀랐어. 내가 지리산에 간 거 민 선생밖에 모를 텐데, 어떻게 알았는지 몰라."

"내가 얘기했어. 방과후학교 수업 때문에 경현이 데리러 왔는데, 녹취 건 때문에 미안했는지 유 선생 주려고 커피를 사 와서 찾더라고. 그래서 지금 지리산에 있다고 얘기했어. 담임 선생님한테 커피 드려야 한다며 찾아다니는 모습 보니까, 잘못한 건 아는구나 싶어 얘기해 줬어. 지리산 갔다고 하면 마음 편하게 놀러 갔다고 생각할까 봐, 너무 힘들어서 생각 좀 정리하려고 갔다고 했어. 자기 책임도 있다고 느끼면 미안한 마음이라도 들라고."

"그랬구나. 나는 박윤기가 어떤 냄새를 맡고 얘기한 것은 아닌가 싶었지."

"박윤기를 추종하는 몇몇 학부모가 있지만, 그 반 학부모들도 박윤기 싫어해. 애들 관리 엉망이잖아."

"그래? 시우 죽었을 때도 아침에 출근하는데 박윤기가 이미 알고 있더라고. 그 반 은지 엄마가 톡으로 알려 줬다나. 세상의 온갖 일을 다 알고 소문을 퍼뜨리는 사람이라, 내 동향을 알고 있는 줄 알았지."

"의심할 만하지. 하이에나처럼 온갖 사건, 사고에 촉을 세우고 다니니……."

"나도 이러면 안 되는데, 사소한 것들까지 박윤기가 개입된 것은 아닌지 의심하게 돼."

인연은 묘하다. 학교를 옮기고 13년이 지났는데, 지환은 박윤기와 같은 부서에서 일한 적도 없고 동학년으로 만난 적도 없었다. 따라서 특별히 부딪힐 일이 없는데, 괜히 싫었다. 자신과 다름을 인정하고 의식적으로 가까워지려고 노력해 보았지만 소용없었다. 결국은 시우 문제로 인해 더 이상 회복될 수 없는 관계가 되고 말았다. 특별한 일이 없다면 퇴직할 때까지 12년을 만나야 한다. 긴 시간을 어떻게 해야 할까? 이성적인 판단으로는 용서가 답이지만, 그것은 시우 문제가 해결되고 난 이후나 가능한 일이다.

2학기의 가장 중요한 행사로 학예 발표회가 남아 있었다. 개학과 함께 발표할 작품을 선정하고, 중학교 과정에서 두 개의 작품을 무대에 올려야 한다. 중학교 과정 여섯 개 반을 두 팀으로 나누었고, 중1팀에 소속된 교사들이 모였다.

작품을 선정해야 하는데, 아무도 말이 없었다. 아이들과 함께 무대에 올릴 작품이 떠오르지 않았다. 아이들이 어느 정도 역할을 할 수 있다면 해 볼 수 있는 것이 많다. 그런데 아이들 작품이라고 하지만, 실상은 작은 동작 하나까지도 선생님이 아이들의 손을 잡고 해야 한다. 아이들의 발표라기보다 선생님들의 무대일 수밖에 없다. 그러니 쉽게 작품 얘기를 꺼낼 수가 없었다. 회의를 주관했던 선배 선생님이 답답했던 모양이다.

"무대에 작품 안 올릴 거예요? 일주일 동안 생각해 보기로 했잖아요."

그래도 아무 반응이 없었다. 마땅한 소재가 없기도 했지만, 행여 이야기를 꺼냈다가 그것이 프로그램으로 선정되면 책임지고 준비해야 할지도 모르는 일이다.

"계속 시간을 보낼 수는 없고, 각자 하나씩 얘기하고 그중에서 하나를 선택하기로 하죠."

지환은 새 학년이 시작되었을 때, 가을에 학예발표회를 하게 되면 무대에 올리고 싶은 작품이 있었다. 기무라 유이치의 〈폭풍우 치는 밤에〉를 연극으로 올리고 싶었다. 그래서 머릿속으로 어떻게 각색할 것인지도 생각했었다. 그런데 시우 문제로 인해 선뜻 나서기 곤란했다.

아이들 특성상 합창이나 무용은 불가능한 일이고, 교사가 손을 잡고 할 수 있는 것은 악기 연주다. 악기 연주에 대한 다양한 의견이 오갔지만, 아이들이 참여하게 할 방법을 생각하니 역시 답이 없었다. 마땅한 소재가 떠오르지 않았고 불편한 시간이 이어졌다. 한 사람이 하나씩 얘기하기로 했던 지환의 차례가 되었다.

"저는 연극을 생각했는데 괜찮을까요?"

"연극이요? 연극은 준비해야 하는 것도 많고, 휠체어 타고 있는 애들을 데리고 어떻게 하려고요? 힘들 것 같은데……."

모두 힘들 거라고 했다. 발성이 안 되어 어렵고 휠체어를 타고 있어서 불가능하다고 하면, 할 수 있는 것이 아무것도 없다. 그렇다고 마땅한 대안도 없었다.

"그렇게 따지면 할 수 있는 것이 아무것도 없지요."

지환은 더 이상 아무 말을 하지 않았다. 괜히 연극을 하자고 주장했다가 준비하는 과정에 어려움이 생기면 원망을 들을지도 모르기 때문이다.

아이들을 생각하면 무대에 올릴 수 있는 게 아무것도 없다. 그러나 어차피 교사가 함께 할 것을 각오한다면, 어떤 것을 올려도 상관없다. 조금 더 편하게 준비할 수 있는 것과 시간이나 노력이 필요한 차이일 뿐. 여러 가지 안건이 나왔지만, 대안이 없었다. 결국 연극 쪽으로 의견이 기울어졌다.

"유지환 선생님, 할 수 있겠어요?"

"누군가 해야 할 일이라면 해야지요."

"저는 선생님의 능력을 묻는 것이 아니고, 지금 상황이 힘든데 괜찮겠냐는 뜻이에요. 어려운 사정 뻔히 알면서 떠넘기는 것 같아 미안하기도 하고요."

"해볼게요. 몇 가지 어려움이 예상되는데 도와주시면 열심히 해 보겠습니다."

책임지고 하겠다고 나설 수도 없는 상황이었는데, 마치 떠밀리 듯 연극이 선정되었다. 마땅한 대안이 없어 떠밀리듯 하게 되면, 준비하는 과정에 어려움이 있어도 불평하지 않을 거라는 생각이 들었다. 시우 문제로 인해 정신적으로 어렵긴 하지만, 좋은 작품을 만들면 시우 문제로 실추된 이미지를 끌어올리는 기회가 될 것이다. 그런 생각을 하며 멋진 작품을 보여 주고 싶었다.

〈폭풍우 치는 밤에〉를 각색하여 대본을 완성했다. 교사들이 모여 배역을 정하고 대본 연습을 했다. 그리고 무대 설치와 아이들의 배치에 대해 논의했다. 휠체어를 탄 열세 명의 학생이 모두 출연해야 하는 조건을 충족하기에는 무대도 좁고 보조 인력도 부족했다. 처음 생각과 달리 준비해야 할 것이 많았다. 역시 무리한 선택이었다고 말할 수 있는데, 아무도 불만이 없어 다행이었다.

학예발표회 연습이 시작되자 분주한 일정으로 인해 시우 문제를 잊곤 했다. 어차피 스스로 해결할 수도 없는 문제를 껴안고 끙끙대는 것보다, 바쁘게 움직이니 마음을 짓누르는 것에서 벗어날 수 있었다.

연습이 진행되면서 전체적인 틀이 조금씩 잡혔다. 큰 문제를 정리하자 교사들 간의 소소한 갈등도 해소되었다. 5교시에 무대 연습을 하고 내려왔다. 마침 마지막 수업이 미술 교과라 아이들을 미술실로 보내고 마지막으로 배역을 점검하는데, 실무사가 다급하게 교실로 뛰어왔다.

"선생님, 도연이가 이상해요. 숨을 가쁘게 몰아쉬고 있어요."

도연이는 평소에도 호흡이 조금 힘든 아이다. 자라목에 혀가 두꺼워 구조적으로 호흡에 어려움이 있었다. 그래서 놀랄 일은 아니었다. 미술실로 뛰어가 보니 보건 선생님이 도연이를 침대에 눕혀 놓고 산소 호흡기로 응급 처치하고 있었다.

"산소 포화도가 62에요. 빨리 119 부르세요."

보건 선생님이 다급하게 소리쳤다. 지환은 산소 포화도가 62이라는 것이 무엇을 의미하는지 몰랐다. 다만 보건 선생님의 목소리와 손이 심하게 떨리고 있는 것으로 봐서 상황이 예사롭지 않음을 직감했다.

119 버튼을 누르는데, 지환의 손이 부들부들 떨렸다.

"빨리 와주세요. 애가 의식이 없습니다."

"침착하시고 아이가 어떤 상황인지 자세하게 말씀해 주세요."

지환은 시우 생각을 했다. 시우는 집에서 죽었는데, 그 책임을 담임에게 지우려 하고 있다. 그런데 만약 도연이가 잘못된다면, 원인이 무엇이든 담임으로서 책임을 면할 수 없을 것이다.

"119 불렀어요? 왜 안 와요?"

"5분 안에 도착한다고 했어요."

"다시 전화해."

다시 '전화하세요'가 아니라 다시 '전화해'라고 소리쳤다. 그만큼 상황이 절박하다는 말이다. 지환이 다시 전화하자 거의 도착했다고 하며 영상 통화로 전환하라고 했다. 구급대원은 영상을 통해 도연이 상태를 체크하고 응급 처치를 지시했다.

여자 구급대원은 침착했다. 영상 통화를 통해, 도연이 상태를 보면서 필요한 조치를 설명해 주었다. 구급대원은 교실에 도착할 때까지 도연이 상황을 지켜보면서 필요한 조치를 지시했다.

구급대원이 도착하자 지환은 마음이 놓였다. 위급한 상황에 대처하는 것도 완벽했고, 적어도 학교에서 불미스러운 일이 발생하지는 않을 것 같았다. 구급대원이 도연이 상태를 점검하고 응급실로 이송하려고 교실을 나섰다.

지환은 산소 포화도라는 용어를 처음 들었다. 따라서 산소 포화도가 떨어지면 어떤 상황이 되는지 몰랐다. 다만 보건 선생님의 다급한 목소리에서 얼마나 위험한 상황인지를 알 것 같았다.

보건 선생님이 도연이를 데리고 응급실로 출발했다. 괜찮을까? 왜 나쁜 일이 연속해서 일어날까? 그제야 어머니에게 전화해야 한다는 것이 생각났다.

"어머니, 도연이가 갑자기 호흡이 힘들고 산소 포화도가 62까지 떨어져 조금 전에 응급실로 갔습니다."

"무슨 병원이요?"

어머니는 아무렇지도 않은 듯 담담하게 전화를 받았다. 마치 예상했거나 올 것이 왔다는 반응이었다. 뭘까? 어쩌면 가정에서 있

었던 일이기에 놀랍지 않을 수도 있고, 아니면 반복된 일이기에 무
신경해졌을 수도 있다. 지환은 아무 일도 아니라는 듯한 어머니의
반응에 놀랍기도 했지만, 마음이 놓였다. 시우 문제로 인해, 무슨
일이 있어도 학부모의 반응을 먼저 살피게 되었다. 전화를 끊자 다
리에 힘이 풀리고 현기증이 일어났다.

"유 선생님 얼굴이 창백해요. 좀 앉으세요."

"유 선생님, 걱정하지 마세요. 괜찮을 거예요."

동료들의 위로가 마음에 들어오지 않았다. 괜찮을 것이다. 괜찮
아야 한다. 괜찮지 않다면, 더 이상 학교에 붙어 있을 수 있는 명
분이 없다. 동료들이 교실을 나섰고, 남아 있는 아이들이 눈에 들
어왔다.

"유 선생 요즘 왜 저래? 도대체 학급 관리를 어떻게 하는 거야?"

교실을 나서던 장미리 선생님이 옆에 있는 누군가에게 한 말이었
다. 지환이 들으라고 한 말은 아니었을 텐데, 소란 속에서도 그 말
이 지환의 뇌리에 박혔다. 지환이 자리에서 일어났다.

"장 선생님, 무슨 말씀을 그렇게 하세요? 학급 관리를 어떻게 하
다니요?"

"아니, 나는 유 선생한테 자꾸 안 좋은 일이 일어나니까 안타까
워서……."

"안타깝다고요? 안타까운 분이 이 상황에 그렇게 말씀하셔야겠
어요?"

"유 선생, 좀 당돌하다. 솔직히 말해서 학급 관리를 어떻게 했기

에 이 지경이야? 잡음이 끊일 날이 없잖아. 그리고 선배 교사로서 그 정도 말도 못 하니?"

"장 선생님이 하실 말씀은 아닌 것 같은데요? 학급 관리를 어떻게 하시기에 해마다 학부모 민원이 끊이지 않아요?"

"유 선생, 그래. 내가 말을 말자. 어디 후배 무서워서 말 한마디를 하겠나."

동료다. 동료라고 잘못한 것을 무조건 감쌀 이유는 없지만, 적어도 너덜너덜해진 상처를 할퀴지는 않아야 한다.

숨 막히는 시간이 흐르고 도연이가 안정되었다는 연락을 받았다. 지환은 아이들을 하교시키고 도연이가 있는 응급실로 갔다. 그동안의 과정을 어머니에게 설명하여 오해가 없도록 해야 한다.

"어머니, 많이 놀라셨지요? 죄송합니다."

"우리 도연이가 천식이 있어 환절기에 감기 기운과 겹치면 가끔 호흡이 힘들 때가 있어요. 성장하면서 많이 좋아지기도 했고, 최근에는 좀 뜸해서 선생님께 말씀드리지 않았어요. 이럴 때는 가슴을 가볍게 눌러 주면서 안정을 찾도록 안아 주면 되는데, 제가 미리 말씀드리지 못해 놀라게 했습니다. 죄송합니다."

"그렇군요. 저는 이런 경우가 처음이라 너무 놀랐습니다."

도연이는 다른 학교에서 초등학교 과정을 마치고 중학교 과정에 입학했기에 병력에 대해서는 잘 모르고 있었다. 무코다당증으로 자라목에 천식이 있고, 예전에도 이런 일이 있었다고 했다. 언제든 안전사고가 날 수 있는 아이들. 늘 긴장하며 살아야 하는데, 그 긴장이 일상이 되면 무감각해진다. 그러다 시우 같은 문제가 발생하거나 까칠한 학부모를 만나면 마음고생을 하게 되는 것이다.

지환이 보건 선생님을 태우고 학교로 돌아왔다.

"선생님, 오늘 감사했어요. 그런데 산소 포화도가 떨어지면 어떻게 되는 거예요?"

"심정지가 올 수도 있는 상황이었어요."

"그 정도로 위험했어요? 저는 몰랐어요. 아마 선생님이 옆에 계시니까 안심했던 것 같아요."

"모르는 게 편해요. 심정지가 올 수도 있는 상황이었다는 것을 알았다면, 아마 선생님 심장이 멈췄을걸요. 그런 의미에서 아까 다시 전화하라고 소리쳤던 거 이해해 주실 거죠?"

보건 선생님이 지환을 보고 멋쩍은 듯 웃었다. 도연이로 인해 한나절을 망쳤을 텐데, 당연히 자신이 해야 하는 일인 듯 받아들여 주었다. 지환은 모처럼 만에 따뜻한 동료애를 느꼈다.

다음 날, 아무 일 없었다는 듯 도연이가 학교 버스를 타고 등교했다. 늘 같은 모습인데, 마치 잘못 다루었다가는 깨질 유리그릇처럼 조심스러웠다.

하교 시간에 도연이 어머니가 학교에 왔다.

"선생님, 어제 많이 놀라셨지요? 어제 제대로 인사도 못 드렸는데 정말 감사했습니다."

"그래도 이만하길 천만다행이에요. 보건 선생님 얘기로는 아주 위험한 상황이었다고 하더라고요."

도연이가 호흡 곤란으로 인해 응급실에 간 적이 여러 번 있었다고 했다. 그런데 최근에는 그런 일이 없어 안심하고 있었다고 한다. 최근에는 그런 일이 없었다는 말에, 왠지 지환은 자신의 탓인 것만 같아 미안한 생각이 들었다.

　"이 녀석이 요즘 좀 힘든가 봐요. 예전에는 저녁 먹고 열 시쯤 잤는데, 최근에는 밥 먹고 나면 아침까지 쓰러져 자더라고요."

　도연이 어머니 이야기를 듣고 있던 경현이 어머니가 참견하고 나섰다.

　"우리 경현이도 그래요. 중간에 한 번씩 꼭 깼었는데, 요즘은 죽은 것처럼 자요. 그래서 어떨 때는 무서워서 몸을 만져 본다니까요."

　아이가 잘 자는 것은 좋은 일이다. 아이들 중에는 밤새 잠을 자지 못하거나 수시로 깨기 때문에 어머니가 숙면하지 못하는 경우가 많다. 그런데 경현이 어머니의 말투에서 뭔가 꼬투리를 잡으려는 듯한 느낌이었다.

　"선생님, 요즘 학예회 연습한다면서요?"

　그랬다. 학예 발표회가 문제였다. 뭔가 트집을 잡고 싶었는데, 때마침 도연이 어머니가 멍석을 깔아 준 셈이다.

　"네, 아이들과 좋은 작품을 준비하고 있습니다. 그런데 학예회 연습 때문에 아이들이 힘들지는 않을 거예요."

　"선생님, 학예회를 꼭 해야 해요? 우리 반에 스스로 참여할 수 있는 아이도 없잖아요. 예전에 학예 발표회 했을 때도, 모두 선생님들이 아이들 손잡고 하던데 그게 무슨 의미가 있어요?"

"어머니가 그렇게 말씀하시는 것은 좀 당황스럽네요. 장애인에 대해 무지하거나 편견을 가진 사람이라면 몰라도, 적어도 어머니가 그렇게 말씀하시는 건 아닌 것 같은데요."

"애들 힘들까 봐 그러지요. 선생님이 그러셨잖아요. 아무리 교육적이고 아이들을 위한 것이라도, 아이들의 삶의 질을 훼손하는 일이라면 생각해 봐야 한다고."

경현이 어머니의 의사 표현 강도가 부드러워졌다. 예전 같았으면 하지 말아야 하는 이유를 열 개는 말했을 것이다. 녹취 사건 이후로 시우 문제에 관여하지도 않았고, 지환이 눈치를 보며 말을 아꼈다.

"경현이 어머니, 선생님들은 이 학예 발표회를 하고 싶을까요? 선생님들은 학예회나 수련회, 혹은 현장 체험 학습 같은 교육활동보다 교실에서 교과 수업하는 게 가장 쉽고 편해요. 어머니 말씀처럼 스스로 참여할 수 있는 아이도 없는데, 마치 선생님들의 학예회 같아 마음 한구석이 불편하기도 하고요. 그래도 굳이 이런 행사를 기획하고 준비하는 것은, 그런 과정을 통해 아이들의 새로운 모습을 볼 수 있기 때문입니다. 어떤 가능성을 발견한다는 것은 소중한 일이니까요. 그리고 우리 아이들이 무대에 서 볼 기회가 없잖아요. 어머니가 아이들 마음 다 알아요? 물론 저희도 아이들 마음을 다 안다고 할 수는 없어요. 그런데 아이들 모습 보면서, 뭔가 뿌듯해하고 자랑스러워하는 모습을 느낄 수 있어요. 이런 경험을 어떻게 할 수 있겠어요. 그런 것들을 생각하면 힘들어도 해야 하지 않을까요?"

"사진전이나 작품 전시회를 보면 마치 선생님들의 작품 같아 마음이 불편해요. 내 아이는 어디에 있을까 이런 생각을 하게 되거든요."

"최고의 표정을 잡으려고 수십 장 중에서 한 장을 건지는 것이고요. 어떤 아이도 교육에서 소외되지 않도록, 선생님들이 아이의 손을 잡고 만든 작품들입니다. 선생님들조차 아무것도 할 수 없는 아이들이라고 생각하고 정말 아무것도 하지 말까요?"

"……"

"응원해 달라고 하지는 않을게요. 아이들의 작은 변화도 놓치지 않도록 함께 지켜봐 주셨으면 해요."

지환은 연극에서 경현이가 주인공 역할을 맡게 되었다고 말하지 않았다. 준비하면서 어떤 변화가 있을 수도 있고, 혹여 엄마의 영향력 때문이라고 생각할 수도 있을 것 같아 말하고 싶지 않았다.

아이들을 하교시키고 책상 앞에 앉자 피곤이 엄습해 왔다. 의자를 뒤로 젖히고 쉬려는데 민현기 선생이 찾아왔다.

"어제 점심 먹고 학예회 준비물 사려고 나갔었는데, 오후에 도연이 응급실 갔었다며?"

"그래. 지옥과 천당을 오갔어."

"그 와중에 장미리 선생님이 뭐라고 했다며?"

"동료로서 어쩌면 그렇게 말할 수 있는지 이해가 안 돼. 내가 박윤기와 장미리를 극복하면 성인이 될 것 같아."

"그래. 위기 상황일 때 적인지 동지인지 드러나는 거야."

직장은 동료가 아니고 적과 동지가 함께 동거하는 곳일까? 전쟁터 같은 곳에서 살아남기 위해서는 튀지 않아야 한다. 너무 잘나도 공공의 적이 될 수 있고, 너무 부족해도 민폐를 끼칠 수 있다. 그저 자신의 역할에만 충실해야 한다.

"사실은 여름방학 때 지리산 갔을 때, 차라리 학교를 그만둘까 하고 생각했어. 시우 문제도 힘들었지만, 그 사건으로 인해 주위에서 일어나는 일들을 보면서 자괴감이 들었거든. 내가 이렇게밖에 살지 못했나 하는 생각도 들고. 그런데 답이 없더라. 여기서 그만두면 정말 패배자로 남을 것 같아서……."

"그랬구나. 가슴을 짓누르는 돌덩이 하나쯤 내려놓으러 간다기에 그런 줄로만 알았지."

"둘째 날 세석 대피소에서 어떤 사람을 만났어. 직업이 뭐냐고 묻기에 특수교사라고 했더니, 지금 행복하냐고 묻더라. 그런데 지금 내가 행복한지 그렇지 못한지 선뜻 대답을 못 했어. 시우 문제 때문에 힘들기는 하지만, 그렇다고 불행하다고 말할 수가 없었어. 불행하다고 하면 지난날을 모두 부정하게 되는 것이고, 시우 문제가 영원히 나를 괴롭히지는 않을 것이기 때문에. 그리고 곰곰이 생각해 봤어. 내가 왜 이러고 살지? 행복하게 살고 싶어서 특수교육을 선택했는데, 그동안 내가 하는 일에 대해 의미를 생각하지 않았어. 그래서 이 시점에 초심으로 돌아가야 할 것 같다는 생각이 들었어.”

“적절한 상황에 좋은 인연을 만났네.”

“힘들었어. 미칠 만큼. 그런데 다시 시작해 보려고.”

“잘 생각했어. 역시 지리산의 정기가 세긴 센 모양이다.”

뭘까? 정말 초심을 회복해서 행복하게 살고 싶은 걸까? 선택의 여지가 없다는 것이 더 정직한 대답이 아닐까? 50에 가까운 나이에 새롭게 뭔가를 시작할 용기가 없었다. 그런데 그것을 인정하기에는 너무 초라하게 느껴졌다. 그래서 정의라는 이름으로 초심이라는 이름으로 합리화하고 있는지도 모르겠다.

“민 선생은 희찬이 문제 터졌을 때, 어쩌면 그렇게 담담할 수 있었어?”

“담담하긴 뭘 담담해. 내가 할 수 있는 것이 아무것도 없었어. 아이 다리에 멍이 있는데 엄마는 학교에서 맞은 거라고 하고. 실무사가 그런 일 없었다고 했다가 학부모들한테 모욕만 당하고. 내 결백을 증명할 길이 없으니까 그저 가만있을 수밖에 없었어.”

“그때 범주 엄마가 큰 역할을 했지? 아이들을 가르치는 선생님과 갈등을 조장해서 얻고자 하는 게 뭐냐고? 뭐가 아이들을 위한 길인지 생각 좀 해보자는 대자보를 붙였잖아. 선생님들은 생각지도 못한 일이었는데, 그것이 계기가 되어 수습되었잖아.”

“지금 생각해도 고마운 엄마였어. 어쩌면 엄마들 관계에서 왕따가 될지도 모르는데…….”

“왕따가 되긴. 침묵했던 엄마들이 사실은 범주 엄마하고 같은 마음이었을 거야. 그러니까 분위기가 그쪽으로 기울어진 거지. 더 중요한 건, 민 선생 폭행 때문이라고 믿는 사람이 아무도 없었으니까 가능했던 일이고."

"희찬이 엄마가 희찬이를 엄청 위하는 것 같지만, 어쩌면 가정 폭력이 있었을지도 몰라. 가끔 다리나 팔에 멍이 있어서 물어보면 강직으로 뻗치다 어디 부딪혔다고 했는데, 글쎄 왠지…….

"뒤에서 그렇게 수군거리는 엄마들도 많았어."

"그때 왜 무고 혐의로 고발할 생각을 못 했는지 몰라. 그래서 이번에 민아 엄마가 사회복무요원을 성추행 혐의로 인권위에 진정서를 넣었을 때, 사회복무요원이 무고죄로 고소하겠다고 하기에 말리지 않았던 거야. 엄마들도 좀 당해 봐야 할 것 같아서."

"교사하고 사회복무요원은 처지가 다르니까. 우리가 억울하다고 학부모를 상대로 법에 호소하지 않는다는 것을 학부모들은 왜 모를까?"

"여론화되면 결국 법은 약자의 편을 든다는 것을 알고 이용하려는 거지."

"그래도 결백함이 밝혀졌잖아."

"밝혀졌다기보다는 엄마들이 나를 믿어준 거고, 엄마들 만류에 진정서를 취소한 것뿐이야. 정말 진실이 밝혀지려면, 희찬이가 선생님한테 맞아서 그런 것이 아니라고 말해야 하는데 의사 표현이 안 되잖아."

"민 선생은 힘들었겠지만, 그래도 시간이 지나니까 잊히네, 나도 그런 날이 오겠지?"

"남들 기억 속에서는 잊혔겠지만, 8년이 지났는데 사실 내 기억 속에는 선명하게 남아 있어. 그래서 문득문득 쓰리고 아플 때가 있어."

"민 선생 힘든 시간 보낼 때 나 몰라라 해놓고, 마치 나만 당한 일처럼 몸부림치는 모습이 부끄럽다."

남들은 특수교사라 하면, 수도원에 사는 수도자쯤으로 생각한다. 그런데 학교는 수도원도 아니고 교사는 수도사도 아니며, 그 안에서 벌어지는 일들은 시장판이나 다를 것이 없다. 그래서 지환은 누군가 직업이 뭐냐고 물을 때, 선뜻 특수교사라고 말하는 것이 조심스러웠는지도 모른다.

연극 연습을 시작한 지 절반이 지났다. 그런데 여전히 무대 장치와 더빙에 문제점이 나타났다. 교사들은 조금씩 지치고, 사소한 문제에도 예민하게 부딪혔다. 지환은 학예회가 끝나면, 술 한잔하며 준비 과정에 있었던 갈등을 털어내야겠다고 생각했다.

퇴근하려는데 변호사가 사무실에 잠깐 다녀갔으면 좋겠다고 전화했다. 처음 만났을 때, 기소하기 힘들 거라고 자신 있게 말했다. 그래서 안심하고 있었는데, 다녀가라는 말에 덜컥 겁이 났다.

사무실로 들어서니, 변호사가 환한 얼굴로 맞이했다.

"유지환 선생님, 축하드립니다. 오늘 시우 건에 대해 무혐의 처리되었다는 연락을 받았습니다. 전화로 말씀드려도 되는데, 얼굴

보며 축하해 주고 싶었습니다. 그리고 곧 진행될 민사 소송을 준비해야 할 것 같아서 오시라고 했습니다."

무혐의. 얼마나 기다렸던 소식인가? 변호사는 당연한 결과라고 했지만, 지환은 온몸을 옭아매고 있던 밧줄이 한꺼번에 풀린 느낌이었다.

"좋은 결과가 나오도록 애써주셔서 감사합니다."

"무혐의 처리되었다는 소식을 많이 기다렸을 텐데, 의외로 선생님 반응이 덤덤한데요?"

"변호사님이 기소까지 가지 않을 것이라고 자신 있게 말씀하셔서 믿고 있었고요. 사실은 변호사님한테 그 얘기를 듣고, 정말 무혐의 처리가 나오면 복수하고 싶었거든요. 처음에는 무혐의만 나오면 더 이상 바랄 게 없을 거로 생각했는데, 막상 상황이 바뀌니까 마음이 이렇게 변하네요. 가슴을 짓누르고 있던 돌덩어리 하나쯤 내려주기를 바랐던 마음은 어디 가고 복수를 생각하다니 참 치졸하죠?"

"아니요, 당연히 그럴 거예요. 이 판에서 살다 보면, 간혹 억울한 피의자를 만나게 되거든요. 당연히 복수하고 싶죠. 그런데 빨리 진흙탕에서 빠져나와 내 삶을 찾는 게 진정한 복수예요."

형사 고소 건에 대해서 무혐의 조치가 나왔기 때문에 민사 소송에서 유리할 수 있으나, 그 결과에 상관없이 손해 배상 판결이 나올 수 있다고 했다. 그래서 마지막까지 잘 준비하자고 했다.

"형사 고소 건은 사실을 근거로 수사하기 때문에 진료 기록과 사망 진단서가 가장 중요한 자료였어요. 그런데 민사 소송은 일방적인 결과가 나오는 것이 아니기 때문에, 아이에 대한 모든 기록을 준비해야 합니다. 교사의 과실에 의해서가 아니라, 아이의 장애 상태가 그런 사고로 연결될 수 있다는 것을 입증할 수 있어야 해요. 생활기록부는 물론이고 상담 기록이나 아이의 건강 상태에 대해 어머니와 주고받는 문자도 좋은 자료가 될 거예요. 우리가 준비한 만큼의 결과를 얻을 수 있어요. 힘드시겠지만 시우와 관련된 모든 자료를 찾아서 정리해 주셨으면 해요."

"과거의 기록이나 선생님들의 증언도 도움이 될까요?"

"물론이죠. 할 수 있는 것은 모두 증거 자료가 될 수 있습니다."

형사 고소 건에 대해서는 특별히 요구하는 자료가 없었다. 진료 기록과 사망 진단서만으로도 혐의없음을 인증할 수 있다고 믿었던 것 같다. 그런데 민사 소송은 긴 싸움이 될 수도 있다고 했다. 지환은 긴 싸움이라는 말에 도대체 언제쯤 수렁에서 빠져나올 수 있을지 답답했다.

윤동훈 변호사와의 면담을 마치고 로비로 나오는데, 지리산에서 만났던 분이 사무실로 들어섰다.

"어? 선생님이 여기 웬일이세요?"

"윤동훈 변호사님 뵈러 왔습니다. 그런데 여기는 어쩐 일이세요?"

"혹시 그 장애 아이 사망 사건 피의자가 선생님이세요?"

"예, 그런데 여기는 어쩐 일로……."

"여기가 제 사무실입니다."

"변호사님이세요?"

"아, 참. 제가 글을 쓴다고 했었지요? 변호사이기도 합니다."

"오우, 멋진 분이네요. 저는 글을 쓰신다기에 직업이 안정적이지 않을 거로 생각했습니다. 이렇게 좋은 직업을 숨기시다니."

"숨긴 건 아니고, 누군가 직업이 뭐냐고 물으면 변호사보다 작가라고 대답해요. 변호사는 욕망을 추구하는 것 같고, 작가는 꿈을 찾는 것 같아서 좋거든요. 그리고 마지막까지 작가로 남고 싶기도 하고요. 시간 괜찮으시면 저랑 차 한잔하고 가실래요?"

산에서의 만남은 우연이었다. 우연이 두 번 되면 필연이 되는 것이다. 우연일 때는 사회적 신분이 별 의미가 없었다. 그런데 필연이 되면 그의 성향과 사회적인 신분 등 모든 것으로 만난다. 변호사라는 좋은 직업을 두고 왜 굳이 작가라고 했을까?

변호사라는 직업은 사회 통념상 상위 계층에 속하고 작가라고 하면 불안정한 느낌을 줄 수 있다. 그런데 변호사라고 하지 않고 작가라고 했던 이유가 뭘까? 지환에 대한 배려일 수도 있고 아니면, 사회적인 신분이 그의 가치 기준이 아니었을 수도 있다. 이유야 뭐든 그가 더 멋지게 느껴졌다.

"인연이 기막히네요. 윤동훈 변호사에게 시우 사건 얘기 들으면서 지리산에서 만났던 사람을 생각했는데, 그 억울한 피의자가 선생님이었다니 놀랍네요."

"억울한 피의자요? 그 어떤 말보다 위로가 되는데요. 그런데 무혐의 처분이 내려졌다고 하니까, 그동안 마음고생했던 게 더 억울하게 느껴집니다."

"이해해요. 억울한 마음을 넘어 복수하고 싶을걸요."

"변호사님, 어쩜 그렇게 사람 마음을 꿰뚫고 계세요?"

"당연하죠? 온갖 종류의 의뢰 건을 다뤄봤으니까요. 이쯤 되면, 제 저서를 물어봐야 하는 거 아닌가요?"

"그때 제가 교사라고 했는데, 꼬치꼬치 묻지 않았잖아요. 그렇게 묻지 않아서 좋았거든요. 그래서 저도 어떤 책을 출간했는지 묻지 않았습니다. 그런데 그렇게 멋진 본캐를 숨기고 있었다니, 이제 물어봐도 될 것 같은데요. 이렇게 멋있는 분이 어떤 글을 썼을지 갑자기 궁금해졌습니다."

"역시 배려하는 마음이 깊으시네요. 그런데 대단한 것은 아니고, 소송하고 관련된 수필집과 소설집 두 권을 출간했습니다. 그래도 이 정도면 작가로 해도 괜찮지 않나요?"

"당연하지요. 정말 대단하시네요. 그런데 지리산에서 만났을 때 무슨 답을 찾았다고 했는데, 지금도 유효하신가요?"

"그럼요. 어떤 민사 소송을 맡아 2년 가까이 진행했었고, 결국 승소로 끝났어요. 그런데 소송이 진행될 때, 자꾸 피고의 입장이 마음에 걸리는 거예요. 뭔가 억울할 것 같다는 생각이 들었어요. 그래서 재판이 끝나고 피고를 만났는데, 제 예감이 맞더라고요. 원고가 나쁜 사람이었어요. 변호사를 시작할 때, 저 스스로 정한 원칙이 있었는데 정면으로 도전을 받은 거예요."

"……."

"지리산에서 제가 행복하냐고 물어봤잖아요. 선생님은 잠시 생각하더니 그래도 행복한 것 같다고 했어요. 그리고 덧붙여 말했지요. 행복하게 살고 싶어 선택한 직업인데, 왜 이렇게 사는지 모르겠다며 초심으로 돌아가고 싶다고 했어요. 종결된 소송인데 산행하면서 피고의 상황이 잊히지 않았어요. 그런데 세석 대피소에서 선생님과 얘기를 나누다가, 초심으로 돌아가 피고의 문제를 해결해야겠다고 생각했어요. 적어도 그 억울함은 덜어 주어야 앞으로 변호사로의 삶이 무겁지 않을 것 같았어요. 그리고 제가 정한 원칙을 돌아보게 되었지요."

"저는 무슨 얘기를 했는지 기억나지 않는데, 아마 변호사님은 이미 어떻게 해야 하는지를 마음에 새기고 있었을 거예요."

"맞아요. 그래서 다시 이 자리로 돌아왔어요. 정말 좋은 산행이었고 좋은 만남이었습니다."

"저는 제 고민에 빠져 주위를 둘러보지 못했는데, 좋은 만남이었다니 감사합니다."

"지리산 다녀와서 원고한테 수임료로 받은 것을 들고 피고인을 찾아갔습니다. 그렇게 하는 것이 저 자신을 용서하는 길이라고 생각했습니다."

소송에 이겨 받은 수임료로 피고를 찾아간 것이 자신을 용서하는 길이라고 했다. 변호사가 의뢰받은 사건에 대해 이겨야 하는 것은 당연한 일이고, 그것은 변호사의 능력을 증명하는 길이다. 그 결과로 누군가 고통을 받는 것까지 생각할 이유는 없다. 그리고 마음 한구석에 죄의식 같은 것이 있을 수는 있겠지만, 일반적으로는 그것을 정당화한다. 그런데 변호사는 자신을 용서하는 방법을 선택했다고 했다.

용서는 상대가 있고 관계 속에서 이루어진다. 잘못한 사람이 용서를 빌 때, 용서하는 것이 일반적이다. 그러나 변호사는 자신의 직무를 충실히 했을 뿐인데, 소송의 상대였던 피고를 찾아가고 나서야 자신을 용서할 수 있었다고 했다.

"우리 두 번째 만났는데, 여전히 서로의 이름을 모르네요. 저는 주명한입니다."

주명한 변호사는 명함을 내밀었다. 지환은 명함을 한 번 보고 주머니에 넣으며 이름을 말했다. 교사들은 명함을 줄 일이 없어 만들지 않았다고 하자, 변호사는 휴대폰에 지환의 전화번호를 입력했다.

"유지환 선생님, 이 사건이 종결되면 어떻게 하실 거예요?"

"10여 년 남은 교직 생활을 행복하게 하고 싶어요. 초심으로 돌아가서."

"뭔가 정리를 해 볼 생각은 없으세요. 힘든 시간을 보냈는데, 그냥 묻고 가기는 억울하잖아요."

"그러게요. 그런데 어떻게 정리해야 하는지 방법을 몰라서요."

"이 상황에 또 작가의 기질이 나오는데, 저는 큰 사건을 해결하고 나면 정리하는 습관이 있거든요. 수필집과 소설집 속의 이야기는 전부 제 이야기예요. 사건을 정리하면서 저를 돌아보게 되거든요. 사실은 윤동훈 변호사가 이 사건을 맡고 저한테 소설을 써 볼 의향이 없느냐고 물었어요? 자신이 하고 싶은데, 글 쓸 자신이 없어 저한테 말한 것 같아요."

"윤동훈 변호사님이 제안했다고요? 교권 관련 변호사들은 다양한 사건을 접할 텐데, 굳이 제 사건에 관심을 가지는 이유가 뭘까요?"

"변호사로 일하다 보면, 사건의 본질과 상관없이 피해자라고 주장하는 사람이 어떤 집단에 속해 있느냐에 따라 그 사건의 진실을 속단하는 잘못을 저지를 수 있어요. 같은 맥락으로 여론이 재판의 결과를 만들어 가기도 하지요. 이런 경우 피의자는 엄청 억울하겠지요? 선생님처럼."

"변호사님, 이렇게 공감해 주시니까 막힌 속이 뻥 뚫리는 것 같아요."

"속은 뻥 뚫리는데 억울하고, 어떻게든 복수하고 싶잖아요. 다 부질없는 짓이에요. 내가 상처받지 않고 완벽하게 복수할 방법은 없어요. 그렇다고 내 상처를 감수하면서까지 복수할 이유는 없잖아요. 용서하세요. 제가 무슨 성직자 같은 말을 하는데, 용서하고 잊는 것이 완벽한 복수가 될 거예요. 대신 소극적 복수는 제가 해 드릴게요."

"어떻게요?"

"윤동훈 변호사가 소설을 써 볼 생각이 없느냐고 물었다고 했잖아요. 변호사가 정의로운 판결을 위해 노력해야 하지만, 사회를 변화시키는 역할도 해야 한다고 생각해요. 어떤 사건이든 소송이 종료되면 과정, 결과 모두 묻히게 돼요. 사회적인 이슈화가 필요한 사건은 알릴 필요가 있거든요. 그 방법으로 여러 가지 있을 수 있겠지만, 소설도 좋은 방법이 될 수 있으니까요. 변호도 하고 글을 쓰는 저 같은 사람이 해야 할 몫이기도 하고요. 그래서 직업이 뭐냐고 물었을 때, 글 쓰는 사람이라고 한 거예요."

"변호사님, 정말 멋진 분이네요. 저 지금 소름이 막 돋아요. 변호사님을 만난 것이 어떤 알 수 없는 힘에 빨려 드는 것 같아서요."

"저도 그래요. 지리산의 인연이 작품으로 연결될 줄은 몰랐습니다. 제 글이 선생님의 억울함을 조금이나마 풀 수 있었으면 좋겠습니다. 초고가 완성되면 보내드릴 테니까 한번 봐주세요."

변호사 사무실에서 나와 민현기 선생이랑 차라도 한 잔 나누고 싶었지만, 무혐의 처분이 나왔다는 소식만 전하고 집으로 향했다. 무심했던 가족이 보고 싶었다. 택시를 탈까 하다가 집으로 가는 버스를 탈 수 있는 정류장이 멀지 않다는 것을 알고 터벅터벅 걸었다. 높은 빌딩 야경이 아름다웠다. 조금 쌀쌀한 밤공기가 상큼했다. 밤길을 걸으며 이렇게 풍경을 보면서 아름답다고 느낀 것이 얼마 만인지 생각했다.

주명한 변호사가 했던 말이 꾸역꾸역 올라왔다. 용서하고 나의 자리로 돌아가라고 했다. 누구를 용서해야 하나? 시우 어머니를? 아니면 박윤기를? 시우 어머니와 박윤기 선생을 생각해 보았다.

굳이 용서라는 무게감으로 느껴지지 않는데, 분노가 끓어오르는 이유가 뭘까? 시우 죽음의 직접적인 원인이 되었던 음식이 기도로 넘어간 것이 지환의 책임이 아니라고 입증되었다. 아들의 죽음을 놓고 한밑천 잡으려고 했다는 말도 지환이 했던 말이 아니다. 분노의 원인은 단지 억울하다는 것뿐이었다. 그런데 그 억울함이 해결되었으면, 마음에서 분노를 내려놓아야 한다.

'심한 반대나 갈등 상황이 조성되는 경우, 예민하고 섬세한 이들의 성격에 발동이 걸려 무슨 수를 써서라도 그들에게 가해지는 음모나 모함이라고 판단되는 상황과 맞서 싸우려고 한다. 만일 상황이 여의찮거나 피할 수 없는 상황이라면, 이들은 비상식적인 방법이나 옳지 않은 방식으로 투쟁을 벌이기도 한다.' 지환은 자기의 성격 검사 해설을 보면서 '비상식적인 방법이나 옳지 않은 방식으로'라는 문구에 섬뜩했다. 그렇다. 시우 엄마에게 그리고 박윤기에서 어떤 방식으로든 복수하고 싶었다. 비록 자신에게 상처가 남는다고 할지라도. 그런데 주명한 변호사가 하기로 한 소극적인 복수든, 모두 잊는 완벽한 복수든 시우 문제를 내려놓아야 할 것 같았다.

용서 /

  지환은 박윤기 선생을 만나기 위해 약속 시간보다 조금 일찍 교실을 나섰다. 정확히 말해서 약속을 한 것은 아니다. 쿨 메신저로 퇴근 후에 특별한 일이 없으면 맥주 한잔하자고 했다. 메시지는 확인했는데 답이 없었다. 나올지 안 나올지 알 수 없는 상황이다. 그래도 시간과 장소를 말했기 때문에 먼저 가서 기다려야 할 것 같았다. 현관을 나서며 박윤기 선생 교실 쪽을 쳐다보았다. 교실에 불이 켜져 있었다. 교실에 있다는 얘기다. 지환이 일찍 교실을 나선 것은, 혹시라도 현관에서 마주치면 무슨 말을 하기도 그렇다고 아무 말 없이 걷는 것도 불편할 것 같았다.

  지환은 구석 자리에 앉았다. 학교 가까운 곳이라 혹시 누구와 마주칠지도 모르는 일이다. 누구와 마주친다고 해서 안 될 것은 없지만, 박윤기 선생과의 갈등을 많은 동료가 알고 있다. 그런 두 사람이 만나는 것을 보면, 쓸데없는 관심과 추측성 뒷얘기가 나돌 것이다. 그런 것이 부담스러웠다.

약속 시간이 다가오자 조금씩 초조해졌다. 무슨 말을 어떻게 할까? 형사 고소 건은 무혐의 처분이 나왔다고 말해야 할까? 동료들 대부분이 알고 있기에 박윤기 선생도 알고 있을 것이다. 민사 소송 문제가 잘 해결되면, 초심으로 돌아가 아이들과 행복하게 살겠다고 말할까? 그렇게 말하면 박윤기 선생은 어떤 반응을 보일까? 지환이 얼마나 고통스러운 시간을 보냈는지 알까? 시우 문제 해결을 위해 아무 협조도 하지 않은 것을 미안해할까? 생각의 꼬리가 꼬리를 물고 이어졌다.

박윤기 선생을 만나서 그냥 미안했다고 사과할 생각이다. 지환이 만큼이나 힘든 시간을 보냈을 텐데, 무혐의 처분이 나왔으니 모든 것 잊고 예전처럼 편하게 지내자고 말할 생각이다. 그런데 마음 깊은 곳에서는 박윤기 선생이 사과해주기를 바라고 있었다.

'유지환 선생님, 이 시점에 만나자고 하는 이유를 모르겠습니다. 업무적인 일이라면 메신저로도 소통이 가능한 일이고, 시우 문제라면 저로서는 드릴 말씀이 없습니다.'

지환은 어이가 없었다. 무혐의 결과가 나온 상황에 지환이 먼저 손을 내밀었으면, 당연히 잡을 것이라 믿었다. 지환을 궁지에 몰아넣어 고통스럽게 만들었으면, 용서를 빌지는 않더라도 내민 손을 잡아야 한다고 생각했다. 그런데 박윤기 선생은 이 시점에 만나야 하는 이유를 모르겠다고 했다.

지환은 용서하려고 했다. 마음으로 용서하면 되지 굳이 만나야 할까 싶으면서도, 학교에서 부딪쳤을 때 불편하지 않으려면 한 번쯤 정리가 필요할 것 같았다. 그런데 내민 손을 뿌리쳤다는 것은, 자기 잘못을 인정할 수 없다는 얘기다.

지환은 영화 〈밀양〉에 나오는 신애를 생각했다. 아들을 죽인 웅변학원 원장을 용서하기 위해 교도소를 찾아갔는데, 범인은 너무도 평온하고 담담하게 이미 자기는 하느님께 용서받았다는 충격적인 선언을 했다. 이미 하느님께 용서받았다는 범인의 말에, 신애의 처절한 용서는 아무것도 아니라는 사실에 무너지고 만다.

지환은 자신에게서 무너져 내린 신애의 모습을 보았다. 암흑 같았던 시간을 이겨 내고 박윤기 선생을 용서하려는데, 시우 문제에 대해서는 할 말이 없단다. 뭔가 억울하다는 표현이다.

지환은 맥주 500cc를 시켰다. 혼술을 할 정도로 술을 좋아하지 않는다. 특히 기분 나쁠 때는 절대로 술을 마시지 않는다는 개똥철학을 가지고 있었다. 그런데 그냥 나갈 수가 없었다. 고뇌를 거듭하고 겨우 용서의 손을 내밀었는데, 그 뜻을 알기는커녕 거부당한 자신이 초라했다.

잔을 들어 단번에 절반을 들이켰다. 빈속에 시원한 맥주가 들어가니 식도를 타고 내려가는 느낌이 싸했다. 그때 전화벨이 울렸다.

"어, 김샘 왜요?"

"어디세요? 교실에 갔더니 퇴근하고 없어서. 무슨 일 있어요? 왜 이렇게 일찍 나갔어요?"

"누구 좀 만나려고 나왔어요. 무슨 일이에요?"

"우리 반 종현이 엄마가 오후에 찾아왔어요. 연극 연습하는 것을 봤는지 아니면 누구한테 얘기를 들었는지 모르겠는데, 종현이 배역을 염소 메이로 바꾸면 안 되겠느냐고 해서요."

"이미 배역은 결정된 사항이고, 제 마음대로 결정할 수 있는 문제가 아니잖아요."

"솔직히 중학교 1, 2학년에서 종현이가 제일 똑똑하잖아요. 그런 점에서 보면 주인공을 시켜줘도 되지 않을까요?"

"종현이가 제일 똑똑한 건 인정해요. 그렇지만 어차피 종현이도 대사나 이동을 스스로 할 수 있는 아이는 아니잖아요. 어차피 모든 출연자가 더빙되어있는 대사에 따라 움직이는 것인데, 인지 능력이 좀 양호하다가 주인공을 해야 한다는 것은 설득력이 부족한데요."

"특별한 기준을 가지고 배역을 정한 건 아니잖아요. 주인공은 가장 똑똑한 아이로 뽑았다고 하면 뒷말이 없지 않을까요?"

"종현이가 염소 메이 이미지는 아니지요. 염소 메이의 이미지가 작고 나약해서 용우로 했던 건데……."

"그럼, 늑대 가부는 어때요?"

"그렇다고 늑대 가부 이미지는 더더구나 아니지요."

"사실 나야 종현이가 어떤 배역을 해도 상관없는데, 종현이 엄마가 학교운영위원이잖아요. 교장 선생님한테 뭐라고 할지도 모르고 워낙에 말이 많은 엄마라서……."

"그러네요. 김샘 입장이 난처할 수도 있겠네요. 충분히 이해해요. 그렇지만 잘 이해 시켜 주셨으면 해요."

15분짜리 연극을 하는데 이렇게 말이 많다. 지환은 남은 맥주를 마시고 한 잔을 더 시켰다.

'나 여기 왜 혼자 앉아 있지?'

오랜만에 마신 술 탓일까? 문득 술집에 혼자 앉아 있는 것이 낯설었다. 그랬다. 박윤기 선생한테 바람을 맞고 혼자 술을 마시고 있었다.

용서란 것이 무엇일까? 굳이 박윤기 선생을 불러야 했을까? 재판에서 구형하듯, '용서'하고 확인해야 했을까? 용서는 누구와 함께하는 것이 아니고, 그냥 자신이 하는 것이다. 내민 손을 잡지 않았다고 용서할 수 없다고 하는 것은 진정한 용서가 아니다. 손을 내민 것도, 내민 손을 잡지 않았다고 섭섭한 것도 지환이 혼자만의 생각이고 결정이었다. 자기의 잘못을 인정할 수 없다고 생각하는 박윤기 선생에게 결정한 일이다. 그렇게 생각하니 퇴근하는 박윤기 선생을 만난다고 해도 아무렇지 않을 것 같았다.

지환은 자리에서 일어났다. 종업원이 새로 시킨 맥주를 탁자에 내려놓으며 물끄러미 쳐다보았다. 그래. 용서하자. 언젠가 명예퇴직을 하든지 정년퇴직을 하든지 학교를 그만두면 평생 만날 일이 없는 사람이다. 피하지 말자. 혹여 퇴근하는 박윤기 선생을 만난다면, 예전처럼 인사해야겠다고 생각했다.

호프집 문을 열고 나왔다. 어느새 해가 짧아져 어둠이 내리고 있었다. 혹시라도 퇴근하는 박윤기 선생을 만날까 봐 두리번거리지 않았다. 그가 먼저 지환을 보고 피해도 상관없고, 피할 겨를 없이 딱 마주쳐도 불편하지 않을 것 같았다.

　모처럼 단잠을 잤다. 학예 발표회 준비로 힘들었는지, 아니면 형사 고소 건이 잘 해결되어 마음이 편했는지는 모르겠다. 지환이 집을 나서는데, 아내가 힘내라는 인사 대신 하루를 즐겁게 보내라고 했다. 출근길이 도살장에 끌려가는 소 같은 마음이었는데, 얼마 만에 이런 인사를 들어 보는지 모르겠다.

　집이 먼 박윤기 선생은 항상 아침 일찍 출근했다. 지환과 출근 시간이 비슷해서 가끔 학교 근처 버스정류장에서 만났다. 그런데 시우 문제가 발생하고부터 출근길에 한 번도 만난 적이 없었다. 출근 시간대를 바꿨는지, 아니면 지하철을 이용하는지 알 수가 없다. 어쩌면 이사해서 승용차를 가지고 다니는지도 모르겠다. 그리고 보니 한 학교에 10년 넘게 같이 있었으면서, 그에 대해 아는 것이 아무것도 없었다.

　지환은 학교를 들어서며 박윤기 선생 교실을 쳐다보았다. 불이 켜 있지 않았다. 아직 출근 전인 것 같았다. 혹여 복도에서 부딪힐까 봐 신경이 쓰이지도 않았다. 지환은 자신이 해야 할 역할을 다 했다고 생각했다. 선택은 박윤기 선생의 몫이었다.

　컴퓨터를 켰다. 쿨 메신저의 확인하지 않은 여섯 개 메시지가 기다리고 있었다. 그중에는 2학년 1반 담임이 학예 발표회 건으로 회의를 좀 하자는 메시지도 있었다. 메시지를 보고, 어제 통화를 했던 배역 교체 건인지 아니면 다른 문제인지를 물었다. 배역뿐만 아니라 연극 전반에 대해 다시 한번 더 생각해 보자고 했다.

다시 생각해 봐야 할 것이 뭘까? 연극을 준비하는데, 어머니들의 개인 요구에 휘둘려서는 안 된다. 연습이 많이 진행된 상황인데, 배역 문제로 흔들리면 작품을 무대에 올리기 어려울 수도 있다. 연극을 준비하면서 갈등이 생길 수도 있지만, 기본이 흔들려서는 안 될 것 같았다.

지환이 교실을 나서는데, 복도 끝에서 박윤기 선생이 걸어오고 있었다. 아무렇지 않을 거로 생각했는데, 가슴이 콩닥콩닥 뛰었다. 긴장된다는 것은 무슨 의미일까? 어제 나오지 못한다는 문자를 받았을 때, 적절한 답장을 해주었어야 했다. 괜찮다고. 일방적으로 약속을 정해서 미안하다고. 너무 멀리는 가지 말고 언제 술 한잔하자고 문자를 했으면 좋았을 것이다. 그랬더라면 편하게 만날 수 있었을 것이다. 그런데 문자를 하지 못했다. 지환이 자리를 마련했으면 당연히 나올 거로 생각했는데, 그렇지 않아 실망스럽고 불쾌해서 답장할 생각을 못 했던 것 같다.

어떻게 피할 수 있는 상황이 아니었다. 돌아서는 것은 비굴한 행동이다. 피하지 말아야 한다. 무엇이든 시작이 어렵지 한번 극복하고 나면 쉽다. 어색한 상황을 피할 방법이 없는 것은 아니다. 휴대폰을 보는 척하면 된다. 그런 당황스러운 상황에 휴대폰이 좋은 역할을 할 수 있다. 그러나 지환은 휴대폰을 보지 않았고 애써 평정심을 찾으려고 노력했다. 마주 오던 박윤기 선생이 휴대폰을 열었다. 그 상황을 피하고 싶다는 표현이다. 박윤기 선생이 서너 발자국 앞에 왔을 때, 지환은 심호흡을 했다.

박윤기 선생은 지환을 보고 아무 말 없이 묵례만 하고 지나쳐 갔다. 자연스럽게 말을 건네려던 지환은 입안에 맴돌던 말을 그대로 삼켰다.

관계 맺기란 참 어렵다. 직장이라는 이익집단에서 우호적인 관계가 형성되기란 더더욱 어렵다. 그저 업무적으로 만나고 업무 범위 내에서 친밀함을 유지하면 된다. 그래서 직장 동료는 직장이라는 한계를 극복하지 못하는 것 같다.

용서해야 한다. 용서는 강한 자만이 할 수 있다. 강하지 않으면 용서가 아니라 힘에 굴복하는 것이다. 지환은 박윤기 선생을 마음으로 용서했다. 더 이상 사과해주었으면 하는 마음까지도 접었다.

수업을 마치고 연극 '염소와 늑대의 우정'을 준비하는 선생님들이 한자리에 모였다. 어떤 이야기들이 나올지 예상되는 모임이다. 지환은 어떤 상황에도 흥분하지 말자고 다짐했다. 먼저 종현이 담임이 말문을 열었다.

"어제 유 선생하고 상의했는데, 우리 반 종현이 엄마가 종현이 배역 때문에 저한테 항의했어요. 종현이 뿐만 아니라, 다른 어머니들도 다들 조금씩 불만이 있는 것으로 알고 있어요."

"우리 반 형우 엄마도 형우는 왜 나무로 무대에 가만히 있어야 하는지 불만이에요."

"우리 반 주연이는 장애가 심하니까 나무 배역에 대해서는 말이 없는데, 왜 잘 보이지 않는 뒷자리에 배치했냐고 했어요."

지환은 이런 문제들을 이미 예상했다. 2년 전 학예 발표회 때도 지금과 같은 문제로 시끄러웠다. 배역을 바꿔 주지 않으면 학교를 보내지 않겠다는 협박 아닌 협박도 있었고, 두 명의 학부모가 배역에 불만을 품고 아이를 학교에 보내지 않아 한동안 연습하지 못한 일도 있었다. 그렇지만 학예 발표회를 잘 마치고 나서는 서로 격려하고 화해하며 마무리되었다. 지환은 이번 학예회도 그렇게 끝나줄 것이라고 믿고 있었다.

"학예 발표회 할 때마다 있었던 일이잖아요. 학부모들의 소소한 요구를 다 받아 주다 보면, 이상한 작품이 될지도 몰라요. 잘 이해시켜 주셨으면 좋겠어요."

"솔직히 유 선생님 반은 불만 없잖아요. 경현이가 주인공 늑대 가부 역을 맡았으니 말 많은 경현이 엄마는 불만이 없을 테고, 경현이 엄마가 조용한데 누가 불만을 말하겠어요."

"선생님, 제가 경현이를 주인공 시키자고 했어요? 배역 정할 때, 선생님들이 늑대 가부 역은 경현이가 딱이라고 이구동성으로 추천했잖아요."

"……."

"제가 생각해도 늑대 가부 역은 경현이가 잘 어울리지만, 솔직히 저는 경현이에게 주인공 맡기고 싶지 않았어요. 지금 제 처지를 생각해 보세요. 경현이 엄마는 마치 시우 엄마 대변인인 양 어머니들을 부추겨서 저를 괴롭히고 있어요. 제 눈에 경현이가 예쁘게 보이겠어요? 그렇지만 어쩌겠어요. 엄마는 엄마고 경현이는 경현이잖아요. 그래도 선생인데, 엄마 밉다고 경현이까지 미워할 수는 없잖아요. 그리고 경현이 빼고 우리 반에서 비중 있는 배역을 맡은 아이는 아무도 없어요. 여기에서 더 양보하라면 양보할게요."

"그러니까 처음부터 말썽의 소지가 없는 율동이나 악기 연주를 했으면 좋았잖아요. 어차피 교사가 아이들 손을 잡고 해야 하는데, 두 줄 세워서 노래에 맞춰 율동하거나 악기 연주했으면 이런 불평 없었을 거 아니에요. 그리고 준비도 간단하고."

침착하자. 혹시라도 흥분해서 동료들한테 상처 주는 말을 하지 말자고 굳게 다짐했는데, 지환은 머리가 뜨거워지는 느낌이었다.

처음 출연작을 정할 때, 아무도 책임지고 싶지 않아 적극적으로 나서지 않았다. 그러다 지환이 책임질 각오로 연극을 제안했다. 그런데 지금 와서 자신에게 비난의 화살이 돌아왔다.

지환은 심호흡을 했다. 마음이 조금 가벼워졌다. 이럴수록 더 잘 만들어야겠다는 오기가 생겼다. 어떤 상황에서도 포기하지 않는 모습을 보여 주어야 한다.

"선생님들 마음 충분히 이해합니다. 기왕 시작한 거 잘 마무리했으면 좋겠습니다. 어머니들 잘 이해시켜 주시고요, 배역에 대해 수긍하지 못하는 어머니가 있으면 저한테 보내 주세요. 제가 잘 말씀드리고 이해시켜 보겠습니다."

"유 선생님, 지금 선생님이 학부모를 이해시킬 수 있는 상황이 아니잖아요."

"왜요? 시우 건으로 소송 중이면서, 무슨 자격으로 학부모를 이해시키겠다는 얘긴가요? 민사 소송 중이지만, 형사 고소에서 제 책임이 아니라는 것이 밝혀졌잖아요. 제가 언제까지 이 굴레를 뒤집어쓰고 살아야 하는데요?"

지환은 눈물이 났다. 어떤 어려움이 있어도 이겨내야겠다고 악을 쓰며 버텨왔다. 그렇게 버틸 수 있었던 것은, 적어도 동료들은 자신을 지지해 줄 것이라는 믿음이 있었기 때문이었다.

지환은 밖으로 나왔다. 늦가을 하늘이 청명했다. 숨을 깊게 들이켰다 다시 내뱉었다. 청아한 공기가 마음속 분노의 덩어리를 싣고 나가주기를 바랐다. 이러지 말자. 울지 말자. 매 순간을 소중하게 생각하는 마음으로 버텨보기로 했다.

"유 선생님, 미안해요. 그런 뜻으로 한 말이 아니에요. 지금 유 선생님이 학부모를 상대할 상황이 아닌데, 그런 것까지 감당해야 하는 안타까움에 한 말이었어요. 제가 말주변이 없어서 적절하게 표현하지 못했어요."

"아니에요. 제가 옹졸해서 예민하게 받아들였나 봐요. 미안해요."

감정은 마치 풍선 같다. 힘들고 아파도 잘 관리해 왔는데, 순간의 작은 할큄에도 터지고 말았다.

"왜 짐을 떠안으셨어요. 이 상황에 유 선생님 나서지 않아도 아무도 욕할 사람 없었는데……."

"마음 써 주셔서 고마워요. 기왕 맡은 일, 최선을 다해서 잘 마무리하고 싶어요. 도와주세요."

모든 일은 끝이 있다. 과정이 힘들수록 그 끝은 더 아름답다. 지금 힘들어도, 그 끝을 생각하며 가기로 마음먹었다.

배역을 바꿔 주지 않으면 학교에 보내지 않겠다고 협박했던 종현이, 형우와 주연이도 잘 나왔다. 담임이 잘 이해시켰는지, 아니면 여전히 불만이 많지만 지환에게 이야기하지 않은 것인지 알 수 없었다.

학예 발표회가 다가오자 연극이 완성도를 갖춰 갔다. 지환은 연극 마지막 부분에 자막으로 메시지를 담을 생각이었다. 내용이 길면 안 된다. 서너 줄의 짧은 문장으로 압축하고, 연극 주제와 맞는 내용으로 학부모들에게 울림을 주어야 한다.

염소 메이와 늑대 가부의 우정 이야기입니다.
초식 동물과 육식 동물의 우정이 현실에서 가능한 일일까요?
우리는 그것을 믿고 있고, 그 꿈을 위해 노력하고 있습니다.
우리의 믿음이 있는 한, 동화 같은 현실은 이루어질 것입니다.
이해와 사랑으로…….

지환은 PPT 마지막 부분에 자막을 넣고 다시 읽어 보았다. 원론적인 이야기다. 그래도 연극 내용과 마지막 메시지가 작은 울림이 되기를 바랐다.

모든 준비가 끝났다. PPT와 무대 소품, 그리고 더빙까지. 아이들이 등장하지만, 모든 것이 선생님들의 각본에 따라 움직인다. 따라서 선생님들의 실수만 없으면 잘 끝날 것이다. 지환은 연극이 끝낮을 때의 반응을 기대하며 학교를 나섰다.

바람이 차가웠다. 혼자라 더 차갑게 느껴졌는지도 모른다. 5월에 시우를 보내고 어느새 겨울의 문턱에 섰다. 돌아서 보니 무더웠던 지난여름을 어떻게 보냈는지 기억이 없다. 가을이 되었는데 산에도 한 번 가지 못했다. 학부모들이 서너 명만 모여 있어도 지환의 얘기를 하는 것 같았고, 불쑥불쑥 엄습하는 불길한 마음은 결국 극심한 두통을 일으켰다. 의사는 만성 긴장성두통이라고 했고 잠시의 쉼을 처방했지만, 그럴 수 있는 상황이 아니었다. 그때 학예발표회 준비가 시작되었고, 관심을 다른 곳으로 돌리기 위해 연극에 매진했다. 과정이 힘들었지만, 그래도 많은 것을 잊고 지낼 수 있었다. 연극을 하겠다고 자청했던 소기의 목적을 달성한 셈이다.

맥줏집을 예약했다. 학예회를 마치고 연극을 함께 준비한 동료들과 맥주 한잔하자고 했다. 모든 것이 좋았다고 결론 날 것이다. 행사가 끝나면, 그 준비하는 과정에 생겼던 갈등도 자연스럽게 정리된다. 모든 것이 마지막을 향해 가고 있는데, 시우 문제만 여전히 해결되지 않았다.

무대가 열렸다. 폭풍우 치는 캄캄한 오두막에서 염소 메이와 늑대 가부가 처음 만나 상대에 대해 알지 못하는 상황에서 대화가 오가는 장면이다. 객석이 조용했다. 메이와 가부는 자기의 생각 틀 속에서 상대를 파악하려는 따뜻한 대화가 이어졌다. 더빙을 해준 두 선생님의 목소리가 정감 있어 대사 속으로 빨려 들게 했다. 진행이 순조로웠다. 지환도 관객의 입장이 되어 이야기 속으로 빠져

들었다.

상대를 눈으로 보지 않고 이야기하면, 다른 정보가 없어 담백하게 대화할 수 있다는 것을 말하고 있었다. 우리가 눈으로 본다는 것은, 눈에 보이는 현상만을 믿는 것이 아니라 다른 감정이 개입되어 관계를 어렵게 한다는 것을 말하고 있다.

무대가 바뀌었다. 따뜻한 봄날 염소 메이와 늑대 가부가 만난다. 폭풍우 치는 밤에 아무것도 보지 못하고 마음속으로 그렸던 상대가 아닌, 먹이사슬의 수직관계에 있는 염소 메이와 늑대 가부는 당황한다. 그 상황을 극복할 수 있었던 것은 첫 만남에서 쌓은 신뢰 때문이었다. 이어서 염소 메이는 늑대 가부를 만나기 위해 또래 집단의 눈치를 봐야 하고, 늑대 가부는 동료들의 위협으로부터 염소 메이를 지켜야 하는 위험하고 불편한 구조 속에서 만난다. 또 늑대 가부는 염소 메이를 잡아먹고 싶은 충동을 느끼게 되고, 염소 메이는 그런 가부의 마음조차도 이해하고 받아들인다. 결국 메이와 가부는 새로운 세상을 향해 떠난다. 그러나 늑대 무리로부터 쫓김을 당하고 그 위험에서 메이를 보호하려, 결국 늑대 가부가 희생되는 장면을 끝으로 무대막이 내려왔다.

원작 키무라 유이치, 각색·연출 유지환…….

해설 자막이 무대 화면을 채웠다. 지환은 눈을 감았다. 눈에서 뜨거운 눈물이 흘렀다. 한 달 동안 아이들과 함께 연극을 준비했던 시간이 주마등처럼 지나갔다. 남들이 봐서는 특별한 것이 없을지도 모른다. 그런데 지환은 준비 과정에 있었던 일이 생각나 감정이

북받쳤다. 불이 환하게 켜질 것이다. 지환이 감정을 수습하려는데 웅성거림이 들렸다. 무슨 사고라도 난 것일까 싶어 눈을 떴는데, 화면에 시우 어머니의 영상이 흘러나왔다.

"안녕하세요? 저, 시우 엄마예요. 놀라게 해서 죄송해요. 선생님들과 어머니들께 드리고 싶은 말이 있는데, 다른 방법이 없어 교장 선생님께 부탁드렸습니다. 시우가 하늘나라에 가고 벌써 7개월이 지났네요. 시우 없으면 어떻게 살까 싶었는데, 여전히 잘살고 있습니다. 시우를 보내고 이성적인 판단을 할 수가 없었습니다. 시우 죽음이 제 책임이 아니라고 믿고 싶었나 봐요. 그래야만 엄마로서 시우를 지키지 못한 죄책감 벗을 수 있으리라 생각했던 것 같습니다. 참 어리석었습니다. 저 때문에 마음의 고통을 겪었을 유지환 선생님과 모든 선생님께 사과드립니다. 그리고 학교를 쑥대밭으로 만들어 죄송합니다. 제가 부족하고 경솔했습니다. 선생님들과 어머니들이 갈등하고 반목하면, 그 피해가 우리 아이들에게 간다는 것을 잊고 있었습니다. 죄송합니다. 저 용서해 주시고 옛날처럼 따뜻한 정이 흐르는 학교를 만들어 주시길 부탁드립니다. 안녕히 계십시오."

지환은 둔기로 한 대 맞은 것처럼 정신이 혼미했다. 아무것도 할 수가 없어 멍하게 앉아있었다.

무대에 불이 들어오고 다음 프로그램을 소개하는데, 사람들의 웅성거림은 멈추지 않았다. 모두 지환을 찾고 있었다. 지환은 조용히 일어나 체육관을 빠져나왔다.

지환은 교실로 돌아왔다. 여전히 정신을 차릴 수가 없었다. 어떻게 된 것일까? 어떤 경로로 그 동영상이 학예 발표회에서 상영되었고, 누가 알고 있었던 것일까? 불과 며칠 전에 동료들과 지환을 지지하는 학부모들의 탄원서가 제출되었고, 며칠 후에 있을 2차 재판을 기다리고 있는 상황이었다. 이 시점에 왜? 지환은 시우 어머니 말을 곱씹어 보았다. 그렇다면 소송도 취하하겠다는 얘긴가? 아무것도 정리되지 않았다. 그때 교장 선생님이 교실 문을 열고 들어왔다.

"유 선생, 많이 놀랐지요? 미리 이야기하지 못해 미안해요."

"……."

"어제 오후에 시우 어머니가 전화했어요. 저녁때 잠깐 만날 수 있느냐고……. 그래서 퇴근길에 만났는데, 동영상에서 말한 것처럼 미안하다고 사과하면서 어머니들과 선생님들이 다 모인 학예 발표회에서 틀어 주었으면 하고 부탁했어요. 시우 어머니가 학예회 프로그램을 알고 있더라고요. 그러면서 연극 마지막 부분에 넣을 수 없겠냐고 하는데, 유 선생과 관련된 일이고 동영상을 보니 내용도 괜찮아서 오늘 아침에 급하게 방송 담당 선생님께 부탁해서 넣었어요. 연극 내용하고도 잘 맞고, 유 선생한테 좋은 선물이 될 것 같아서요."

"선물이긴 한데 많이 놀랐습니다. 시우 어머니 한번 만나 보겠습니다."

"무슨 이유인지 모르겠지만, 연락이 안 될 거라고 했어요. 나중에 찾아뵙고 사과하겠다고 했으니까 기다려 보세요."

"그동안 저 때문에 마음고생 많으셨을 텐데 죄송합니다."

"마음고생이야 유 선생이 했지요. 소송도 취하하겠다고 했으니까 이제 마음 놓으세요."

"이번 학예회는 잊을 수가 없을 것 같습니다. 학예회 준비로 정신없으면 시우 문제로부터 좀 벗어날 수 있으리라 생각했습니다. 그리고 선생님들한테 미안한 마음을 좀 갖고 싶어 제가 하겠다고 시작했는데, 좋은 선물을 받은 것 같습니다."

"마음고생 많았어요. 교직에 있다 보면, 온갖 일을 겪게 돼요. 이런 고통의 시간이 유 선생을 더 단단하게 만들 거예요. 마음 정리하시고 예전의 활기찬 모습을 볼 수 있었으면 좋겠어요."

교장 선생님은 학예회 마칠 시간이 되었다며 체육관으로 올라갔는데, 지환은 발걸음이 떨어지지 않았다.

학예회가 끝났는지 복도가 시끌벅적했다. 지환은 정신을 가다듬고 체육관으로 올라가 아이들을 챙겨서 교실로 내려왔다. 동료들이 교실로 찾아와 축하와 격려를 아끼지 않았다. 지환이 학예 발표회의 주인공이 된 분위기다. 그러면서도 시우 어머니가 어떤 계기로 그런 결정을 했는지, 어떤 경로로 그 영상이 연극 마지막에 상영될 수 있었는지 궁금해했다.

아무도 연극 얘기는 없었다. 시우 어머니 얘기뿐이었다. 시우 어머니가 연출한 감동적인 영화 한 편이 방영된 것 같은 느낌이었다. 동료들과 어머니들이 지환을 찾아와 축하 혹은 격려하는데, 경현이 어머니는 보이지 않았다. 경현이가 주인공 가부역을 맡았으면, 당연히 찾아와 인사는 해야 한다. 어쩌면 이런 결론을 보고 지환이 앞에 나타나 무슨 말을 할 염치가 없었을는지도 모른다. 지환은 학급 단톡방에 어머니들 협조로 학예회를 잘 마쳤다는 의례적인 문자를 보냈다. 다들 수고했다는 격려 메시지와 시우 문제가 해결된 것을 축하하는 메시지를 보냈다. 그런데 경현이 어머니는 끝까지 침묵했다.

학예회를 마치고 연극을 준비했던 선생님들이 한자리에 모였다. 미리 한잔하자고 준비된 자리였다. 늘 그랬던 것처럼 맥주 한 잔으로 준비 과정에 겪었던 갈등을 털어 낼 수 있는 시간이었다. 그래서 행사가 끝나고 난 후의 모임은 새로운 에너지를 만들어 주기도 했다.

"이번 학예회의 하이라이트는 유지환 샘이었어요. 아니지. 무대 총감독은 시우 엄마였어요. 어떻게 각본에도 없는 이런 완벽한 이벤트를 만들 수 있지요?"

"그러게요. 사실 무대에 올리기 좀 민망한 작품들도 있었는데, 시우 엄마 동영상 때문에 다 묻혔어요. 그런 면에서 보면, 다른 과정 선생님들은 유샘한테 감사하게 생각해야 해요."

"올해 이렇게 완벽한 학예회를 했는데, 다음에 이보다 더 완벽한 학예회를 하려면, 어떤 이벤트를 준비해야 할까요?"

"아니요. 생각만 해도 끔찍해요. 사는 것은 이벤트가 아니에요. 다시는 이런 일이 없어야지."

모임이 평가와 정리의 시간이기보다 지환을 축하하는 자리가 되었다. 그러다 보니 모임 시간이 길어졌다. 축하 자리 같았던 뒤풀이가 끝날 무렵, 지환은 결재하려고 일어났다. 그런데 이미 누가 결재했다고 했다.

"오늘은 내가 쏘려고 했는데, 누가 결재했어요?"

"누가 결재를 했다고요? 누가 우리의 우렁각시가 되어 준 거예요?"

"이러면 안 되죠. 준비할 것도 많았고 어머니들 요구 때문에 힘들었을 텐데. 미안한 마음을 만회할 기회는 주셔야지요. 그리고 저는 오늘 선물까지 받았는데."

"누구예요? 정말 아무도 결재한 사람 없어요?"

아무도 결재한 사람이 없었다. 모두 어안이 벙벙한 표정이었다. 예상하지 못한 동영상에 술값 계산까지. 이벤트가 연속해서 진행되는 느낌이었다.

"이 중에 결재한 사람이 없다면, 혹시 교장 선생님이 하시지 않았을까요?"

"설마? 설마가 아니라 절대로 그럴 리가 없죠."

"그럼 혹시 시우 엄마?"

여러 사람을 놓고 선생님들의 추측이 오갔다. 지환은 마음속으로 몰래 결재했을지도 모를 리스트를 나열해 보았다. 시우 어머니? 아니면 경현이 어머니? 어쩌면 박윤기 선생일지도 모른다고 생각했다. 지환은 카운트에 다시 확인해 보았다.

"결재하신 분 인상착의가 혹시 키 크고 잘 생기지 않았어요?"

지환은 박윤기 선생이었으면 하는 기대를 했다. 자기가 먼저 사과했고 시우 문제도 해결되었으니, 이런 이벤트를 한다면 완벽한 화해가 될 것이다. 잘못의 비중으로 따져봤을 때, 이 정도면 제대로 된 마무리라고 생각했다.

"글쎄요? 잘 생겼는지는 모르겠는데, 키 작고 빵빵했어요. 한 40대 중후반으로 보이는 남자였어요."

지환은 40대 중후반의 키 작고 뚱뚱한 남자가 누굴까 생각해보았다. 도무지 감이 잡히는 사람이 없었다. 혹시라도 기대했던 박윤기 선생도 아니라면 누굴까? 경현이 어머니가 누굴 시켜서 한 것은 아닐까 하는 생각도 해 보았지만, 단톡방에서 흔한 이모티콘 하나도 날리지 않은 어머니였다.

밖으로 나왔다. 11월의 밤공기가 차가웠다. 기온이 많이 내려갔는데 바람까지 불었다. 지환은 심호흡으로 차가운 공기를 들이켰다. 막혔던 속이 뻥 뚫리는 느낌이었다.

지환은 시우 어머니와 통화를 할까 생각하다가 잠시 망설였다. 뭐라고 말해야 할까? 고맙다는 말은 적적하지 않은 것 같았다. 고마운 것은 일방적인 도움을 받았을 때 할 수 있는 말이다. 그렇다고 전화조차 하지 않는 것은 예의가 아닌 것 같았다. 전화 연결이 되면, 상황에 따라 적당한 인사를 해야겠다고 생각했다. 긴장된 마음으로 통화 버튼을 눌렀다. 그런데 벨 소리 대신 없는 국번이라는 안내가 나왔다. 전화를 받지 않거나 전원이 꺼져 있는 상황이 아니고 번호를 바꾼 것 같았다. 전화가 연결되면 무슨 말을 해야 할까 고민스러웠는데, 통화하고 싶어도 할 수 없는 상황이라는 것이 다행이었다. 어쨌든 해야 할 도리를 다했다고 위안했다.

　마음이 가벼웠다. 정신과 치료를 받아야 할 만큼 지환을 짓눌렀던 시우 문제가 해결되었다. 7개월의 긴 악몽에서 깨어나고, 기획자를 알 수 없는 마지막 이벤트의 여운을 안고 집으로 돌아간다.

무지개를 그리다 /

눈발이 흩날렸다. 스산한 날씨지만 첫눈이라 설렜다. 출근하는 지환의 마음은 상쾌했다. 얼마 만에 이런 감정을 느껴보는지 모른다.

학예 발표회가 끝났다. 만성 긴장성두통이라는 진단을 받았고, 좀 쉬어야 한다는 의사의 권고가 있었다. 그렇다고 시우 문제를 두고 병가를 낼 수도 없는 상황이었다. 지환에게는 피신처가 필요했지만, 숨을 동굴이 없었다. 그래서 정면 돌파하는 마음으로 학예 발표회를 맡아서 하겠다고 자청했다. 동료들에 대한 미안한 마음을 갖기 위해 더 열심히 준비했다. 그런데 학예회와 함께 시우 문제가 해결되었다. 이제 어떻게 해야 할까? 초심으로 돌아가야 한다. 시우 문제가 해결되었다고 해서 저절로 초심으로 돌아갈 수 있는 것은 아니다. 지환은 지난 시간을 돌아볼 시간이 필요했다.

학교 가까이 도착했는데 박정태가 문자를 했다. 박정태라는 이름만 봐도 불쾌했다. 이 인간이 무슨 수작을 꾸미려고 또 문자를 한 걸까 하는 마음으로 메시지를 열었다.

'선생님, 박정태입니다. 출근길에 제 이름을 보는 것도 불쾌하실
텐데 죄송합니다. 드릴 말씀도 있고, 정리해야 할 일이 좀 남아서
오후에 잠깐 뵙고 싶은데 시간이 괜찮을까요? 오늘 시간이 안 되면
선생님 가능한 날을 말씀해 주시면 찾아뵙겠습니다.'

박정태는 늘 이렇게 예의 바르게 문자를 하고 만나서는 뒤통수를
쳤다. 시우 어머니가 소송을 취하했다고 했다는데, 무슨 할 말이
남아 있고, 정리해야 할 것이 뭐가 남아 있다는 것일까? 지환은 박
정태와 더 이상 얽히고 싶지 않아 문자를 지워 버리고 답장하지 않
았다. 그런데 다시 문자가 왔다.

'선생님, 오후에 찾아봬도 괜찮을까요? 시간 좀 내주시면 감사하
겠습니다.'

'시우 어머니가 소송을 취하하겠다고 했다는데, 굳이 만나야 할
일이 있나요? 할 말이나 정리해야 할 것이 있으면 문자로 하세요.'

전화벨이 울렸다. 박정태였다. 지환은 전화를 끊을까 하다가,
전화까지 피해야 할 이유는 없을 것 같았다.

"출근 중일 텐데 죄송합니다. 시우 엄마가 전해 드리라는 것도
있고 오후에 잠깐 뵙고 싶습니다. 시간 많이 뺏지 않겠습니다."

소송을 취하하겠다고 했으니, 시우 어머니가 전해 주라는 것이
사망 진단서일 것 같았다.

"수업 끝난 후에 오세요. 시우 어머니에게 전화했는데, 없는 국
번이라고 해서 통화 못 했습니다. 무슨 심적인 변화가 있어서 소송

을 취하하셨는지 궁금하기는 하네요."

수업을 마치고 아이들이 돌아갔다. 지환은 박정태를 기다리며 창밖을 물끄러미 내다보았다. 잿빛 하늘이 낮게 드리워져 있었다. 출근길에 간간이 날리던 눈발이 멎었는데, 금방이라고 눈이 펑펑 내릴 것만 같았다.

누군가 교실 문을 두드렸다. 박정태였다.

"선생님, 안녕하세요? 수업 마치고 피곤이 밀려올 시간일 텐데 죄송해요."

"아니, 괜찮아요."

'안녕하세요.' '어서 오세요.'라고 인사할 만큼 편한 사람은 아니지만, 지환을 찾아온 사람이다. 친절할 이유도 없지만, 인연을 끊을 사람이니 마지막 만남은 잘 끝내자고 생각했다. 그래서 커피 한 잔을 타서 들어왔다.

"감사합니다. 날씨 때문일까요? 커피 향이 좋네요."

"그러네요."

"어제 연극 내용이 참 좋던데요. 준비하느라 고생하셨겠습니다."

"학예 발표회를 보셨어요?"

"네. 객석이 어두워 선생님은 저를 보지 못한 것 같은데 저는 봤습니다. 연극 끝나고 시우 어머니 동영상 나올 때 눈물을 흘리시더군요."

지환은 섬뜩한 생각이 들었다. 시우 어머니를 부추겨 학교를 상대로 손해 배상 소송을 하고 있으면서, 그 상황에 학예 발표회를 보고 있었던 이 사람 정체가 뭘까 하는 의문이 들었다. 그리고 지환은 자신이 눈물을 흘렸던 이유를 정확하게 짚어 주어야 할 것 같았다.

"제가 눈물 흘린 시점을 잘못 알고 계신 것 같은데, 시우 어머니 동영상을 보고 운 것이 아니고 연극 끝나고 울었습니다. 동화를 안 읽어서 모르겠지만, 가슴 찡한 이야기거든요. 그리고 연극을 준비하는 과정에 힘들었던 일이 떠올라 울었지, 시우 어머니 영상을 보고 기뻐서 울었던 것은 아닙니다. 시우 어머니한테 섭섭한 감정을 넘어서 원망스러웠는데, 그 영상을 보고 솔직히 많이 놀랐습니다. 그리고 다른 한편으로 감사했던 것은, 시우 어머니의 결단이 아니라 결국 진실이 드러났다는 안도감이었습니다. 저의 상황이 죽을 만큼 힘들었는데, 끝까지 저의 진심 혹은 진실이 드러나지 않을까 두려웠거든요. 시우 어머니가 감사해서 울었던 거 아니니까 오해하지 마십시오."

지환은 시우 소송 건에 대해 결연한 태도를 보여줌으로써, 박정태가 자기의 잘못을 깨달았으면 하고 바랐다.

"맞아요. 연극 내용이 감동적이었습니다. 그런 동화 같은 사랑을 꿈꾸고, 현실에서 그런 사랑을 이룰 수 있도록 희망을 접어서는 안 되겠지요."

"저한테 하고 싶은 얘기가 뭐예요? 처리해야 할 것도 있다고 했는데. 제가 해야 할 일이 있어서 좀 바쁘거든요."

지환은 빨리 박정태와의 만남을 끝내고 싶었다.

"어제 뒤풀이는 잘하셨어요?"

지환은 깜짝 놀랐다. 박정태가 뒤풀이한 상황까지 알고 있었다. 그리고 보니 어제 호프집 사장이 결재한 사람의 인상착의가 키는 자그마하고 빵빵한 40대 중반쯤으로 보이는 남자라고 했다. 지환은 박정태를 쳐다보았다. 호프집 사장이 말한 인상착의는 박정태였다.

"아니, 어제 시우 삼촌이 결재하셨어요?"

시우 삼촌? 정확히 말해서 시우 삼촌은 아니지만, 지금까지 그렇게 불렀고 지금 와서 박정태 씨라고 호칭할 수는 없었다.

"저는 심부름만 했습니다. 시우 어머니도 어려울 텐데, 선생님께 미안한 마음을 그렇게라도 갖고 싶다고 했습니다."

"혹시 시우 어머니가 아닐까 싶으면서도 설마 했습니다."

"시우 엄마랑 통화 못 하셨지요? 아마 전화번호 바꿨을 거예요. 선생님께도 그렇고 다른 엄마들한테 면목이 없다고 하셨습니다."

"그래서 없는 국번이라고 나왔군요. 마치 뭔가에 홀린 것처럼 정신이 없네요."

"시우 문제로 고소당하고 정신없었을 텐데, 그 와중에도 연극을 준비하는 선생님을 보면서 많은 생각을 했던 것 같아요. 역시 선생님은 선생님이라고 하셨어요. 그래서 고소를 취하하겠다는 결정을 했고, 학예회 뒤풀이 때 결재해 달라고 부탁했습니다."

"이러실 것까지는 없는데, 두 번 놀라게 하시네요."

지환은 처음 학예회 준비할 때를 생각했다. 아무도 나서지 않는데 연극을 하겠다고 자청했다. 경현이 어머니는 시우 어머니와 한 패가 되어 지환을 괴롭혔지만, 경현이가 주인공을 할 때 반대하지 않았다. 오히려 그런 과정을 통해, 어떤 상황에서도 교육을 포기하지 않는다는 모습을 보여 주고 싶었다. 그런데 그 진심이 어머니들에게 통한 것일까?

"선생님, 저 믿지요?"

"……."

"저 그렇게 나쁜 사람 아니에요. 저도 장애 아들을 둔 아빠예요. 아니, 하늘나라로 갔으니 장애 아들을 둔 아빠가 아니고 장애 아들을 키웠던 아빠네요."

"네? 아들이 장애를 갖고 있었어요?"

"네. 어느 학교라고 말하기는 그렇고, 시우처럼 집에서 죽은 것이 아니라 학교에서 죽었습니다."

"무슨 문제로요?"

"자세한 것은 말하고 싶지 않네요. 지금 떠올려도 제가 아프거든요."

"그런 일이 있으셨군요. 죄송합니다."

"저 우리 아들 보내고 학교에 아무 책임도 묻지 않았습니다. 그런데 일을 처리하는 과정에 너무 경우 없는 일을 당했거든요. 이럴 줄 알았으면, 학교와 담임 선생님 책임을 물어 보상이라도 받을 걸 하고 후회했으니까요."

"그런 사연이 있으셨군요."

"그 일을 겪은 후에 장애 아이 문제가 발생하면 남의 일 같지 않았어요. 혹여 그 가정이 약자가 되어 손해를 감수하는 것은 아닌지, 그 부모가 억울해도 참는 것은 아닌지……."

"그 마음이 이해되네요. 그리고 어쨌든 시우 어머니 마음에 상처를 드려 죄송하네요."

지환은 시우 어머니 입장이 되어 생각해 보았다. 박윤기 선생과 교실에서 이야기하는 것을 듣고, 민사 소송을 해야겠다는 결심을 했다고 했다. 삶의 전부인 아들을 떠나보내고 힘든 시간을 보내고 있는데, 아들의 죽음을 미끼로 한몫 챙기려는 비정한 엄마로 치부했으니 억울했을 것이다. 아니, 미칠 것 같았을 것이다. 시우 어머니 마음을 생각하니 충분히 이해되었다.

"시우 어머니께 죄송하다는 말씀 전해 주시고요. 언젠가는 꼭 한번 뵙고 싶다는 제 마음도 전해 주시면 감사하겠습니다."

지환은 시우 어머니에게도 그리고 박정태한테도 미안한 마음이 들었다.

"시우 어머니가 돈을 챙길 마음이었던 것은 아니지만, 사실 지금 많이 힘들기는 할 거예요. 시우가 있을 때는 기초생활수급자로 지원도 받고 다른 단체의 도움도 받을 수 있었는데, 시우가 하늘나라로 갔으니 이런 지원을 받을 수 없게 되었거든요. 시우 키우느라 일을 해 보지도 못했고, 지금 상황에 취직하기도 쉬운 일이 아닐 테고……."

"그렇겠네요."

"저도 좀 도와드렸고, 제가 알고 있는 단체를 통해 도움을 주고 있지만 계속 이어갈 수는 없을 거예요."

"그렇군요. 마음이 무겁습니다. 그런 쪽으로는 전혀 생각해 보지 못했습니다."

"누구나 그렇지요."

"저도 좀 돕겠습니다. 그리고 제 주위에 아는 사람들을 통해서 도울 방법을 찾아보겠습니다. 그런데 시우 어머니와 연락이 닿지 않으니, 어떻게 도와드리면 좋을까요?"

"시우 어머니가 원치 않을 거예요. 워낙 깔끔한 성격이라, 담임 선생님이라면 더 자존심이 용납하지 않을 거예요."

"그럼. 어떻게 하면 좋을까요?"

"글쎄요. 다른 단체에서 돕는 것도 제가 전달하거든요. 제가 전달하면 되긴 한데, 저한테 입금하는 것이 찝찝할 거 아니에요?"

"무슨 말씀이세요. 시우 삼촌이 왜 그럴 수밖에 없었는지 알았잖아요. 우리가 사람을 온전히 알고 신뢰할 수 있다는 것이 얼마나 어려운 일인지 다시 깨닫습니다."

"저도 시우 문제를 보면서 많은 것을 깨달았어요. 처음에는 제 아들을 보내고 분노로 시작했는데, 장애인 가정을 들여다보면서 그들이 겪는 아픔이 얼마나 큰지 알았어요. 그런데 시우 문제를 해결하려고 선생님을 만나면서, 또 다른 것을 보게 되었습니다. 선생님은 아무나 하는 것이 아니구나. 선생님은 역시 선생님이구나 하는 것을 깨달았어요. 그래서 장애인 가정을 돕겠다는 명목으로, 선생님들을 힘들게 하는 짓은 절대 하지 말아야겠다고 생각했습니다."

"저를 참 부끄럽게 하네요."

"아니요. 저에게 새로운 시각을 갖게 해주셔서 감사합니다."

"아무튼 시우 삼촌 계좌번호 좀 주세요. 저도 도와드려야 마음이 편할 것 같고, 제 주변에 아는 분들을 통해 도울 방법을 찾아보겠습니다."

"시우 어머니 마음을 전하려고 왔는데, 이렇게 좋은 뜻을 모으고 가네요."

"악연으로 끝날 수 있는 인연을 이렇게 좋은 인연으로 끝맺게 해주셔서 감사합니다."

시우 문제가 해결되었지만, 무언가 지환의 마음을 무겁게 누르고 있었다. 지환의 잘못이 아니라고 해도 학급을 맡았던 아이가 죽었고, 그 엄마가 경제적으로 어려운 형편에 처해 있다고 했다. 이럴 때 도움이 될 수 있다면, 마음을 짓누르고 있는 미안한 마음을 떨칠 수 있을 것 같았다.

박정태가 돌아갔다. 시계를 보니 퇴근 시간이 훌쩍 지났다. 그러고 보니 박정태와 한 시간 반을 이야기했다. 그냥 집으로 가기는 아쉬웠다. 이렇게 따뜻해진 마음을 누구라도 함께 나누고 싶었다. 쿨 메신저를 확인하니 민현기 선생이 퇴근 전이었다. 지환은 민현기 선생에게 전화를 걸었다.

"민 선생, 퇴근 안 해?"

"왜? 맥주 한잔하자고?"

"헐, 내 마음을 어떻게 알았어?"

"언제 축하주 한 잔 사고 싶었는데 잘됐네."

동료로 민현기 선생을 만난 것은 행운이라고 생각했다. 지환이 부끄러운 일을 털어놓거나 누구를 욕해도 다른 사람에게 옮기지 않을까 염려되지 않았다. 시우 문제를 겪는 동안, 한결같은 마음으로 지환이 편이 되어주었다.

"민 선생, 고마워. 사람이 어려움을 겪어 봐야 주위에 누가 있는지 보인다던데, 늘 든든한 힘이 되어 줘서."

"왜 그래? 오늘은 내가 사겠다고 했잖아. 오글거리는 멘트로 민망하게 할래?"

"그런 마음 또한 고마워."

지환은 박정태가 다녀간 얘기를 자세하게 했다. 시우 어머니의 상황이나 박정태의 상처를 나누며, 시우 문제가 해결되었다고. 어느새 지난 시간은 잊히고 시우 어머니가 안타까운 마음이 들었다.

"이 정도에서 끝나길 정말 다행이야. 그리고 시우 어머니를 도울 수 있으면, 마음의 짐까지 벗을 기회가 온 거잖아."

"만약에 끝까지 가서 소송으로 끝났다면 어떻게 되었을까? 결과가 어떻게 되든 상처로 남겠지? 생각만 해도 끔찍해."

"폭력 교사로 몰릴 뻔했던 일이 10년 넘게 지났는데, 나는 아직도 치욕스럽게 느껴져. 상대가 떠나고 없어서 복수를 할 수도 없는데, 가끔 멋진 복수를 꿈꾸기도 해. 시우 사건처럼 마무리가 선명하지 않아서 그런 것 같아. 은퇴하는 순간까지 그 상처를 잘 보듬어서 평생 몸담았던 교직 생활이 허무하지 않게 만들어야 하는데, 사람 마음이 쉽지 않아."

"그렇구나. 사실 나도 시우 문제가 잘 해결되었는데, 너무 지치고 힘들어. 잠시 학교를 좀 쉬고 싶어. 그래야 남은 시간을 버티는 것이 아니라 즐겁게 일할 수 있을 것 같아."

"그래. 시간도 좀 필요해. 방법을 찾아보자. 그나저나 박윤기는 어떻게 할 거야?"

"용서했어."

"뭐? 용서? 용서가 돼?"

"쉽지 않겠지. 그렇지만 노력하려고."

"언제 만났어? 지난번에 만나자고 했는데 안 나왔다고 했잖아."

"안 만났어. 사과받고 용서하는 게 무슨 의미가 있어. 용서는 누구에게 하는 것이 아니라 내가 하는 것이라고 했어."

"부처님 나셨네."

"돌이켜보니까 나도 지나쳤던 것 같고, 선생님들한테 욕 많이 먹었잖아. 욕먹은 걸로 그 값을 치렀다고 생각해. 나중에라도 미안한 마음 가져 주면 고맙고, 아니어도 할 수 없고. 박윤기를 미워하는 것보다, 남은 시간을 잘 사는 게 화려한 복수가 아닐까 하는 생각이 들었어."

"참 속도 좋다."

"아, 참. 지리산에서 만났던 글 쓰는 변호사 얘기했잖아. 그 사람이 대신 복수해 주겠대. 자기가 소극적인 복수를 해 줄 테니까 나는 용서하고 잘 살래. 그것이 나를 위한 길이라고. 그 복수가 내가 바라는 시우 어머니나 박윤기를 향하지는 않을 거야. 어쩌면 우리 사회를 향하지 않을까 싶어. 그렇다고 하더라도 소극적인 복수가 아니라 다이너마이트 같은 복수를 해 줬으면 하는 마음도 있어. 모든 걸 용서한 것처럼 말하면서 웃기지?"

지환은 민현기 선생과 얘기하면서 박윤기에 대한 감정의 찌꺼기까지 털어 냈다.

"아까 쉴 수 있는 방법을 찾아보자고 했잖아. 가능할까?"

"지난번에, 신경정신과에서 만성 긴장성두통 진단받았다며? 지금도 그 약 먹고 있어?"

"두통의 원인이 해결되었잖아. 예전보다 많이 좋아졌고, 앞으로 약을 끊어도 되지 않을까 싶어."

"의사가 좀 쉬어야 한다고 했다며? 의사한테 진단서 끊어 달라고 해서 2개월은 병가 내고, 4개월 정도 병 휴직할 수 있도록 써줄 수 있느냐고 물어봐. 그런데 병가는 월급이 나오지만, 병 휴직은 월급의 70%뿐만 나오는 거 알지?"

"그래? 무급도 괜찮은데 70%까지 나온다고?"

"사모님도 직장 생활 하니까 생활비 걱정까지는 안 해도 되겠다."

"지금 치료하고 있는 병이 있는 것도 아닌데, 병 휴직은 힘들지 않을까?"

"나도 병가와 병 휴직 조건에 대해서는 잘 몰라. 교장 선생님께 솔직하게 말씀드리고 도움을 청해 봐. 시우 문제로 힘들었던 것도 알고 있고, 그 문제로 두통에 시달리고 있었던 것도 알고 있잖아. 방법이 있을 거야."

"방법이 없으면 어쩌지? 이런 상태로 그냥 사는 것은 싫은데."

"병 휴직 되면 뭐하게?"

"글쎄, 구체적인 생각은 하지 않았는데, 그냥 이곳을 좀 떠나 있고 싶어. 아직 정년까지 10년 넘게 남았는데, 이대로 교직 생활을 마무리하면, 교사로서의 내 삶이 너무 허무할 것 같아서. 정리 좀 하고 초심으로 돌아가, 남은 교직 생활을 후회 없이 하고 싶어."

"좋은 생각이야. 우리가 한 번쯤 뒤돌아보는 시간이 필요한데 그러질 못했잖아. 시우 문제가 전화위복이 되었으면 좋겠다."

"힘든 시간을 보내면서, 어쩌면 이 문제가 당연한 결과였다는 생각이 들었어. 아무 일도 일어나지 않았으니까 아무 문제 없다고 생각했는데, 터진 문제를 해결하려고 들여다보았더니 부족한 게 많았어. 부족했다기보다 전혀 문제의식이 없었던 것 같아. 일이 벌어진 김에 뭔가 정리할 수 있는 시간 좀 가졌으면 하는 마음이고, 초심을 회복해서 다시 시작하고 싶어."

"나중에 퇴직하고 산티아고 순례길 걷겠다며? 퇴직하면 늙어서 힘들 텐데, 이 기회에 다녀오면 좋겠네. 순례길 걸으면서 생각도 정리하고, 다녀와서 퇴직할 때까지 행복하게 살면 좋지."

"가끔 민 선생은 내 속에 들어앉아 있는 것 같을 때가 있다니까."

늪에 빠져 헤어 나올 수 없을 것 같은 상황이 며칠 사이에 모두 정리되었다. 더는 버티기 힘들었던 지환은 박윤기를 용서해야겠다고 생각했다. 그런데 그것이 무슨 매듭 같았다. 실마리가 풀린다는 것이 그런 뜻일까? 마치 봇물이 터지듯 시우 어머니의 공개 사과로 이어졌고, 그로 인해 학예회는 지환의 축하 이벤트가 되었다. 그리고 박정태를 통해 시우 어머니의 마음도 확인했다. 한차례 폭풍이 지나간 느낌이었다. 지환은 온몸으로 폭풍을 맞고 맑게 갠 창가에 앉아 있는 것 같았다.

지환은 민현기 선생과 헤어져 지하철역까지 꽤 먼 거리를 터벅터벅 걸었다. 지하철 출구로 많은 사람이 쏟아져 나왔다. 학생들, 젊은이들, 아줌마들. 지환은 유독 4, 50대 아저씨들에게 눈길이 머물렀다. 오늘 저들은 행복했을까? 누구에게 상처받고 가슴이 시린 사람은 없을까? 혹여 정리되지 않은 감정으로 답답한 사람이 있다면, 그가 놓기 힘든 줄을 놓아 보라고. 그러면 행복해질 거라고 말해 주고 싶었다. 이런저런 생각을 하며 적당히 마신 맥주 탓에 기분이 좋았다. 그때 전화벨이 울렸다. 발신자가 없는 모르는 번호였다.

"여보세요?"

"……."

아무 말이 없었다. 잘못 걸려 온 전화 같아 끊으려는데 여자 목소리가 들렸다.

"선생님, 안녕하세요? 저 시우 엄마예요."

"예, 어머니. 그렇지 않아도 통화를 한번 하고 싶어 전화를 드렸더니, 없는 국번이라고 안내가 나오더라고요. 별일 없으시죠?"

"선생님께 염치도 없고, 이제 엄마들하고 소식 끊는 게 좋을 것 같아 전화번호를 바꿨어요. 그런데 꼭 드릴 말씀이 있어 전화 드렸습니다."

"잘하셨어요. 지금 시간 괜찮으시면 잠깐 뵐까요? 제가 어머니 댁 근처로 가겠습니다."

"아니요. 그냥 전화로 말씀드릴게요. 선생님 뵙기가 민망해서요."

"무슨 말씀이세요. 저야말로 어머니 마음을 헤아리지 못했습니다."

"선생님 마음 아프게 해서 죄송해요. 시우만 바라보며 살다 보니 주위를 둘러보는 마음을 갖지 못했습니다. 우리 시우를 따뜻하게 품어 주셨는데, 말 한마디 때문에 섭섭하다고 그런 엄청난 일을 저질러 선생님을 고통스럽게 했습니다."

"…….."

"혹시 박정태가 연락하지 않았나요?"

"아, 정말. 어제 맥주 잘 마셨습니다. 그러지 않으셔도 되는데 감사했어요."

"맥주를 잘 마셨다니 무슨 말씀이세요?"

"학예회 마치고 연극을 했던 선생님들이 모여 뒤풀이했는데, 어머니께서 박정태 씨한테 결재해 달라고 부탁했다면서요?"

"박정태가 벌써 선생님 찾아갔어요?"

"예, 오늘 오후에 학교로 찾아왔습니다. 미안하다고 사과하고 갔습니다."

"그게 전부에요? 혹시 돈 얘기는 안 하던가요?"

얘기가 심상치 않았다. 얘기가 길어질 것 같아 주위를 둘러보니, 지하철역 구석에 만남의 장소처럼 꾸며져 있었다. 등을 기댈 수 있는 의자에 앉았다. 시우 어머니는 시우 삼촌이라고 하지 않고 박정태라고 했다. 박정태와 어떤 문제가 있음을 알 수 있었다.

"이런 말씀드려도 되는지 모르겠는데, 시우 어머니가 경제적으로 어렵다고 했어요. 그래서 자신도 도와주고 있고 다른 단체를 통해 돕고 있다고……."

"그 사람 혹시 아들이 장애인이었는데 학교에서 죽었다고 하지 않던가요?"

"네. 그랬어요. 그래서 더 안타까운 생각이 들었습니다."

"그래서 돈을 줬어요?"

"아니요. 아직은요. 후원자들을 모아 보겠다고 했습니다."

"다 거짓말이에요. 저 넉넉하지는 않지만 그렇게 어렵지 않고요. 그 사람 그런 식으로 이곳저곳에서 돈을 뜯었다고 하더라고요. 사기꾼이에요."

박정태에게 완벽하게 속았다. 장애 아들을 잃었다는 스토리텔링이 너무 자연스러워 믿을 수밖에 없었다.

"제가 염치가 없어서 아무하고도 연락하지 않으려고 전화번호를 바꿨는데, 아무래도 이 사람의 정체를 알려드리지 않으면 선생님도 당할 것 같아서 연락드렸습니다."

"그러셨군요. 정말 감쪽같이 속았습니다."

"사실은 제가 전부터 이 소송을 취하하겠다고 했어요. 그런데 박정태가 막아서 이 지경까지 온 거예요. 참다못해 학예 발표회에서 선생님들과 어머니들께 공개적으로 사과하겠다고 했더니, 그걸 막으려고 학교에 갔을 거예요. 동영상으로 사과할 거라고는 예상하지 못했겠죠."

"이제 뭔가 사건의 실체가 보이는 것 같습니다. 저는 제가 피해자라고 생각했는데, 어머니도 고통을 당하셨네요."

"제가 벌여 놓은 일인걸요. 시우 살아있을 때도 엄마 노릇 제대로 하지 못했는데, 죽어서도 욕되게 했어요. 정말 부끄럽습니다."

"무슨 말씀이세요. 그 상황이라면 누구라도 그랬을 거예요."

정말 그 상황이면 누구라도 그랬을까? 잘못을 인정하고 사과했는데 들어주지 않을 정도의 상황이었을까? 아마도 자존심 때문이었을 것이다. 시우에게 최상, 최고의 엄마 역할을 했다고 믿고 있었기에, 아이 죽음을 미끼로 한밑천 잡으려고 한다는 표현은 건드리지 말았어야 할 자존심이었을 것이다.

"시우 어머니, 정식으로 사과드리겠습니다. 지금 사과하는 것이 무슨 의미가 있겠습니까만, 어머니께 너무 큰 상처를 드렸습니다. 정말 죄송합니다. 용서해 주십시오."

"아니에요. 선생님, 저를 더 이상 부끄럽게 만들지 마세요. 저야말로 선생님께 사과드릴게요. 죄송합니다."

지환은 시우 어머니에게 용서를 빌고, 시우 어머니는 지환에게 용서를 빌었다. 용서는 용서를 빌든 용서하든 일방적인 감정이다. 그래서 용서를 비는 것도 용기가 필요하고, 용서하는 것도 아량이 필요하다. 그런데 이렇듯 일방적이지 않은 용서도 있다. 지환은 시우 어머니와 박윤기 선생을 용서해야겠다고 생각했다. 그런데 시우 어머니에게 용서를 빌고 나니, 사슬에서 풀려난 것처럼 마음이 편안했다. 용서했다지만 마음에서 내려놓지 못해 문득문득 아팠던 상처까지도 치유되는 것 같았다.

"선생님, 저랑 조금만 더 통화할 수 있어요?"

"네, 괜찮습니다."

"시우 보내고 아쉬운 것도 많고 후회되는 일이 많은데, 어디 하소연할 곳이 없어서요."

"준비되지 않은 이별이라 더 그러시겠지요."

"왜 그랬을까요? 시우가 옆에 있을 때는, 시우가 원하는 것이 뭔지 무엇을 해주어야 하는지 제대로 보지 못했어요. 아니요. 보려고 하지도 않았던 것 같아요. 내 마음이 시우 마음일 거라고 믿었거든요. 그런데 시우가 떠나고 나니까 뭘 좋아했는지 무엇을 하고 싶어 했는지 하나씩 보여요. 그래서 더 미안하고 안타까워요."

"이해가 가요. 너무 가까이 있었기 때문에, 오히려 보기가 더 어려웠을 수도 있어요."

"항상 제 관점으로 시우를 바라봤어요. 일상에서 누릴 수 있는 것을 가치 있게 생각하지 못했어요. 그저 평범한 일상에서 엄마와 나누고 싶은 것이 얼마나 많았을까요? 더 많이 소통하고 더 많이 나누며 살았어야 했는데, 시우 때문에 아파하고 희생하는 모습만 보여 줬어요. 장애 아이를 둔 엄마로서 당연히 그래야 한다고 생각했고, 그렇게 하는 것이 엄마의 역할에 최선을 다하는 거라고 믿고 만족했거든요. 엄마의 그런 모습만 봐야 했던 시우는 얼마나 아팠을까요?"

"아마 지금 아쉬워하고 계신 것을 그때 그렇게 살았어도 후회는 남았을 거예요. 엄마라는 존재가 자식에게 끝없이 퍼 주어도 마르지 않는 샘이 되어야 한다고 믿기 때문에요."

"시우가 장애를 가지고 있다는 이유로 주위 사람들을 얼마나 괴롭혔는지 몰라요. 내 아이는 특별하게 인식되어야 하고. 내 아이는 특별히 더 배려받고 특별히 더 사랑받기를 바랐으니까요. 그런 제 바람이 충족되지 못하면, 내 아이의 인권이 존중받지 못했다고 생각했으니까요. 참 이기적이지요?"

"아니요. 엄마는 당연히 그래야 했어요. 아이들 스스로 자신의 인권을 지킬 수가 없으니까, 엄마가 그 역할을 해야지 누가 해주겠어요."

"이기적인 엄마였는데 이해해 주셔서 감사해요. 이런 선생님이 있었는데, 왜 믿지 못하고 힘들게 했는지 부끄럽습니다."

"어머니들이 선생님들을 바라보는 시각에 왜곡된 점이 있듯이,

선생님들도 마찬가지였어요. 어머니들을 이해하려는 마음보다 저 것이 아이를 위한 태도일까 비난하기도 했거든요. 어쩌면 우리는 같은 곳을 보고 있으면서 마주 보고 있지 않으니까 다른 곳을 보고 있다고 생각했어요. 그래서 섭섭한 마음이 들기도 하고 오해가 생 기는 안타까운 현실이었지요."

"이제야 선생님과 이런 대화를 나눠서 무슨 소용이 있겠어요. 시 우는 하늘나라에 가고 없고, 선생님 마음은 갈기갈기 찢긴 상처로 남았을 텐데."

"우리 삶이 어떤 매뉴얼에 따라 살아지는 게 아니잖아요. 실수하 고 후회하면서 상처받아도 치유하면서 길을 찾아가는데, 시우에게 는 회복시켜 줄 기회가 없다는 것이 아쉽지요."

"다시 기회가 주어진다면 더 좋은 엄마가 될 수 있을 것 같은데, 부질없는 생각이잖아요."

"지금까지는 연습이었고, 다시 살면 부족하지 않은 엄마가 될 수 있을까요? 아닐 거예요. 자식에게는 아무리 최선을 다해도 늘 부 족하다고 느끼는 게 부모 마음이니까요. 어머니는 순간순간 시우 에게 최선을 다하셨어요."

"사람은 왜 지나고 나서 후회하고, 지나고 나서 진실을 알게 될 까요?"

"그러게요. 어머니의 그런 마음을 젊은 어머니들과 나눠 보세요. 먼저 산 어머니가 조언해 주면, 지나고 나서 진실을 알게 되고 후 회하는 오류를 줄일 수 있지 않을까요?"

"아니요. 지금 제가 느끼고 있는 것이 정답도 아니겠지만, 본인이 겪어 보지 않으면 절대로 이해할 수 없을 거예요. 저도 선배 엄마들에게 수도 없이 들었던 충고였는데, 그렇게 실천하지 못했거든요."

"시우를 위한 최선의 선택은 아니었을지는 몰라도, 어머니로서 최선을 다하셨어요. 시우도 엄마 사랑 가득 안고 갔을 거예요."

"위로해 주셔서 감사해요. 그런데 선생님께 빚을 지고 떠나게 되어 부끄럽습니다. 평생 이 빚을 갚는 마음으로 살겠습니다."

"어머니와 이런 얘기를 나눌 수 있는 시간을 만들어 주셔서 감사합니다. 저야말로 시우의 죽음을 통해 교사로서 제대로 가고 있는지 돌아보는 기회가 되었습니다. 지금까지 살아왔던 방식대로 정년을 맞았더라면, 이것이 최선이라고 생각했을 거예요. 아이들에게 무엇을 해야 하는지, 무엇을 나눠야 하는지 조금은 배웠거든요. 그래서 초심으로 돌아가 다시 시작해 보려고요."

"마지막까지 선생님께 위로받네요. 너무 힘들게 해서 주저앉으면 어쩌나 걱정했었는데, 다시 시작하시겠다고 해서 너무 기쁩니다. 다시 시작할 용기를 내 주셔서 감사합니다."

시우 어머니와 통화를 끝내고 지하철을 탔다. 퇴근 시간이 한참 지났는데, 차 안은 복잡했다. 술을 마신 탓에 다리가 풀려 앉고 싶었지만, 빈자리가 없었다. 빈자리가 생기면 앉으려고 좌석 앞에 서 있는데, 앉아 있는 중년의 남자가 사정없이 졸았다. 사람 사는 것이 그렇다. 지환은 자기나 그 남자의 삶이 별반 다를 것 없을 것이라는 생각에 측은만 마음이 들었다.

시우 죽음으로 시작된 시야 제로의 안개 상황에서 이제 빠져나왔는데, 먼일처럼 까마득하게 느껴졌다. 그렇다. 아무리 짙은 안개도 해만 뜨면 금방 사라지고 마는 것을, 한 치 앞을 볼 수 없는 날들이 계속될까 봐 두려운 적이 있었다. 열차가 정차하자 마치 깊은 잠에 빠진 것 같던 남자가 벌떡 일어나 허둥지둥 내렸다. 지환은 자리에 앉자 졸음이 몰려왔다. 그때 문자가 왔다.

'어디야? 아직 민 선생이랑 술 마시는 건 아니지? 자기랑 한잔하려고 준비해서 기다리고 있는데…….'

아내 문자였다. 아내도 아들도 힘든 시간을 보냈을 것이다. 그들에게도 치유의 시간이 필요할지도 모른다. 이제 남편의 자리로 아빠의 자리로 돌아가야 한다.

지하철역을 빠져나오자 함박눈이 내리고 있었다. 옷깃을 세워보았지만, 눈송이가 머리 위에 쌓였다. 그렇게 겨울이 오고 한 해가 저물어 가고 있었다.

종종 걸음으로 아파트 단지를 들어서는데, 박정태에게 전화가 왔다. 시우 어머니를 통해 그의 정체를 알고 있었던 터라, 어떻게 받을까 잠시 고민했다.

"곧 방학하시겠네요. 올해 힘드셨을 텐데 즐거운 성탄 되십시오."

"네, 감사합니다."

"요즘 바쁘신가요? 지난번에 시우 어머니를 좀 돕고 싶다고 하셨는데 연락이 없어서요."

"제가 좀 바빴습니다. 다시 연락드리겠습니다."

시우 죽음으로 인해 흐트러진 감정과 관계들이 모두 정리되었는데, 박정태만이 원혼처럼 지환의 주위를 서성이고 있었다. 그것이 그의 삶일 것이다. 어느 날 문득, 어떤 만남으로 혹은 어떤 인연으로 자신과 마주할 수 있기를 바라며 문자 한 통을 남겼다.

'박정태 씨, 지난번에 알려준 계좌로 학예회 뒤풀이 술값 결제한 금액 입금했습니다. 시우 어머니와 통화했습니다. 다시는 연락하는 일 없었으면 좋겠습니다. 부탁드립니다.'

그것이 박정태와 마지막 문자가 되었다.

졸업식과 종업식을 함께했다. 지환은 한 학기를 쉬기로 했다. 의사의 진단서로 2개월간의 병가를 낼 수 있었고, 이어서 4개월간 병휴직을 하기로 했다.

선택은 정답이 없다. 최선의 선택이길 바라지만, 6개월 후에 어떤 모습으로 돌아올 수 있을지는 알 수 없다. 다만 그 시점이 시우 문제 이전이 되어서는 안 된다. 다른 출발선에 서야 한다. 그래야 최종 도착점이 다르게 설정될 수 있을 것이다.

선택은 사람과 함께 온다고 했다. 시우 문제가 없었다면, 퇴직할 때까지 40년을 쉼 없이 교단에 섰을 것이다. 6개월의 휴직은 지금까지 살아온 길을 돌아보는 시간이 되어야 하고, 살아갈 날의 방향키를 바로 잡는 기회가 되어야 한다.

병가를 상신하고 책상과 사물함을 정리했다. 한동안 돌아오지 않을 자리다. 깔끔하게 정리된 자리를 물끄러미 쳐다보았다. 쓸쓸하게 느껴졌다. 지환은 메모지를 꺼내 복직날을 적어 모니터 옆에 붙였다. 다시 돌아왔을 때, 떠날 때의 마음을 기억하고 싶었다. 그리고 자신이 있어야 할 자리로 다시 돌아왔음을 느끼고 싶었다.

교실을 나서는데 주명한 변호사에게 전화가 왔다.

"네, 변호사님. 잘 지내시죠?"

발신자를 알고 먼저 인사하는 것은 친근감의 표시다. 명함을 주었지만, 어쩌면 전화번호를 저장하지 않았을 수도 있다. 그런데 발신자를 보고 먼저 인사를 한다는 것은 번호를 저장할 만큼 의미 있는 존재라는 것을 드러내는 것이다.

"곧 새 학기가 시작될 텐데, 다시 시작하는 마음이 어떠세요?"

"저 한 학기 쉬기로 했습니다. 사실은 시우 문제로 너무 힘들었는지 만성 긴장성두통으로 치료받고 있었거든요."

"그런 아픈 시간이었군요. 〈욕망의 그늘〉 초고를 완성하고 선생님이 한번 봐 주셨으면 하고 전화 드렸습니다."

"벌써 초고를 완성하셨어요? 대단한 필력이시네요."

"초고는 원래 그렇게 써요. 수정 작업 들어가기 전에 선생님이 먼저 보면 방향을 잡는 데 좋을 것 같아서요."

"사실은 저 산티아고 순례길 가려고 준비하고 있습니다. 순례길 걸으면서 지난 시간도 돌아보고, 돌아와서 어느 출발선에 서야 할지 도착점은 어디로 잡을지 생각 좀 해 보려고요. 순례길에서 원고를 보는 것도 의미 있을 것 같네요."

"역시 교사가 좋네요. 휴직하고 쉴 수도 있고 부럽습니다."

"변호사님이야말로 잠시만 멈추면 언제든 시간을 낼 수 있는 거 아닌가요?"

"그러게요. 저도 과부하 걸리기 전에 잠시 멈춰야겠습니다. 잘 다녀오시고, 급하지 않으니까 천천히 보고 의견 주세요."

"변호사님, 저 대신 소극적인 복수를 해 줄 테니 용서하라고 하셨지요? 용서가 완벽한 복수가 될 거라고. 저 완벽하게 복수했습니다."

"아니, 벌써요? 유 선생님이 제 소설의 결말을 알고 있었던 걸까요? 아니면, 제가 유 선생님의 결말을 정확하게 예측한 걸까요? 어쩌면 이렇게 완벽하게 합의된 결말을 만들어 갈 수가 있죠? 기분이 묘합니다. 아니, 감사합니다."

"정말 놀랍네요. 어쨌든 소극적인 복수에 대한 부담을 털어 내시라고요."

"글쎄요? 소극적 복수가 되든 다이너마이트가 되든, 작가의 손끝에서 나온 작품은 독자의 몫이라는 거 아시죠? 저는 그저 제 역할에 충실할게요. 다만, 글을 통해서 선생님의 회복을 바랐는데, 그것이 이미 얻어진 것 같아 기분이 좋습니다."

지환은 온몸에 전율이 느껴졌다. 이 사람은 도대체 뭘까? 민현기 선생에게 했던 말을 그대로 했다. 지리산에서의 만남도, 윤동훈 변호사를 만나러 갔다가 변호사 사무실에서 만남도 우연이 아니라 마치 운명처럼 얽힌 것 같았다.

지환은 마음이 급해 그냥 퇴근할 수가 없었다. 가방을 내려놓고 다시 컴퓨터를 켰다. 그 사이에 〈욕망의 그늘〉 원고 메일이 도착해 있었다. 첨부 파일을 열었는데, 첫 페이지 서문이 눈에 들어왔다.

　'시우가 죽었다. 죽음의 본질은 같은데, 죽었다고 말하는 사람이 있고 죽였다고 말하는 사람이 있다. 시우 죽음의 본질은 '죽었다'이다. 죽었다는 시우가 주격이 되는 것이고, 죽였다는 시우가 목적격이 되는 것이다. 이 글은 그 주격과 목적격을 찾아가는 작업이 될 것이다.'

　지환은 퇴근도 잊은 채 원고를 읽었다. 초고라 그런지 턱턱 걸리는 곳이 많았고, 글의 전체적인 느낌이 변론서를 읽는 것처럼 문체가 건조했다. 그러나 글 속에 있는 에피소드들이 마치 현장의 교사가 쓴 것처럼 사실감 있게 구성되어 있었다. 어쩌면 교육청 전담 변호사인 윤동훈 변호사의 조언이 있었는지도 모르겠다. 무엇보다 변론서 같은 문체가 지루할 수도 있는데, 묘사의 기법이 독특해서 읽는 재미를 더해 주었다.

　교실에 불을 환하게 켜자 당직 근무자가 시간 외 근무를 할 거냐고 물었다. 그제야 시계를 보니 두 시간이 훌쩍 넘어 있었다. 원고를 덮고 밖으로 나오니 복도가 깜깜했다. 어둠만큼이나 마음이 답답했다. 이미 끝난 사건인데, 현재진행형처럼 가슴을 무겁게 짓눌러왔다. 더 읽을 수가 없었다. 손에 들고 있던 원고를 가방에 넣었다.

　지환은 원고를 다 읽고 며칠이 지났는데, 주명한 변호사에게 연락하지 못했다. 소극적인 복수를 해 주겠다고 했는데, 마무리 여운이 깊어 헤어 나올 수가 없었다. 모든 사건에는 인과 관계가 있는데, 왜 시우 문제를 〈욕망의 그늘〉처럼 해결하지 못했을까 하는 아쉬움이 들었다.

시우 문제는 끝나지 않았다. 마지막 마무리는 지금부터 지환이 해야 한다. 〈욕망의 그늘〉은 지환에게 시우 문제를 마무리하라고, 주명한 변호사가 던져준 숙제가 되었다.

'변호사님, 글 잘 읽었습니다. 메일로 원고를 받고, 그날 밤새 읽었습니다. 그런데 여운이 깊어 답장을 할 수가 없었습니다. 왜 〈욕망의 그늘〉처럼 대처하지 못했을까? 하는 아쉬움도 남고, 저를 돌아보며 눈물도 흘렸습니다. 산티아고 순례길을 걸으며, 변호사님이 주신 숙제 성실히 해서 돌아오겠습니다. 다녀와서 뵙겠습니다.'

여행 배낭을 챙겼다. 두려움이라는 큰 보따리 안에 희망도 챙겼다.

비행기에 탑승하려고 게이트를 빠져나오는데 카톡이 울렸다. 박윤기 선생이 보낸 문자였다.

'유지환 선생님, 오늘 산티아고로 떠난다면서요? 잘 다녀오세요. 우리는 가족 캠프를 준비하고 있습니다. 얼마 만에 하는 캠프인지 모르겠네요. 그동안 여러 가지로 어려움이 많았지만, 결코 포기할 수 없는 아이들이잖아요. 가족 캠프 주제가 〈무지개를 그리다〉예요. 정말 아이들과 함께 무지개를 그릴 수 있었으면 좋겠습니다. 다녀와서 봬요. 제가 술 한 잔 사겠습니다.'

지환은 답장을 쓸까 하다가 그냥 '감사'의 이모티콘을 보냈다. 그리고 배낭 속의 원고를 꺼내, 첫 페이지의 표제 〈욕망의 그늘〉을 두 줄로 긋고 〈무지개를 보다〉로 적었다.